希望你是人类

雷钧 著

人民文学出版社

图书在版编目(CIP)数据

希望你是人类/雷钧著.—北京：人民文学出版社，2022
(黑猫文库)
ISBN 978-7-02-016815-6

Ⅰ.①希… Ⅱ.①雷… Ⅲ.①长篇小说-中国-当代 Ⅳ.①I247.5

中国版本图书馆CIP数据核字(2020)第253041号

责任编辑　卜艳冰　王皎娇
装帧设计　汪佳诗

出版发行	人民文学出版社
社　　址	北京市朝内大街166号
邮政编码	100705
印　　刷	上海盛通时代印刷有限公司
经　　销	全国新华书店等
字　　数	217千字
开　　本	890毫米×1240毫米　1/32
印　　张	10.75
版　　次	2022年1月北京第1版
印　　次	2022年1月第1次印刷
书　　号	978-7-02-016815-6
定　　价	59.00元

如有印装质量问题，请与本社图书销售中心调换。电话：010－65233595

我要写下这份手稿，是因为我自知将不久于人世。近来，我可以越来越清晰地感受到死期的迫近。我的声带已经发不出任何声音，双膝的关节也几乎无法弯曲。对于风烛残年的我来说，这些都不是什么值得大惊小怪的事情。

　　在如今全人类末日将至，存亡未卜之际，个人的生死固然不足挂齿。然而，扭转人类命运的某些关键，现在或许就掌握在我的手中。这些资料的取得是建立在许多人的牺牲的基础上，因此，任由它们随同我的生命消逝，是绝对不可接受的行为。

　　随着肉体的衰老，我意识到自己的精神也正在变得软弱。长年累月的孤独已经侵蚀了我的五脏六腑，使我难以呼吸。在我醒着的时候，我开始越来越多地思考一个问题：

　　我，是不是这个世界上的最后一个人类？

　　这是一个如此巨大的世界，我从来没有看过它的尽头。身为人类，无论面对何种绝境，也决计不能失去希望。所以我要写下这份手稿，因为我相信你的存在。

　　我将虔诚祈祷，希望你是人类。

艾德华·布莱亚兹绝笔

那天上午

死神之所以不怎么受欢迎,我想其中一个原因或许是它那糟糕的性格——你看,你明明已经听见了它的脚步声,你也很清楚它就在下一个街角,但它偏偏好像恶作剧似的躲在那儿,不知何时才会毫无惊喜地跳出来。

在最终与它相遇之前,我大概还有一些时间需要打发。

所以就让我从头讲起吧,从灾祸降临的那天开始。

(请容我稍作说明。前文提及的大多数资料,都将出现在这份手稿的**后半部分**。如有必要,请直接略过前面的内容。我向你保证,我的灵魂将不会受到冒犯。

当然,倘若时间允许,而你也愿意陪一位唠叨的老人回忆往事的话,我将不胜感激。)

从那天起,许多年过去了,我甚至已经数不过来究竟是多少年。但那天发生的一切,哪怕再微小的细节,我都记得无比清楚。

譬如橄榄。

黑色的橄榄和青色的橄榄,装在透明的玻璃碗内,闪烁出宝石一般的光芒。

橄榄旁边摆放着一盘干酪，再旁边的案板上是鲁阿特的面包房刚刚送来的一条黑麦面包，正被我手中的刀切成整齐的薄片。不远处传来平底锅在炉火上欢快的嗞嗞声，空气中顿时弥漫着诱人的油香。

被声音和气味吸引，我抬起头来。莉安娜，我青梅竹马的妻子和我一生的挚爱，正有条不紊地将平底锅内的熏肉翻面。她那窈窕的身影沐浴在早晨明媚的阳光中，如瀑布般垂下的长发鲜艳夺目，让炉子里跳跃的火焰也黯然失色。

红头发的莉莉——这是她小时候的外号。

"早上好，爸爸。"

葆拉从我的背后走过来，手中捧着一壶刚沏好的蜂蜜甘菊茶。我无法不注意到，今天的她格外光彩照人。尽管尚未正式成年，但我们的女儿确实出落成亭亭玉立的大姑娘了。

"早上好，亲爱的，"我颇有些自豪地答应道，"这是条新裙子吗？它真的很漂亮。"

这句恭维话显然对年轻的女士十分受用。好在她总算明智地首先将那壶滚烫的茶放到了桌面上，然后才凑近来亲我的脸颊。

"谢谢，爸爸。您的眼光太厉害啦，"葆拉雀跃地说，"这可是克丽丝蒂娜·奥约格的杰作，里面还加上了裙撑……"

"慢着，这是说它很贵的意思吗？"

葆拉假装没有听见。"您真应该带妈妈去看一下，"她高明地转移了话题，"这家店就在面包房那条街的拐角处。"

我并未就裙子的价格追问下去，因为我看到卢卡的小脑袋正悄然从那本巨大的《草药大全》后面冒出来。迅速环视了一圈桌子上的食物后，他伸手拿走一片面包，又一声不吭地钻回去了。

他大概认为谁也不会注意到自己的动作。事实上，他很可能是对的，假如我不是还在切着面包的话。

"我想我很乐意来一杯甘菊茶，"我忍着笑，故意提高了声音说道，"儿子，请你去拿几个杯子过来好吗？"

于是小家伙颇不情愿地离开了那部艰深的巨著。姑且不论内容，恐怕书中有不少单词他都还不认识。我只能猜测他是被那些精致的手绘插图所吸引。渡林镇的居民们好像已经认定这孩子将来会接替我的工作——多内先生，一位年迈的首饰工匠，甚至专门为他打造了一条小号的蛇杖项链——但我认为，那更多是因为他长得几乎跟我小时候一模一样。

葆拉的头发是比我略浅一些的棕褐色，不仔细分辨的话很难看出区别。所以在卢卡出生以前，我曾暗自希望他会继承莉莉的红发。可惜事与愿违，除了过于活泼好动的性格以外，他似乎并未从母亲那里遗传到任何东西。

这个从来都坐不住的小家伙居然会沉迷于一本书，委实是件不可思议的事情。但话说回来，当我们处于卢卡这般年纪的时候，又有谁敢相信，那个野丫头莉安娜以后会成为一位优秀的妻子和母亲呢？

"卢卡，把书拿开。我是说*现在*。"

莉莉温柔地说道,将一盘煎得恰到好处的熏肉端上桌来。她的微笑慈爱一如既往,但卢卡对此显然有着更深刻的理解。

《草药大全》合上时发出的闷响,几乎盖过了屋外伊万的敲门声。

假如我知道那扇门将会通往哪里,我永远都不会把它打开。可惜我并不知道。在这个时刻,所有人都还不知道。

伊万是镇上的邮差,他当然也不知道。这位热心肠的小伙子只是想要帮忙而已。但我下意识地瞥了一眼在他身后伫立在院子里面的信箱,这令原本就有些不安的伊万显得更加窘迫了。

"早安,布莱亚兹医生,"他垂下头,注视着自己的靴子,"对不起,先生,我是不是打扰您吃早饭了?天刚蒙蒙亮,丹先生和他的马车就到了镇上——从来没有过这么早——是来自费伦茨太太的嘱咐,要尽快把这封信交给您……"

"别担心,你做得很对,完全正确。"我刻意地重复道,希望能为先前那个不够慎重的眼神稍作弥补。伊万看上去确实放松了一些,把一直攥在手里的信递给我。

那其实不太算得上一封信,仅仅是一张对折的便笺,也并未蜡封。费伦茨太太在"致布莱亚兹医生"下面注明"紧急",又加了两道下画线。

"丹先生说他得先去集市那边办点儿事,"伊万补充道,"但只要您吩咐,他的马车随时都可以出发。"

我点点头,将手中的便笺翻开。费伦茨太太给我寄了一封紧急的信,所为何事大家应该都不难猜到。

"亲爱的医生：盖夫顿小姐的健康情况今日有所变化。我已无法作有效处理，请您于方便时尽快前来梭机村。"

与费伦茨太太署名并列的是昨天的日期。

果然如此，我极其草率地下了结论。

（现在才进行自我介绍似乎有点多此一举了。总而言之，我是当时渡林镇唯一的医生。除了开设在自宅的诊所，有时候也会到附近几个较偏僻的村庄出诊。梭机村即是其中之一。）

"先生，我应该现在去告诉丹先生做好准备吗？"

看见我把便笺合起来，伊万便问道。

"等一下，"我忽然想起来，"没有别的信件了吗？我确实在等一封信。"

"我想没有了，"邮差又翻了翻他的挎包，"寄信人是……"

"艾米尔·布莱亚兹，在王都。"

"啊，王都，"伊万露出恍然大悟的表情，"从王都来的交通船本该在天亮以前就进入码头的，但不知道为什么到现在还没影儿。我敢说您的信就在船上。"

"哦，那就算了，也不是什么要紧的事。"

我请伊万到集市去通知丹准备出发。小伙子扯了扯挎包的肩带，踏着他引以为豪的那双靴子，一路小跑离开了。

"是盖夫顿小姐，"我返回屋内，向莉莉说明道，"费伦茨太太需要我，我得立刻去一趟梭机村。"

"噢，天哪，"莉莉用双手捂住了胸口，"可怜的盖夫顿小姐，希望她没有大碍。"

坦白说我并不十分乐观。费伦茨太太是一名经验丰富的护士，而且已经照顾盖夫顿小姐多年。假如连她也无计可施的话……但现在没有必要提起这些只会令妻子难过的臆测。

"只有等我见到她以后才能判断，"我模棱两可地说，"无论如何，我想我应该做好今晚在梭机村过夜的准备。"

"那样的话，"莉莉豪迈地抹掉了熏肉沾在嘴角的油星，"我去给你拿一套替换的衣服。"

她从餐桌旁站起来，转身向卧室走去，满头红发在背后摇曳。

"谢谢，亲爱的。我最迟应该会在明天中午之前回来，"我转向葆拉，她现在已经习惯了在我离开镇上时协助诊所的接待工作，"一般的病人可以告诉他们明天下午再来，如果……"

"如果病情比较严重，就让病人住到病房里，"葆拉颇为无情地打断了我，"您不必每次出门都说一遍相同的话，爸爸。"

"是的，"我仍然不放心地说，"还有，万一遇上紧急状况……"

"那我就会让伊万设法给您捎个消息，就像您一直在重复的那样，"葆拉不满地抿起了嘴唇，"说真的，爸爸。"

"你说得对，亲爱的，对不起，"我知趣地投降道，"我相信你会照顾好一切的。顺便问问，你今天是有什么计划吗？"

再次注意到克丽丝蒂娜·奥约格那条很可能不怎么便宜的裙子

时,我又补充了一句。

"没什么重要的。"葆拉敷衍地说。我觉得那应该不是实话,但现在追根究底大概并非明智之举。

这让我多少有些难以释怀。我认为,葆拉对医学从来都不感兴趣,只是在默默承担着身为医生女儿的责任而已。无论葆拉还是卢卡,我不希望他们勉强去做自己不喜欢的事情。当然,假如卢卡对《草药大全》的热情能够维持下去,甚至像人们所期望的那样成长起来的话——

我不禁瞥向卢卡。令我惊讶的是,原来小家伙也正睁着溜圆的眼睛看向这边。

"怎么了,儿子?"

我一边问道,一边从架子上取下出诊用的药箱。

"盖夫顿小姐,"卢卡立即使出了他最喜爱的反问句,"她很老了,不是吗?"

"唔,我想是的,你可以这么说。"

"她到底有多少岁?"

"你得知道,儿子,打听一位女士的年龄可不是什么体面的行为。"

"但您是医生,您必须问清楚,不是吗?这样才能知道她得了什么病。"

"通常那样会有帮助,我同意,"我耸了耸肩,"但正如你所说,盖夫顿小姐已经很老了,我觉得差个十年二十年也不会造成什么区别。"

"这么说吧,"刚好回到厨房的莉莉把替换衣物递给我,又往卢卡的盘子里面夹了两片熏肉,"你爸爸和我刚上学那会儿,也就是说那时我们比你现在还小,盖夫顿小姐就已经退休了。"

"她曾经是校长,不是吗?"

"当然她曾经是校长,"葆拉在旁边不耐烦地说,"看在上帝的分上,难道你没看见她的肖像画挂在大礼堂里吗?"

"对了,"我不假思索地说,"**有人**以前还很害怕那张画来着。"

莉莉悠悠地转过身来,脸上挂着温柔如水的微笑。

"你想要说什么呢,艾德?"

"嗯?"我忽然感觉到一阵寒意,脑子里首先闪过的名字便脱口而出,"噢,那个,我是指艾米尔。"

"艾米尔伯伯?"孩子们异口同声。

"对啊,"我连忙道,"直到现在,盖夫顿小姐还经常提起你们的艾米尔伯伯呢。"

这话倒是千真万确。盖夫顿小姐拥有令人惊叹的记忆力。或许是因为长期过着半隐居生活的缘故,她对我的探访总是十分欢迎。事实上,她从不允许我在下午茶之前告辞。直到那位梳着麻花辫的女仆端来茶水和点心,老太太便乐不可支地聊起我哥哥在学校里的趣事。迄今为止,我几乎就没听过重复的内容。而且我敢断言,其中不少细节,就连艾米尔本人也记不起来了。

"这么说来,"葆拉沉吟道,"艾米尔伯伯上学的时候,盖夫顿小姐仍然还在担任校长?"

"唔,是这样的,没错。"

"但是,"葆拉求证似的望向弟弟,"历任校长的肖像画,一般都是等到他们退休了以后才会在大礼堂里挂起来的吧?"

"对哦,"卢卡附和道,"现在大礼堂也没有斯布兰先生的画像。"

"要是那样的话,艾米尔伯伯应该没有见过盖夫顿小姐的肖像画才对啊,为什么他会害怕那张画呢?"

"嘿……这很奇怪,不是吗?"

"不,但这倒提醒了我,"我慌忙打断了姐弟俩的一唱一和,"我记得艾米尔好几次来信都问到了盖夫顿小姐。莉莉,你能找一封出来让我带在身上吗?我肯定那会让她高兴起来的。"

"那恐怕得花上大半天,"莉莉皱眉道,"我们有一整个抽屉都是艾米尔的信……等等,我想我确实能找到一封,不过那是很久以前的信了。"

"我认为盖夫顿小姐不会挑剔的。"

当莉莉去把信拿过来时,我向阿斯克勒庇俄斯祈祷,然后郑重其事地戴上纯银制成的蛇杖项链(卢卡总是耀武扬威般地挂在胸前的那一条则是以黄铜打造)。出门之前,我又检查了一遍药箱,确认所有必需的器具都已备齐,同时补充足够的药物。盛蜂蜜的瓶子重新灌满并塞紧瓶塞,毛地黄的存货已经见底,从梭机村回来以后要记得抽空去采集才行。

最后,我也没有忘记亲吻妻子和孩子们。

在那一天，这或许是我做的唯一一件正确的事情。

丹的马车停在集市的入口前，背后传来潺潺水声，黑河和小母马河就在此处交汇。不过拉车的是一匹栗色的公马，而且它也已经不再年轻。老马跑了半天夜路难免疲乏，此刻正半眯着眼，心满意足地打着盹，偶尔甩动尾巴，驱赶从鱼贩子的摊档上流窜过来的苍蝇。

与这番悠然自得的景象形成鲜明对比的，却是站在不远处的丹本人。

车夫喘着粗气，一张圆脸涨得通红，仿佛从梭机村一路奔来用的是他自己的两条腿一般——事实上，我注意到它们哆嗦得相当厉害。不过，就算颤抖的双腿可以勉强解释为长途跋涉的后遗症，那紧紧攥起、大小足以媲美一只小南瓜的拳头，则明白无误地表达出主人的愤怒。

愤怒和仇恨——若论使人变得盲目的本事，它们可丝毫不在爱情之下。你看，丹就完全没有察觉我的到来。他狠狠瞪着面前那个獐头鼠目的男人，好像这么一来，就能让对方乖乖说出真话似的。

不幸的是，我恰好认得这个家伙。此人名叫多鲁·戈德阿努，镇上臭名昭著的无赖，对于遭人怒目这种事情，显然是早已习以为常了。

但让戈德阿努忌惮的东西倒也不是没有，比如说拳头，尤其是巨大的拳头。这个欺善怕恶之徒一边瑟缩着东躲西闪（虽然丹的拳头根本从未抬起），一边扯起嗓门嚷嚷：

"哎呀呀！乡巴佬不光是个贼，难道还敢动手打人吗？"

骚动迅速引来了不少人围观。在那副拳头结实落到自己身上之前，这些好人一定会加以劝阻，有恃无恐之下，戈德阿努便神气活现了起来。

"大家来评评理呀！"那无赖赫然挺直了腰杆，"这乡巴佬把我一筐上好的胡萝卜都拿去喂了马，现在竟然拒绝付钱，这不就是明目张胆的抢劫吗？"

"那些胡萝卜全是烂的！"丹气愤地反驳道，"而且是你故意把它们扔在地上……"

"啊哈！至少你承认你的马吃掉了我的胡萝卜，它们可是受到法律保护的私人财产。即使我不小心打翻在地，那也不是在邀请你来偷走它们，"戈德阿努越发振振有词，"还有，你怎么敢**诬陷**胡萝卜是烂的？！你有什么**证据**？"

证据当然已经进到马肚子里面去了。丹气得咬牙切齿，偏偏无言以对。围观者纷纷开始交头接耳。鉴于戈德阿努的一贯品行，暂时还没有人愿意站出来对他表示支持。但显而易见，在巧言狡辩方面，丹完全不是这家伙的对手。

我也不是，但不能让盖夫顿小姐无休止地等待下去。

"去把车子准备好，伙计，"我从身后拍了拍丹的肩膀，"这事交给我来处理。"

"你是他的雇主吗？"不等丹答话，戈德阿努便抢着说，"来得正好，你的车夫**偷**了我的胡萝卜，价值三枚银币。根据法律规定，你必须加倍赔偿给我，也就是六枚银币。"

11

"那几根胡萝卜即使是新鲜的,也值不了半块银币!"

丹忍不住高声怒吼。我不得不半推搡着才把他劝回了车上。

"我是不会给你六枚银币的,戈德阿努。你很清楚这一点,正如这里每一个人都很清楚你那些狡猾的小伎俩一样,"我试着跟他讲些道理,"但我必须立即去见一位病人,所以把今天当作你的幸运日,拿上这个便离开吧。"

我掏出半块银币,准备扔给那个无赖。

"医生,您可千万不要给他钱!"丹从车上探出头来大喊,"这根本就是个可耻的骗局!"

"注意你的言行,乡巴佬,"戈德阿努一把抢过银币,嘴角露出一丝诡计得逞的笑意,"你可是在诽谤一位受人尊敬的公民。"

几乎是在瞬间,他的笑容便凝固了。

"喂喂,这是怎么回事?"戈德阿努把银币靠近眼前,一道贪婪的目光从中射出,"你这银币中间穿了一个大孔啊。"

"信不信由你,"我轻巧地说,"我得到它时就是这个样子的。"

"这样根本就算不上半块银币了吧!你不能用它来支付。"

"虽然我没有必要向你支付任何东西,不过对于你那些'上好'的胡萝卜来说,我确信它已经绰绰有余了。"

"你是想糊弄我吗?!"戈德阿努恼羞成怒地嚷道。

"拿走穿孔的半个银币,好好享受这一天,"我无意再与他纠缠下去,"还是你宁愿我把尼库拉·马里厄斯找来,你自己选吧。"

话音未落,戈德阿努明显有些退缩了。尼克的名字原来如此管用，我懊悔地想，早知道从一开始就应该搬出来。

但我随即便意识到管用的并非尼克的名字——在我的身后，响起了一声无比熟悉的嗤笑。

"嚄，有人告诉我你在这里敲竹杠，我还死活都不相信呢！"笑声的主人大摇大摆地走上前来，"怎么回事，多鲁·戈德阿努竟然在正午前就从床上爬起来了？莫非今天是世界末日吗？"

来人正是本镇的治安官尼库拉·马里厄斯。几乎当我们还是婴儿的时候我就认识他了。除了偶尔（或者该说时常）口不择言以外，总体来说还是个很值得信赖的家伙。

"当一位守法公民的财产受到了侵犯，治安官，"戈德阿努气哼哼地说，"索取赔偿不是理所应当的吗？"

"的确如此，"尼克重重地点头，其动作之夸张使我马上就看穿了他不怀好意，"说起这个，卖蔬菜的德勒古梅刚才声称，今天有好些新鲜水嫩的胡萝卜遭到盗窃——哈瓦蒂家的女佣来购买芹菜和甘蓝，他想趁机推销一下别的东西，正是在那时发现胡萝卜不见了许多。而就在此之前不久，有证人曾目击你鬼鬼祟祟地接近过德勒古梅的菜摊。"

"胡说八道！那些都是他挑出来准备扔掉的烂胡萝卜，我只是随便捡了几根而已……"

戈德阿努再想改口已经来不及了。围观的人群爆发出一阵哄笑，然后逐渐转变成唾骂，有人甚至开始在地上寻找可以用来砸向他的小石头。

那无赖见势不妙，立即脚底抹油溜之大吉。只见他抱着脑袋往人群里一钻，却把围观的一个矮小男人推了个趔趄；就在人们不自觉地望向矮小男人的瞬间，戈德阿努已经消失不见了。丹原本还想追上去索回我的银币，但我和尼克一起制止了他。

"你是梭机村的马车夫吧？"尼克告诫道，"在集市这种地方可得多长几个心眼。像戈德阿努这种家伙，不是每次都能唬住的。"

"唬住？"

尼克没去理会一头雾水的丹，只是一个劲儿地朝我挤眉弄眼。

当然喽，除非太阳从西边出来，好吃懒做的戈德阿努绝对不可能去种植胡萝卜。既然如此，丹看见的那几根胡萝卜是从哪里、又是怎么得来的呢？而最重要的问题是，**为什么**戈德阿努要去搞来这些胡萝卜？

究竟是什么原因让戈德阿努正午之前就从床上爬起来，我们无从猜测。（现在回头来看，或许就像尼克说的那样，因为那天是世界末日吧。）无论如何，这次不寻常的早起导致了一个结果：戈德阿努在集市这里见到了丹，于是他打算从这个老实巴交的"乡巴佬"身上弄点油水。

也就是说，所谓胡萝卜被马吃掉了，从一开始就是戈德阿努自导自演的闹剧，以此作为敲诈勒索的借口。他故意把胡萝卜扔到马的脚边，确保它能迅速吃下去，即使丹想要制止也来不及。

要玩转这个把戏，胡萝卜是必不可少的道具。戈德阿努并没有胡萝卜，但他知道在哪里能找到。然而，到蔬菜摊上花钱去买，搞不好就是亏本的买卖,那显然也不符合戈德阿努的行事风格。而直接去偷呢,恐怕他又没有那个胆量。根据丹的证言,不难想象戈德阿努是半偷半捡地搞来了蔬菜摊上烂掉的胡萝卜。既然已经烂了,即使被菜摊主人发现也不会怎么追究,反正马对于早餐的质量并不挑剔。

蔬菜摊的德勒古梅报告遭窃、恰巧看见戈德阿努的目击证人,这些当然纯属子虚乌有。只是尼克为了替丹解围,故意信口开河而已。但那无赖做贼心虚,轻而易举便着了道儿,待回过神来,大概会后悔不迭吧。

"总之多谢啦,治安官。"我朝尼克挥了挥手,然后握住丹从车上伸出来的大手,用力登上马车。

"感谢伊万吧,是他把我叫过来的,"尼克道,"所以,盖夫顿小姐,她的大限已经到了?"

正如我告诉过你的那样,这家伙口不择言。

"但愿上帝阻止这种事情,她可是我最喜爱的病人之一,"我说,"无论如何,明天我回来后再跟你讲吧。"

"等一下,那意味着你今晚要留在梭机村吗?"

"很有可能。说实话,如果我很快就能回来的话,那恐怕并不是什么好消息。"

"也就是说,晚上莉莉就得独守空房了?"尼克咧嘴笑道,"唔,或许她最终会向一位长久以来的追求者敞开怀抱也不一定,谁知道呢?"

口不择言——我想不需要再去强调这一点了吧。当然,尼克一直都爱慕着莉莉,对此我非常清楚。就像我很清楚这家伙的忠诚一样。

"那我就祝他好运吧,"我在车上稳稳坐好,"对了,你还记得她小时候拧断了你的手腕吗?让我们祈祷这次她不会瞄着两只一起拧就好了。"

丹甩动缰绳,饱餐一顿后的马立即迈开大步前行。

"我可怜的老艾迪,"尼克的声音在身后逐渐远去,"要知道你在谈论的可是你自己的婚姻生活啊……"

马车朝莲华河上游的花瓶谷驶去,梭机村便坐落于这处风景秀丽的谷地之中。莲华河流进千树森林后即被称为黑河,这大概是遮天蔽日的树木和河底沉积的枯叶让水面看起来一片漆黑的缘故。黑河从渡林镇中央穿过,与从帽峰山上流下来的小母马河汇聚在一起。

梭机村曾经盛产布料,远在村外都能听见梭机运转的声音,因此得名。不过现今景气已经大不如前,只是一个宁静的小村庄而已。作为医生,我得说我很赞同盖夫顿小姐在那里颐养天年的决定。村里现在住着二三十户居民,小部分仍然在操持旧业。每隔三四天,丹就会将一批布料运往渡林镇克丽丝蒂娜·奥约格——一位颇受欢迎的女裁缝,似乎一直对梭机村的产品青睐有加。返程前,丹再根据村民的要求在集市购入面粉、奶酪、鲜鱼或葡萄酒。协助两地之间的书信往来则是他主动承担的义务。

与达官贵人那些装饰华丽的座驾相比,丹的马车则完全就是另外一回事。车厢并非专用载人,四周毫无遮挡,马一旦奔跑起来,夹杂着沙砾的风实在令人难受。进入千树森林以后,车轮碾过地面盘结的树根,更是一路颠簸不断,想找个舒服的姿势也是徒劳。

虽然对于颠簸并没有多大帮助,但车厢里收拾得十分整洁。事实上,这里根本就是空空如也。

"丹!"我大声喊道,以免声音被头顶上树叶的飒飒作响淹没,"你今天没有采购清单吗?"

"那个可以等,"丹真诚地说道,"我怎么能让您和那些发臭的鱼挤在一块儿呢?相信我,医生,科萨一家宁愿一百年不吃鱼,也不会让盖夫顿小姐的客人忍受两个小时的腥气。"

我不认识任何一位科萨,应该是对鱼肉情有独钟的一家人吧。即使到了梭机村,人们对盖夫顿小姐的尊敬一如既往。

"你刚才是在打扫车厢吗?"我眯起眼睛,避开迎面而来的一颗沙子,"你本来不必特地费心的。"

我指的自然是戈德阿努搞鬼的时候。丹能分辨出胡萝卜的新鲜度,说明当时他人就在车上。倘若不是为了让我坐得舒适一些忙着打扫,而是紧紧牵着马的话,或许就不会让那无赖有机可乘了吧。

"跟医生您没有关系,都怪我太大意了,"丹余怒未消地说,"说真的,要不是盖夫顿小姐还在等着我们,我真想狠狠教训那家伙一顿。"

"我很高兴你没有那么做,"我由衷地说,"比起这个,我刚才就注意到了，你的双腿颤抖得很厉害。恐怕我得指出那并不是什么好兆头。"

丹无奈地叹了一口气。

"请别介意我这么说，医生，我可承担不起您的诊金。"

"幸运的是，我想你暂时还不需要我的服务，"我宽慰他道，"不过我或许可以给你一条建议——别担心，这是免费的——你应该尽快娶一位妻子，然后每天吃上一些热腾腾的食物，我相信情况会有所改善的。"

"妻子？像我这种粗人，怎么可能有女孩……"

我以卢卡的方式打断了丹的自嘲。

"你已经有意中人了，不是吗？"

"您……您是怎么知道的？"

从我的座位只能看见丹的后颈。此刻，它就跟与戈德阿努对峙的那会儿一般通红。

"告诉我，我的好伙计，你在集市买了**什么**呢？"不知不觉之间，我的心情变得愉快起来了，"正如你自己所说，盖夫顿小姐还在等着我们。如果不是有非买不可的东西，你不会特地花时间跑去集市。不管它是什么，现在它并不在车厢里，那只可能是被你带在了身上。也就是说，那东西的体积不大，但对你来说相当重要。让我来猜一猜？它应该是准备送给某位女士的礼物吧。"

"一枚胸针，"诚实的车夫拍了拍衣服右边的口袋，"不是什么值钱的玩意儿，但她一直想要一枚……"

"胸针?"我调侃道,"拜托,为什么不是戒指?"

"我也希望是戒指,"丹憨厚地笑了笑说,"至少戒指不会刺伤您的手指……医生,您知道这东西上面还带着一根锋利的针吗?"

"所以你在等什么?难道你担心她会说'不'吗?"

丹没有回答。我注意到他收敛了笑容,有些难过的样子。

"喂……"我开始担心这玩笑是不是开过了头,"她会说'不'吗?"

"不,我想她会答应的,我希望如此……"丹总算又忸怩地开口道,"但她不可以,还不可以。"

"**还不可以?**你可别告诉我她还没成年。"

"噢,天哪,不,她当然已经成年了。"

"既然如此,那还有什么问题?"

"没有,没有任何问题,"丹的话越来越莫名其妙,"只是打算等到——不,我什么也没有在等。"

简直急死人了,对吧?相信我,当时的我就跟你一样不耐烦。但我设法冷静了下来,默默思考。不知不觉间马车驶出了森林,天空豁然开朗,脑海里也同时浮现出一位扎着麻花辫的女孩模样来。

"是盖夫顿小姐的女仆,对不对?"

丹轻巧地拨转马头,眼前出现了连绵的山脉。马车绕山而行,从一处垭口转入狭长的花瓶谷。谷地里的空气温润而潮湿,莲华河畔的柳树枝条上挂满了亮晶晶的水珠。浓厚的晨雾尚未完全散去,远方高处隐约可见一架风车残破的轮廓。那是在梭机村外,一座早已废弃不用的磨坊——因为人口日益减少,即使从渡林镇购买面粉再用马车运回来,花费也比维护一座磨坊的运转要低廉得多。

"她希望照顾盖夫顿小姐直到……您知道的,结束。"

是的,当然,我早应该猜到的。这就是她还不可以答应的原因,而丹又绝不可能盼望她的使命尽快完成。哪怕只有一瞬间闪过这种念头,都足以令他羞愧得无地自容。我记得那位女仆小姐的名字是——

"维……维罗妮卡!"

丹突然失声惊呼,猛地从车上站起,于是握在手中的缰绳一下子被勒紧。只听那马儿长嘶一声,便在原地生生站定。我不由自主地扑向前方,急忙抓住了车厢的栏沿,才勉强不至于摔倒。

随后我便目睹了极为怪异的一幕。就在前方那片白茫茫的雾中,凭空出现了一个黑色的人影。奇特的是,那个人影几乎呈三角形,就像是一片被墨水晕染的银杏叶,飘在空中左摇右摆。每摇摆一趟,却又大了一圈,竟是朝着马车而来。

须臾,凌乱而急促的脚步声由远而近,那个人影也愈发清晰了。三角形原来是件宽大的裙装,必须一直用双手拉起前摆才不至于摔倒。尽管如此,磕磕绊绊还是在所难免,偏偏又要不住地回头张望,结果每隔几步就是一下踉跄。

我意识到之前的判断并不正确。她并非正朝着马车而来,而是——正在逃离身后的什么东西。

"维罗妮卡!"

丹再次大喊她的名字。还在撒足狂奔的女仆方才如梦初醒，茫然失措地抬起头来。此时她已经来到了近处，脸上写满了惊恐的表情，平时总是垂在肩上的两根麻花辫胡乱地披散着。

当维罗妮卡也终于认清了眼前的人以后，旋即爆发出一声撕心裂肺的尖叫：

"**救命！！！**"

那天下午

在我的行医生涯中,曾与许多老人打过交道。因此我有深切的体会,人在上了年纪以后,除了疾病逐渐增多之外,通常还会变得喋喋不休。

就拿盖夫顿小姐来说吧。在梭机村,退休后的老太太可以不停歇地跟我聊上整整一天,直至费伦茨太太强行让她休息。(我知道,这本该是我的责任,但我实在不能错过艾米尔的那些糗事。)然而,据说她过去是一任以严肃及不苟言笑而著称的校长。自我的学生时代起便挂在大礼堂里的那幅不怒而威的肖像画令人印象深刻。就连莉莉这种捣蛋鬼,从那里经过的时候都会不自觉地有所收敛。

那时候的我还很年轻,总觉得即使某天自己老了,也能免疫这种可悲的变化。如今回想起来,面对当初那份莫名的自信却只能哑然失笑。

写完的手稿已经堆积成了颇具厚度的一沓,以至于我不得不划分出一个新的章节,而那天的悲剧才刚刚拉开序幕。

那确实是很漫长的一天。

无论如何,希望我的故事没有让你厌烦。

那么,我们讲到哪里了?啊,是了,维罗妮卡。维罗妮卡从花瓶谷的雾中出现，凄厉地高声呼救。在那之后，或许是强弩之末，或许是因为绷紧的神经瞬间放松了下来，只见她双腿一软，整个人就如虚脱一般跪倒在路上。

丹不顾一切地跳下马车，奔往那位惊魂未定的姑娘身边。但我并未贸然行事。车厢的位置较高，站在这里，能眺望到雾中更远的地方。也就是说，更容易找到是谁——或什么东西——正在追逐盖夫顿小姐的女仆。

没过多久我便看见了答案。而且，那是一个我相当熟悉的身影。可是，有什么地方不对劲。

如果那个人打算追上维罗妮卡的话，那么我大概有幸见证了历史上最糟糕的追逐者。犹如戏班子里的丑角，迈着既夸张又滑稽的步伐，不紧不慢地款款而来。即使是在狂欢节的游行中，也完全无法想象那位女士会做出这种与身份极不相称的动作。然而，那瘦削的身形、紧缠于脑后的发髻，以及一身利落的白衣，都在表明对方确实就是我所认识的那个人。

"费伦茨太太？"我大声招呼道，"我是布莱亚兹。"

没有回答。我的话语仿佛在那片茫茫白雾里溶化掉了一般，对方根本就没有听见。但有人听见了。维罗妮卡猛地一跃而起，就好像有谁在她脚下点燃了一堆火似的。猝不及防的丹试图拉住她，她却一下子挣脱了丹的手臂，扭头便要继续逃走。

情急之下，维罗妮卡忘了提起身上的长裙，结果一脚踩住了前摆，顿时又把自己绊倒在地。

我连忙下车,挡在女孩的前方,以防她再度做出不理智的举动。丹趁机从身后抓住了她的手腕,却又不敢真正使劲,生怕弄痛了她。幸好,维罗妮卡并未挣扎,似乎摔的这跤反倒让她冷静了一些。

"维罗妮卡,你好,"我柔声道,"我是布莱亚兹医生,盖夫顿小姐的主诊医生。你还认得我吗?"

上气不接下气的女孩仍然说不出话来,只是勉强点了点头。

"很好,很好,"我鼓励地说,"你能告诉我发生了什么事吗?你为什么要逃走?"

"她……"维罗妮卡艰难地吐出一个词,"咬人。"

我不确定是我听错了,还是她的一句话还没说完。

"对不起,你刚才是说'咬人'吗?"

维罗妮卡点点头。

"谁——谁咬人?费伦茨太太吗?"

维罗妮卡又点点头。

"呃,好吧——那么盖夫顿小姐呢?她还好吗?她在家里吗?"

"她……咬人。"

我开始觉得这番对话不会通向任何结果,于是我决定去询问这场古怪追逐战中的另外一方。我与费伦茨太太相识多年,她是我合作过的最优秀的护士之一,其职业精神毋庸置疑。我敢肯定,在任何情况下,她都不会把重病的人单独留在家中便离开。

然而,费伦茨太太现在确实就在这里,那意味着……

她耷拉着头，以往总是挺得笔直的脊梁已弯了下来，仿佛背负着一块看不见的巨石。手臂在身体两侧很不自然地扭曲，看上去就像是被绳索牵动的木偶。整个人也如同一具丢失了魂魄的躯壳，随意踏着歪歪扭扭的脚步，却离我们越来越近了。

维罗妮卡浑身颤抖起来。我把她交托给丹，深深吸了一口气，准备好去迎接最坏的消息。

"您好，费伦茨太太，"我率先开口道，"我今天早上刚刚收到您的信。能请您告诉我发生了什么事情吗？"

没有回答。我们相隔不过十余步的距离，她不可能听不见我的话。然而费伦茨太太只是低着头，继续一扭一扭地向我走来。

"是我，布莱亚兹医生，"我不由自主地提高了声音，"您能听见我说话吗？为什么您会在这里？我来得太晚了吗？"

仍然没有回答。现在我们只要一抬手便能碰到对方了，可费伦茨太太还是没有要停下来的意思。

"费……费伦茨太太！您没事吧？"

"不要！！"

维罗妮卡的尖叫声突然响彻云霄。我被吓了一跳，本能地往后退了半步。几乎就在同一瞬间，费伦茨太太猛然抬头，径直朝我的脖子先前所在的位置咬了下去……

"费伦茨太太！您在干什么？！"

霎时间，各种声音交织纠缠在一起——丹又惊又怒的喝问、维罗妮卡歇斯底里的尖叫，以及从耳畔传来的上下两排牙齿相互碰撞的声音。一片混乱嘈杂之中，我成了最安静的那个人，由于过分惊愕而说不出话来。

不是因为费伦茨太太的突然发难。虽然我压根儿没拿维罗妮卡的话当真，但大脑还是自动记住了那样一条奇怪的信息，因此这谈不上是意料之外的变故。费伦茨太太诡异地靠近时，我已经有所提防，要躲开其实并不困难。不，我之所以如此吃惊，是因为我终于看清楚了她的脸。

和那身白衣形成鲜明对比的，是一张**幽暗**的脸。

费伦茨太太一击不中，干脆绕开愣在原地的我，又朝马上就要哭出来的维罗妮卡走去。丹和我当然不会坐视不理，连忙前后夹击将她制住。费伦茨太太倔强地踏了几步，发现还是动弹不得，扭头再想咬人却又够不着，这才像放弃了似的安分下来。

我们不停地呼唤她的名字，然而费伦茨太太对此毫无反应。她睁大了眼睛，一眨不眨地盯着维罗妮卡，目光中却没有丝毫神采。我甚至不确定她是否真的看得到周围的东西。

"丹，"我一边着手检查费伦茨太太的体温和脉搏，一边问道，"昨晚费伦茨太太是亲手把信交给你的，没错吧？当时她也是这个样子吗？"

"不是的，先生，"丹马上摇头，"她只是显得很焦急，还特地嘱咐我要把信尽快交给您。"

也就是说，当时她不存在任何交流方面的问题。我不由得眉头紧锁。费伦茨太太的体温并无异常，于是我用手指探向她的手腕……

天哪。

快，非常快，极其恐怖地快。我的手指竟不争气地颤抖起来。但结果明确无误，她的心率达到了一般人的五倍以上，人类的心脏根本无法承受这样的高速跳动。

我的前额和手心都渗出了汗珠。我意识到，如果不能即刻采取有效措施应对，费伦茨太太恐怕就将回天乏术。然而，眼下的这些症状已经超越了我所掌握的全部医学知识。

"没关系的，"正当我束手无策之际，忽然听见一个声音说道，"有布莱亚兹医生在这里，一切都会好起来的。"

是丹，丹在安慰瑟瑟发抖的维罗妮卡。后者抽着鼻子，勉为其难地点了点头。他们都在指望着我，一位生命垂危的同事还在指望着我，我必须立刻冷静下来。在现有的任何专业理论都派不上用场的情况下，以最基本的常识和逻辑，从其他角度寻找突破口。

费伦茨太太正值盛年，而且一贯身体健康。根据丹的证言，不过短短半天前，她尚未显示出任何发病的迹象。那么与急性疾病相比，中毒的可能性无疑更值得考虑。

作为一名资深护士，即使没有医生在场，她也能够独立调配各种药剂。其中某些药物在错误的剂量下会产生强烈的毒性。尽管很难想象费伦茨太太会出现如此严重的失误，但百密一疏，她会不会是误服了……

慢着，难道是**曼陀罗花**？

盖夫顿小姐患有老人常见的慢性关节痛，因此我给她开出了包含曼陀罗花在内的处方。这种草药具有良好的镇痛作用，但一旦超过既定的剂量，其毒性足以致命。

肌肉痉挛、神志不清、语言能力丧失，这些都属于曼陀罗花中毒的典型症状。另一方面，毒性会令人陷入精神兴奋的状态甚至产生幻觉，这或许可以解释为攻击性的行为。至于心率过速，尽管也是已知的症状之一，但达到这种程度始终难以理解；并且通常应该伴有明显的发热，然而费伦茨太太的体温仍属正常。

当然，在诸多症状之中最令人担心的，还得数那张死灰一般的脸——不，不只是脸，还有从袖口露出的双手，也同样染上了一层不祥的黑色。此刻明明还是上午，那股黑色却像能把人拉进深不见底的午夜，仿佛就连阳光都要被它吞噬掉了。

确实存在某些会引起皮肤发紫发黑的毒药，但那种黑色与这种黑色明显不同。更不必说，中毒如此之深的人，根本不可能随意行动。

总感觉疏忽掉了一件很重要的事情，偏偏又想不出来究竟是什么。就此断定这是曼陀罗花中毒无疑是冒险的，可现在除了冒险以外别无他法。虽然表面上看费伦茨太太的情况还不算十分危急，但心脏的承受能力肯定早已到达了极限，就算她随时倒地也不足为奇。

无论如何，必须尽快把心率控制下来才行。

幸好，我的药箱里存有足够的各种药草——毛地黄可以直接减缓心率，并用大剂量的白藜芦进行催吐（万一她真的误服了曼陀罗花），再加上具有镇静功效的迷迭香。磨碎混合后倒入蜂蜜，以及事先调制的解毒药，以项链上蛇杖的末端捣成糊状。费伦茨太太的状态显然无法自行服药，我只能让丹帮忙掰开她的嘴，用一柄长勺把药送进她的咽喉，使她不得不吞咽下去。

维罗妮卡的情绪已经平复得差不多了。她自告奋勇想要帮忙。我便把剩余的半碗药交给她。我则再次测量脉搏，祈祷药草能够生效。

现在有三个人围着费伦茨太太。由于位置的关系，我选择了另一侧的手腕。于是我注意到了一件事。

这只手上，有一处小小的伤口。

伤口很浅，不仔细观察的话甚至看不出来。但那个形状——

"维罗妮卡，"我尽量保持平静的声音，"你刚才说什么？"

"先……先生？我并没有说话……"

"不，今天更早一些的时候，关于盖夫顿小姐的。你想说的难道是……她*也*咬人？"

"哦，是的——我的意思是，不是。我只是刚好看见盖夫顿小姐奇怪地张着嘴，好像想要咬人的样子。但她并没有真的咬了谁。"

果然如此。我不禁暗骂自己的迟钝。那时候维罗妮卡口中的"她"指的就是盖夫顿小姐，我却以为她只是在重复前一句话。

"她咬了，"我举起费伦茨太太的手，"她咬了费伦茨太太。"

手背上隐约可见一弯齿痕。皮肤裂开了，并没有在流血，伤口呈现邪恶的暗红色。

二人的大惊失色可想而知，但现在并不是任由他们目瞪口呆的时候。

"请务必小心，千万不要让费伦茨太太咬到你们，"我严肃地作出指示，"这可能是一种**会传染的**疾病。"

没错，就在这里，被遗漏掉的一环。我本应该更早想到的。盖夫顿小姐突然患病的消息，以及费伦茨太太身上毫无征兆地出现的奇怪症状，二者之间存在某种关联性。

正如很多人都知道的那样，人在被疯狗咬伤以后会患上狂犬病。我没有亲眼见过，但我听说有极小部分狂犬病患者在发病时会像疯狗一样扑咬周围的人，而被咬到的人也会因此感染上狂犬病。当然，费伦茨太太的症状与狂犬病完全不同，但这种疾病可能也有着相似的传播机制。

"请放心，医生，"丹故作轻松地笑道，"就算不会传染，我也不愿意无缘无故被咬一口啊……"

他大概是不想让维罗妮卡再次陷入恐慌吧。这很聪明。我也抓紧机会继续追问下去。

"请告诉我，我的好姑娘，盖夫顿小姐的样子看起来如何？譬如说她的脸，或者双手，是否变黑了？"

"也许吧，我不是太确定……"维罗妮卡的回答模棱两可，"对不起，先生，我看得不是很清楚。您知道，费伦茨太太根本不让我接近盖夫顿小姐。而且又是在晚上，周围的一切都很暗……"

"难道说，天亮以后，你就一直没有见过盖夫顿小姐吗？"

"没有，先生。今天早上……"

维罗妮卡打了个寒颤,似乎对那段回忆仍心有余悸。

"我在自己的卧室里,比平时更早一些起床,因为我想或许有什么地方可以帮得上忙。我刚换好衣服,还没来得及梳头,就听见门那边有声音传来——不,不是敲门的声音,而是好像有人想要把门打开……"

"想要?你那间卧室的门是锁上的吗?"

"不是的,先生,我没有给卧室上锁的习惯。您知道的,房子里只有盖夫顿小姐、费伦茨太太和我,那样做并没有必要。"

"但费伦茨太太——或者不管门外是谁——却没能成功打开它?"

"是的,先生。"

"我明白了。然后你是怎么做的?"

"我没有想太多,直接过去推开门。正如您猜到的那样,门外是费伦茨太太。她看起来糟透了,依然穿着昨晚的衣服,像是一整宿没睡觉的样子。我跟她道早安,但她就跟没听到似的根本不理我。我记得的下一件事,她已经向我扑了过来。"

"幸运地,你躲开了。"

"是的。我真的被吓坏了,本来以为肯定会被咬一口,但费伦茨太太的动作却很迟钝,我才躲了过去。但她一直追着我不放。"

迟钝、缓慢、笨拙——确实,我也注意到了这一点。

"之后发生了什么?你立刻就从房子里面逃出来了吗?"

"是的。对不起,先生,我应该首先去查看盖夫顿小姐的。噢,那可怜的小老太太……"

"不，"我摇摇头，"说实在的，你没有去我倒是松了一口气。别担心，我们很快就会见到盖夫顿小姐。在那之前，让我们把剩下的讲完吧，你是怎么跑到村子外面来的？"

"好的，先生。我跑出屋子，费伦茨太太也跟了出来，她跑得并不快，但我总不能站着不动。我看见柯妮就在不远处——柯妮莉娅·科萨，她是我的朋友，还有她的哥哥柯德林也在那儿。我试着跟他们解释发生了什么事，但怎么也说不明白。这时费伦茨太太已经追过来了，我拜托他们拦住她，然后我就去了……"

维罗妮卡突然闭上了嘴，腮颊泛起一抹红晕。

"你去了丹的家里，"我和颜悦色地问，"对吗？"

维罗妮卡轻轻点了点头，又偷偷朝丹瞥了一眼……

"哎？"

女孩脸上的羞涩被恐惧取代的瞬间，我下意识地跟随她的视线望去。

只见丹咬着牙，还是忍不住露出了痛苦的表情，肩膀接连不断地抽搐，两手却仍然紧紧拉住费伦茨太太的嘴角。

"丹！"我立即扑上前去把他拉开。健壮如牛的车夫竟站立不稳，摇摇晃晃地跌坐在地上。

"你被咬到了吗？"我心急火燎地问道。

"没……有……哇……"丹茫然地说。他的吐字含混不清，仿佛舌头肿了起来。

不由分说，我一把拉起他的右手，手指因为沾上了唾液而有些潮湿，但确实没有任何伤口。我又换到丹的左手……

那只手几乎已经变成了**黑色**。

不，不仅如此，那股黑气正在以肉眼可见的速度沿手臂扩散。它钻进衣袖，又从领口处冒出来。抽搐变得更加频繁和剧烈。在抽搐的间隙，丹抬起肤色尚算正常的右手，扼住了自己的喉咙。

我还在寻找左手上的伤口。我不打算对你说谎，在那个时刻，其实我已经非常清楚，即使找到了也无济于事。可我不能停下来，否则的话，我就只能眼睁睁地看着一个诚实的好人被侵蚀殆尽。身为医生，我曾以为没有比这更令人无法忍受的事情了。

——直到我找到了**那个伤口**。

"我的天哪……"

悔恨如潮水般汹涌而来。我被轻松击溃，双膝一软便跪倒在地。我发出痛苦的呻吟，却被另一个声音完美地盖过了。

"我的天哪！"

好像有个女孩在尖叫。但在恍惚之中我置若罔闻。

几乎就在同一时间，肩膀上又传来重重的一推。我毫无防备，横着飞摔了出去。通过余光，我看见身后张嘴咬下的费伦茨太太，她的攻击再次扑了个空。

"带……她……离开……"

丹就倒在我的旁边，用即将失去光芒的双眼凝视着我，竭力从牙缝里挤出几个单词。他的脸色已经变得和费伦茨太太无异，右手依旧保持着将我推开时的姿势,丝丝黑气正从掌心往五指蔓延。

那只手一下子握紧,紧接着爆发出一阵前所未有的猛烈抽搐。脖子突然以夸张的角度后仰,仿佛有人揪住了他的头发在粗暴地拉扯。硕大的身躯别扭地拧作一团,在草地上来回翻滚,似乎承受着难以名状的痛楚,暗灰色的脸上却是毫无表情。

我无能为力地看着惨剧就在眼前上演,直到丹逐渐停止了抽搐。另一方面,费伦茨太太又晃晃悠悠地朝维罗妮卡走去。后者双手抱头,活像被老鹰盯上了的麻雀,蹲在地上无法动弹。

这可不行,起码得让我完成丹最后的嘱托——我强迫自己爬起来,跑过去把泣不成声的女孩拉开一段距离。失去了目标的费伦茨太太停下脚步,慢吞吞地转过头来。就在这时——

倒在地上的丹忽然再次有了动静。

只见他缓缓站起,抽搐的症状已经完全消失,平静得就像刚刚只是打了个盹而已。他左右张望一阵,又原地转了半圈,然后直勾勾地朝我们看过来。那空洞的目光和费伦茨太太一模一样。

这大概就是我最初感到绝望的时刻。

"上车。"

我轻声对维罗妮卡说。话音刚落才意识到,即使大喊大叫,恐怕也无法让那两个人知悉我的计划了。

"什么?"

"我会分散他们的注意力,"趁着女孩的抽泣略微中断的当儿,我迅速下达指示,"那时你就从后面绕过去,尽快爬到车上。"

在这场变故中,唯一淡然处之的是那匹马,一直乖乖地等在路旁。不巧的是,现在丹和费伦茨太太正一左一右,挡在了我们和马车之间。

"可是……他……"维罗妮卡的眼泪又如泉水般涌出。

"我们会回来找他们的,我向你保证!但首先我们需要更多人帮忙才行——现在行动!!"

在我喊出这句话的同时,丹和费伦茨太太已经开始迫近。出于本能,我选择了费伦茨太太一侧。我抢上前去,跑到离她不过两三步远的地方,用力把腰间的药箱敲得砰砰作响。

这招似乎奏效了。丹愣了一下,调转方向奔我而来。费伦茨太太或许吸取了之前两击不中的教训,也不再张嘴便咬,伸出双臂想要把我擒住,但我轻巧地躲过了。

如此一来,他们身后便空出了一条通道。

"快走!!"

一直踌躇不前的维罗妮卡,在我一声大吼之下总算动了起来。她一手拉起裙子,一手捂着嘴,强忍着哭声从丹的背后经过,晶莹的水珠在空中画出一道闪亮的轨迹。

丹长臂陡伸,阴影般的大手差一点儿揪住了我的衣襟,使我不得不把注意力收回到眼前。与费伦茨太太相比,丹的动作敏捷不少。当他们都试图伸手来抓我的时候,再要躲避就显得没那么容易了。我被逼得不断后退,那意味着我将离马车越来越远。勉强拖延了一阵,我看准机会闪出一步,紧接着猛地往斜前方冲刺,堪堪从侧面绕过了两个人。

一鼓作气冲到马车跟前,维罗妮卡还在和她那条要命的裙子搏斗,不管什么姿势就是爬不上去。我只好停下来推了她一把,丹和费伦茨太太踏着那种滑稽的步伐追过来,好不容易拉开的一点距离顷刻荡然无存。我跳上原本属于丹的座位,甩动那根比看上去还要重得多的长缰绳。马儿发出一声不满的咕哝,但总算顺从地迈步向前——

"呀——!"

伴随着维罗妮卡的尖叫,马车一阵剧烈摇晃。丹从侧面袭来,死死抓住了车厢的栏沿不放。马儿原本就还没有跑起来,这样一折腾更是不肯动弹了,任由我怎么吆喝拍打也无济于事。丹继续沿车厢攀爬,不多时上半身已经越过了栏沿,瞪着死鱼一般的双眼,朝维罗妮卡张开大嘴。

我别无选择。

对不起了,伙计。我在心里默念着,一边解下身上的药箱,用尽力气朝丹扔了过去。

哐!药箱准确无误地砸中了丹的脑袋,盖子弹了起来,各种药草在空中飞散。丹发出一声闷哼,双手松脱,四仰八叉地摔到了地上。

"驾!!"

就像刚刚被我击倒的车夫一直以来所做的那样,我依样画葫芦地大喝一声。马儿仿佛听懂了,突然令我措手不及地加速。骑马从来就不是我所擅长的事情,更不用说驾驶马车,但现在也只能硬着头皮上了。万幸的是,这里离梭机村已经不远——

不过,真的可以说是万幸吗?

"维罗妮卡,你去了丹的家里,之后又发生了什么?"尽管必须盯紧前路,我还是忍不住瞥向后面的车厢。她正在把掉落的药草逐一捡回到药箱里。"那时候你已经甩掉了费伦茨太太,为什么她会再次赶上你?"

"我、我也不明白……他当然不在家,我这才想起他到渡林镇去了。我没有在那里停留,因为我知道从镇上回来肯定会走这条路,所以我就想不如到旧磨坊这边的村口去等他好了。但还没等我走到那儿,费伦茨太太就已经追了上来……"

维罗妮卡突然停止了手上的动作,她也意识到了其中的不协调感。

"柯妮……她们不会出了什么事吧?"

我陷入了沉默。维罗妮卡并未在丹的住处耽搁,但费伦茨太太依然很快追上了她,这说明她几乎立即摆脱了柯妮莉娅·科萨和她的哥哥。考虑到他们毫无心理准备,面对费伦茨太太很可能发动的突然袭击,即使没能避开亦不足为奇。这虽然是种悲观的推测,但它足够合理——彼时费伦茨太太已经失去语言能力,让她离开显然是不可能的。

是的,我认为这就是维罗妮卡未能目睹的事实经过。问题在于,令人担忧的部分还不止于此。

旧磨坊终于出现在前方,这意味着梭机村已经近在咫尺。曾经宏伟的巨大风车如今只剩下一副腐朽的骨架，底下的磨坊是常见的上窄下宽的形状，砖墙的缝隙之间长出了手指一般粗的藤蔓。当它还没沦落到如此光景的时候，作为全村粮食的小麦就是在这里被研磨成面粉，因此为了方便运输，磨坊的门理所当然地开在面朝村子的方向。

而对于正在驶往梭机村的马车来说，这扇门则是位于建筑物的背面。

当马车越过磨坊以后，我回头看了一眼。大概是因为早已废弃不用的缘故，两扇门板毫无防备地朝外敞开着。

假如你现在问我，这一眼究竟是无意识地看过去的，还是我已经预料到了即将发生的事情，我恐怕也说不上来。那时候，头脑的运转就像这辆奔驰的马车一样，跑得飞快却完全不受控制。就如同接下来的这句话，似乎是对维罗妮卡说的，但或许我只是在自言自语罢了。

"要是你的朋友被咬了，为什么他们没有跟费伦茨太太一起追出来？"

转眼间，梭机村的入口已经清晰可见。这里的宁静一如既往，听不到梭机转动的声音，唯一的主街道上也是杳无人迹。以鹅卵石铺砌而成的路面，在太阳的照耀下闪烁出繁星般的金色光芒。街道两旁竖立着一幢幢可爱的小房子，往地面投下犬牙交错的阴影——

是我的错觉吗？房子的阴影好像正在变长。

或者，是因为现在已经过了正午，所以太阳开始倾斜了吗？鹅卵石街道上的反光确实正在逐渐消失，要是那样的话，这阴影蔓延的速度也未免太快了些。

然后我不得不接受眼前的现实，那些是人——从房子的阴影里面走出来的，看上去和阴影并没有什么两样的人。

我想，在某个层面上，我或多或少已经猜到了这样的结果。科萨兄妹中的至少一人被费伦茨太太咬伤并导致感染，我认为这就是事实。从已知的三个病例（严格来说，我并没有看见盖夫顿小姐，仅通过维罗妮卡的描述以及费伦茨太太手上的伤口推断她也是感染者之一）来看，他们无一例外，全都失去了自我意识，并且表现出对其他人的攻击行为。因此，有理由相信同样的症状也会出现在科萨兄妹身上。

他们并未和费伦茨太太一同追赶维罗妮卡。这也许是由于从最初的症状（抽搐、心率加快、皮肤变暗，等等）出现，到感染者产生攻击性需要经过一小段时间（根据丹的情况），而那时维罗妮卡已经逃出了村子。或者，一开始被费伦茨太太咬伤的只有柯妮莉娅（或柯德林），那么相比起维罗妮卡，就在旁边的柯德林（或柯妮莉娅）便成了更明显的目标。

这是一座宁静的小村庄，仅有一条主街道和二三十户居民。假如科萨兄妹被感染后继续留在村子里，几乎可以肯定他们还会攻击其他人，而村民们对此一无所知。从那时起到现在，已经整整过去了一个上午，在最糟糕的情况下……

阴影一般的人们在街道上聚集，我甚至数不清有多少人。他们走路时的样子还是非常怪异，但当每个人都朝着同一个方向——那辆即将要驶进村口的马车——走来的时候，即使是像尼克这种大大咧咧的家伙，恐怕也不会再觉得滑稽了吧。我强行忍住胃里冒出的阵阵恶寒，用尽浑身力气拽动缰绳，想要让马车掉头。当然，那样的话不久之后就会和丹他们正面相遇，但现在根本管不了那么多。

　　可惜的是，对我来说，控制这样一辆马车毕竟还是太勉强了。

　　马儿发出尖锐的嘶号，颈背耸立，前蹄在空中高高扬起。我本该意识到这是危险的信号，但逃走的欲望无疑要强烈得多。我仿佛在跟一匹未驯服的野马角力，拼命扯紧这根攸关生死的缰绳——

　　原本绷得笔直的缰绳，突然像煮熟后的长条面一般弯软下来。还没等我弄明白究竟怎么回事，便听马儿一声悲鸣，被这番无理的拉拽搞得彻底失掉了平衡，就在我的面前轰然倒地。

　　车厢也一并倾覆翻侧，将我和维罗妮卡狠狠地甩了出去。

　　血渗透了衣袖，滴落在磨坊年久失修的楼梯上。一度被忽略的疼痛正在逐渐变得明显。

　　并不算什么严重的伤势，只是先前从马车上摔下来的时候，前臂被划了一道口子，手掌也磨破了点儿皮。朽蚀的台阶吱呀作响，似乎随时都会断裂的样子，但我不放心维罗妮卡一个人待着，丝毫不敢放慢脚步。

　　因此当我回到楼下，看见她安然无恙时，我着实松了一口气。

维罗妮卡一动不动地蹲坐在墙角，双手抱着膝盖，安静得像只小猫。她的额头和嘴唇都擦破了皮，但这次她完全没有哭。

砰。

磨坊的门突然传来一声让人心惊肉跳的撞击声，随后又归于沉寂，只能隐约听见草地上窸窸窣窣的脚步声。

"别担心，"我笃定地说，"他们不会进来的。"

话虽如此，但其实我也没有绝对的把握。磨坊的门是**朝外面**打开的，跟维罗妮卡的卧室相同。那个房间明明并未上锁，但今天早上费伦茨太太却没能把门打开。这会不会是因为，她不懂得该怎么**拉开**一扇门？

倘若这个假设成立，那么对于结构相同的磨坊，他们或许也不能从外面把门拉开。在马车已经无法行驶、前方正拥来大量被感染的村民、后面还有丹和费伦茨太太穷追不舍的情况下，我只能把赌注放在这唯一的希望上。

到目前为止，我似乎押对了。在我们躲进磨坊以后不久，尾随而至的村民们迅速把这里包围了起来。旧磨坊废弃不用多年，大门早已不再加锁，因此一直只是虚掩。村民们在门外聚集，有人就此停步，也有人径直撞向门板（感谢上帝，这两扇门并不像楼梯那般脆弱），却始终找不到开门的正确方法。

然而谁也没法保证，他们永远不会尝试把门拉开。更重要的是，即使磨坊内暂时算得上安全，我们的处境也并未得到实质性的改善。如果不能想办法逃出去的话，困在这里只会成为瓮中之鳖。

从正门硬闯无异于自投罗网，这个选项可以直接排除。于是问题就变成了，除了正门以外，磨坊还有没有其他的出入口？

当我看见那架摇摇欲坠的楼梯时，我意识到某个可能性的存在。楼梯的顶端连接着一处可以通往建筑物外部的平台，以便维修或更换风车叶片时使用。因为磨坊的底部较宽，所以外墙具有一定的倾斜角度，从室外平台沿墙壁爬下去固然需要一点儿胆量，但姑且可以当作一条可行的路线。

只是，这个计划的缺陷也十分明显。首先是……

"你的脚踝，"我问维罗妮卡，"现在感觉怎么样？"

除了脸上的擦伤，马车翻侧时维罗妮卡还扭伤了左脚。我起初并不知情，愣是拉着她一路飞奔进入磨坊。之后我提议到楼上寻找另外的出路，她刚刚踏上第一级台阶，就露出了异常痛苦的神情。

我立即替她作了检查。踝关节处有明显的肿胀，所幸骨头并无大碍。跑动无疑加重了伤势，这勇敢的姑娘竟一声不吭地忍住了疼痛。

话说回来，即使她刚才大声叫痛，难道我就敢轻易停下来吗？

"已经没那么疼了，"维罗妮卡捏了捏脚踝，又试着弯了一下腿，"走路的话我想是可以的……"

可惜那还远远不够啊，我在心里暗想。

"抱歉，"当然，说出口的则是另一番话，"刚才强行拉着你跑了那么远。"

"不，谢谢您又一次救了我，"她摇摇头，似乎看穿了我的想法,"要是楼上还有别的路可以出去的话,先生,请您不要再管我了……"

"楼上有一个通往室外的平台。我本来想,或许可以从那里沿着墙壁爬到地面。但就算你的脚踝没事了,"我故意强调一定不会丢下她,"现在看起来那似乎也不是一个好主意。"

"为什么呢?"

"你到上面去看一眼就明白了。不光聚集在正门前,还有好些人在磨坊的四周转悠,就算能顺利爬下去,恐怕也无法避开所有人。"

由于风向的缘故,那架巨大的风车被安装于正门的侧面。平台自然是在风车的正下方。假如村民们只是集中在正门附近的话,我们还有可能神不知鬼不觉地离开磨坊。遗憾的是事实并非如此。这正是这个计划的另一项重大缺陷。

"是吗……"维罗妮卡低下了头,"村里的人们,是不是全都……"

她没有说完这句话,但我明白她想问什么。我认为答案是肯定的,只是我也同样说不出口。外面的村民仿佛知道我们是在谈论他们,那些杂乱无章的脚步声竟也弱了下去,磨坊内一时间安静得令人窒息。

"都是我的错,"维罗妮卡双手捂住了脸,"如果不是我让柯妮挡住费伦茨太太的话……"

"不,不是那样的。这是一种疾病,你不能因此责怪自己。"

然而维罗妮卡却进一步把头埋了起来,仿佛根本没有听见我说什么。我很清楚，必须立刻掐灭这种自怨自艾的情绪，否则一旦失控，搞不好就会导致不可收拾的后果。因此我决定采取另一种策略。

"听着，维罗妮卡。如果有错的话，那也绝对不是你一个人的错。"

她轻轻抬起眼睛，不明所以地看着我。这是一个好的开始，至少现在她愿意听我说话了。

"你知道，刚才在外面平台的时候，我看见费伦茨太太和丹也追到磨坊这里来了。"

"我明白您的意思，先生，"维罗妮卡是个心思机敏的女孩，"好吧，费伦茨太太得病或许与我无关，但其他人还是因为我才会……"

"不，不。我指的不是费伦茨太太。"

"什么？"

"我是指丹，"我叹气道，"如果你非要揽起柯妮莉娅等人的责任不可，那么你也应该指控**我**害了丹——记得吗，是我请他帮忙掰开费伦茨太太的嘴，所以他才会被感染的。"

"那不一样，"不出所料，维罗妮卡反过来为我辩解，"至少您已经警告过他了，被费伦茨太太咬到只是意外。但可怜的柯妮却什么都不知道……"

"问题就在这里，丹并没有被咬。"

"您……您说什么？"

"丹没有被咬。他确实听从了我的警告，而且自始至终都非常小心。我检查过他的双手，手上没有任何咬痕。"

"那，他为什么还会……"

"因为他的手指之前已经受了伤——虽然只是很小的伤口，但就是这个伤口接触到费伦茨太太的唾液而导致了感染。在我们来这里的路上，丹曾经无意中提到过他的手指被针刺伤了。如果当时我能想起来这件事，我一定不会冒险让他靠近病人，但是我没有。所以丹会变成这样全是我的责任，你同意吗？"

维罗妮卡用力咬着唇，一滴眼泪终于还是忍不住滑落下来。

"你看，跟你比起来，我犯下的错误才更加不可原谅。如果我们想要有机会弥补这一切，当务之急就是要从这里逃出去。"

维罗妮卡用力抽了一下鼻子，抬起手掌擦掉了眼角的泪水。

"但我们已经被包围了，您有什么计划吗？"

"唔……"

我环视四周，希望可以得到某种启发。但旧磨坊内空空如也，就连磨盘和石臼都已不知去向。不远处的地上胡乱扔了几样农具，其中还有把铲子，大概是当年用于把小麦铲进磨盘的。

如果上方的路线行不通，那么下方的又怎么样？当然，这种异想天开只是一闪而过，仅靠这些简陋的工具挖一条地道无异于痴人说梦。

"先生，"维罗妮卡怯怯地说，"您的手臂还在流血……"

其实即使她不提醒，伤口处持续传来的疼痛也不会允许我忘记它的存在。在这种状况下，只要跟被感染的村民发生任何正面接触，恐怕都避免不了重蹈丹的覆辙。

"我们得准备一个完美的计划才行。"我苦笑道。

单纯的包扎止血无法防止感染，但也不能放任伤口不管。我撕掉袖子，扯成长条，因为之后只能单手操作，所以先用牙齿咬住布条的一端。就在这时，维罗妮卡搬出来一个盒子，竟是我的药箱。

"噢，谢谢，"我有些惊讶，这一路上她居然都没有把它扔掉，"这可帮大忙了。"

不消说，药箱里现在一片狼藉，各种药草就像秋天的落叶般堆在一起，丢失的大概也有一半以上。可以用于止血或消肿的药都不在它们通常的位置上。反正已经不可能更乱了，我便随意拨动翻找起来。

于是，我碰到了一样原本不在药箱里的东西。

那是一个我此前从未见过的小纸包。但我甚至在认出多内先生的花体字签名之前就已经猜到了里面是什么。

"我想这是属于你的东西。"

维罗妮卡不知所措地看了看我，又看了看我递给她的小纸包，不确定是否应该接过去。

"把它打开吧。"

她顺从地照做了。从里面拿出来一枚锃亮的胸针。

"这是……"

"是一件礼物，丹本来打算送给你的，"我轻声地说，"他告诉我你一直想要一枚胸针。"

"天哪——我不敢相信他还记得……"

"你知道,他真的很喜欢你。"

女孩的脸变得绯红。她把胸针捧在手心,娇羞地垂下了眼睛。然而下一瞬间,她又重新抬起头来。

"您刚才说,他的手指是被针刺伤的?"

"唔……"

我还没想好应该怎么回答,但维罗妮卡显然已经从这片刻的迟疑中得出了结论。

"是这样吗……"她愣愣地盯着掌中的胸针,"可是,为什么——为什么它会在这里?"

"据我所知,今天早上,丹到镇上的集市去买了这个胸针,之后就一直放在他衣服的口袋里……"

我稍作停顿,苦涩地叹了口气。

"所以,恐怕是我用药箱砸中他的时候,胸针从口袋里掉出来,刚好落在了车厢里面。因为跟许多药草混在一起,你以为那也是药箱里的东西,结果一并把它捡了回去——我想,或许是丹想让你得到它的愿望足够强烈,才引起了这一连串的巧合吧。"

维罗妮卡没有再说什么。我便转过身去,默默包扎手臂的伤口,让她有一段可以独自思念爱人的时间。当我再次看向她时,我注意到维罗妮卡已经把胸针别到了胸前。那是一株可爱的铃兰,正是眼下流行的图样。

"非常漂亮。"我由衷地说。

"谢谢您，"女孩的眼眸里闪动着此前没有的神采，"先生，我们是不是应该再到楼上查看一下？或许……现在大家都回家去了。"

我觉得这是个好主意。抛开那种天真的幻想不谈，确实有必要再次确认磨坊外的情形。不过，现在让维罗妮卡去爬楼梯还是过于勉强了。

"我去就好了。你留在这里，尽量保持脚踝放松。"

"是……"

于是我再次爬上那条岌岌可危的楼梯。正准备要跨出室外时，忽然听见楼下传来维罗妮卡的声音：

"布莱亚兹医生！"

奇怪。即使在往常我为盖夫顿小姐看诊的时候，维罗妮卡都是以"先生"来称呼我的，我不记得她曾经叫过我"医生"。

我退回几步，从上层平台的楼梯口探头望去。维罗妮卡就站在楼梯底下。她似乎拄着一根拐杖，仔细一看，原来是刚才地上的那把铲子。

"医生，这就是人们说的黑死病吗？"

"什么？"我哭笑不得，"不，当然不是。那是完全不同的症状。"

不过，我能理解她为什么会有这种误解。她太年轻了，根本没见过黑死病的样子。她所知道的，大概就只有这个名字，以及它是一种可怕的瘟疫而已。因此当她目睹丹和费伦茨太太的肤色变化，会联想到黑死病也不足为奇。

但事实上,黑死病的患者在皮肤出现黑斑之前,身上首先会长出许多肿块,但丹和费伦茨太太都没有这样的症状。而且,所有这些感染者的皮肤也并非呈现黑死病的紫黑色,而是肤色加深,暗淡而失去光泽。可以说,两者除了都具有传染性以外,完全没有任何相似之处。

"那样的话,"维罗妮卡看起来松了口气,"您会把我们都治好的,对吧?"

在我意识到这句话有不妥之前,维罗妮卡突然抡起手上的铲子,狠狠砸向我脚下的楼梯。好几级台阶当即应声而断。她仍不肯罢休,就像疯了一般继续舞动铲子,几下起落间,便把够得到的台阶全部破坏殆尽。

"维罗妮卡!"我惊怒交加地吼道,"你在做什么?!"

但话音刚落,我便明白她打算要做什么了。

"停下来!维罗妮卡!别干傻事!"

然而她对我的呼唤充耳不闻,依靠铲子支撑身体,一瘸一拐地朝正门走去。

"维罗妮卡!"

已经太迟了。女孩没有丝毫犹豫,用力将两扇门一并推开。渐斜的阳光瞬间涌进磨坊,在她身后拉出一道斜斜的阴影。

同时拥进来的还有几名如同阴影一般的村民,显然他们从未散去。磨坊内回荡着我徒劳的叫喊,于是他们径直越过维罗妮卡,一股脑儿冲向楼梯——然后就被迫在那里停了下来。

因为楼梯已经被破坏了。他们上不来,我也无法下去。

但进入磨坊的村民越来越多,虽然我吸引了大部分人的注意力,但还是有人开始转往维罗妮卡的方向。就在这时,大门前出现了一个熟悉的壮硕身影。

维罗妮卡朝我回过头来,她的半张脸沐浴在夕阳中,展现出幸福的模样。

"他相信您,医生。我也一样,"她甜甜一笑,"现在请离开吧,我们就在这里等您回来。"

说完她便迎上前去,哐当一声扔掉铲子,展开双臂抱住了丹。她踮起脚尖,用受伤的嘴唇去亲吻她的爱人。

两人之间,一株小小的金色铃兰在闪闪发光。

晚上，以及第二天

我想事到如今我们都很清楚我没能守住那个承诺。那天以后，我就没再踏足梭机村一步，也没有再次见到费伦茨太太、丹，或者维罗妮卡。对于他们后来的命运，我和你一样一无所知。

我甚至没有等到维罗妮卡的症状出现便走到了室外。我能为自己辩护的是，她的嘴唇受了伤，那个伤口无疑接触到了丹的唾液，已经没有任何办法阻止她被感染。如果我不趁着这个机会逃脱，只会白白辜负了维罗妮卡的一片苦心。

当我来到风车底下，站在平台上往外望去，原先围在磨坊四周的村民们一个都看不见了。不难推测，他们都进入了磨坊，因为那里面有他们的目标——<u>发病后的感染者会主动地、无差别地攻击感知范围内所有未受感染的人</u>，仅就已知的事实而言，这是合乎逻辑的结论。

在这个时刻，未受感染的人还有**两个**。即使我离开了，维罗妮卡也足以吸引村民们留在磨坊内。但是，一旦她成为了**他们**中的一员，我作为仅存的目标势必就会遭到里外夹击。假如浪费掉维罗妮卡牺牲自己换来的这点宝贵时间，再想要逃出去恐怕已是绝无可能。

在她打开大门之前，维罗妮卡故意找了个理由让我到楼上来——我会让她留下独自上楼，这也不是什么难以预料的事情——

然后立即捡起铲子毁坏楼梯。毫无疑问，这一连串行动都是有预谋的，并且经过了一番精心计算。这就是她想到的"完美计划"——以自己作为诱饵，让原本在周围游荡的村民都聚集到磨坊里面，从而替我清除逃生路线上的障碍。假如她的目标是让我一个人脱身，那么这个计划确实堪称无懈可击。

只是，直到最后我也没能明白，她**为什么要这么做**——

算了吧，我这是在骗谁呢？维罗妮卡过于轻易地放弃了逃生的希望，完全都是因为我的错啊。

是因为我欠缺考虑地告诉她从平台可以爬到地面，才会让她觉得脚踝受伤的自己是一个累赘；是因为我多此一举地告诉她磨坊四周都被村民们包围了，才会让她开始去想把他们引开的办法。

还有那枚最终将她推往绝路的胸针。

我以为物归原主是理所当然的事，却没有顾及维罗妮卡的心情。胸针在一个不能再糟糕的时刻唤起了她的爱情，而那个深爱着她的人就在门外徘徊。更要命的是，不久之前我才告诉了她，丹之所以会被感染，是因为他的手指上有一处被针刺破的伤口……

我怎么可能想到胸针会神奇地出现在药箱里？

但那并不会改变是我把它交给维罗妮卡的事实。名为悔恨和愧疚的两个恶魔乘虚而入摧毁了她，让她无法忍受再次抛下被感染的爱人。现在，它们又来缠上我了。

全都是你害的……

刚把一只脚跨到平台外面，它们便呼啸着掠过我的耳边，发出一阵阵尖声的嘲笑。

你这个可耻的骗子……

它们飘浮在半空,围着我不停地蹿腾盘旋。我让身体紧贴磨坊的外墙,双手勉强握住凹凸不平的砖块,小心翼翼地保持着平衡。

看哪,你让那个可怜的姑娘变成了什么样子……

闭嘴!我使劲地晃了晃脑袋,右脚缓缓向下探去。

她居然还真的相信你会回来救她……

踏足之处并未如预料的那样出现在脚下。我一脚踩了个空,身体顿时猛地跌落,多亏了磨坊的形状才没有直接摔到地面。饶是如此,擦着那些粗糙坚硬的砖块一路下滑也不是件惬意的事。它们无情地锤打着我的肋骨,仿佛要把我的五脏六腑从喉咙里挤出来。我顾不上浑身剧痛,只管胡乱地伸手去抓,恰好抓住了砖缝里长出来的一截藤蔓。那藤蔓却也支撑不住我的体重,一下子就被连根拔起,但总算勉强止住了坠落的势头。

我瘫伏在陡峭的墙壁上,好一会儿都无法动弹。如果你看见了当时我那副模样,你大概会联想到深秋山毛榉树皮上粘着的一只寒蝉,根本不知道它究竟是活着呢,抑或早已只剩下一副空壳。待惊魂略定,我才稍稍弓起腰腹,从身体和墙壁之间的缝隙朝下望去,满心希望刚才那一下已经摔到了足够接近地面,可以轻松跳下去的高度。

然而唯一看见的,就只有垂在我脖子上的那条微微摇晃的蛇杖项链。蛇杖末端笔直指向下方的虚空,层层叠叠的砖块仿佛根本没有尽头，地面仍然在令人目眩的距离之外。

她马上就要出来找你讨回公道了——

如果它们是打算吓唬我的话，那么它们的目的无疑达到了。我手忙脚乱地往下爬，一心只想尽快逃之夭夭。然而即使墙壁提供了一个友好的倾斜角度，又有藤蔓作伴，对我来说仍然十分吃力。听着磨坊内部传来似是呻吟的细微声响，我愈发惊慌起来了。

倘若换作莉莉或尼克的话——我泄气地想，这种程度的攀爬不过是如履平地吧。那两个家伙，从小就钻遍了渡林镇的每个犄角旮旯。

莉莉——

不可思议的是，妻子的面容浮现在脑海的瞬间，恶魔们便消失不见了。

是的，这就是莉莉。在我们的婚姻中，她永远都是给予我力量的那个人。我相当确定，莉莉不会喜欢我在约好的时间仍未回家的主意。

当我终于到达地面的时候，维罗妮卡并没有在那里等着我，丹也不在。周围也没有费伦茨太太或科萨兄妹的身影。他们或许还在磨坊里面，或许在别的什么地方，我不在乎。我毫不犹豫地拔腿就跑，不断告诉自己只有立即返回渡林镇求救，才是帮助他们的唯一办法。

我没有尝试去寻找马车——它侧翻在磨坊与村子之间——那样做未免过于冒险了。这意味着，我只能靠自己的双腿走完这条马车也要行驶数个小时的路。无论如何，我尽量乐观地想，至少应该比刚才那段垂直的旅程轻松一些。

问题在于，不久之后夜幕便降临了。

我从来都不是夜晚的崇拜者。

小时候，每逢夏天艾米尔说要带我去捕捉萤火虫时，我总是坚决拒绝。后来到了和莉莉陷入热恋的年纪，我也不怎么欣赏在月亮或星空下依偎的浪漫（幸好在那样的场合，那头如火焰般明亮的红发总能给我带来慰藉）。当初，人们之所以建造坚固的房屋，不就是为了把黑夜拒之门外吗？

在我看来，倘若夜晚也能称得上美好，那它至少应该是在灯火通明的屋子里面度过的。在太阳收敛最后一抹余晖的同时，端上来新鲜温热的晚饭，从面包和盐开始，不需要任何多余的奢侈。当然，在温暖的季节，我也不会反对来上一杯啤酒或葡萄酒；而在寒冷的冬夜，点起熊熊燃烧的火炉，再烫一壶薄荷茶，没有什么比噼啪作响的木柴更能让人感到安心的了。

这个晚上，这些当然都是痴心妄想。

天空慢悠悠地由橘黄色变成淡蓝色，但随后就像突然焦急了起来似的，以令人望尘莫及的速度加深。我本来以为能在无法看清四周之前走到垭口，但这段路似乎比记忆中的长了好几倍。我又听见了许多脚步声，却分不清楚到底是追赶者就在身后，还是飘荡在山谷里的回声。

我横下心来，干脆站定不动，所有的脚步声于是一同归于沉寂。但还没来得及松一口气，就发现自己已经置身于一片漆黑之中。

仿佛为了报复过去我曾对它不屑一顾，月亮故意躲进了云层背后。我伸出双手摸索着前进，然而抬脚便踢中了一块不大不小的岩石，差点儿就被绊倒在地；脚趾的麻木尚未消失，又有一簇低矮的树枝，不偏不倚地糊到了我的脸上。

从相撞瞬间钻进鼻孔的清香，以及针刺般的疼痛判断，那应该是一棵云杉。捂着脸蹲下来时，我如此想道。

在日出之前恐怕不可能再往前走了，我无奈地接受了这个现实。从花瓶谷到垭口就只有这一条路，即使勉强走出去，到了遍地都是参天巨木的千树森林也一定会迷失方向；而且森林里还时常有棕熊出没。另一方面，这一路上都没有感觉到有人在追赶，现在离开磨坊已经足够远；假如感染者只会攻击他们看得见的目标，那么黑夜反而是最安全的。

就像这样，心里一旦打起了退堂鼓，就会编织出各种理由来说服自己。我没怎么犹豫便打消了连夜赶路的念头，而周围的环境也逐渐变得清晰起来。黑暗中赫然飘浮着一片若隐若现的薄雾，就像一条随风摇摆的白色缎带；淙淙的流水声似有若无，偶尔又响起几声蛙鸣。

没错，那是莲华河。干涸的喉咙里发出如同火山爆发一般的呐喊。

这时我才意识到,从早晨到现在,我滴水未进。我颇懊恼地回想起来,在被伊万的敲门声打断之前,葆拉沏的蜂蜜甘菊茶(当时还很烫)才抿了一小口而已。

河畔的柳树如今幻化成一个个张牙舞爪的魔影,叫人简直无法相信它们在白天看起来竟是那样温柔。但那可唬不住一个渴到了极点的人。我从这些凶神恶煞的家伙们之间穿过,趴在河边喝了个痛快。之后简单清洗了手臂的伤口,虽然我很清楚,身上的伤口现在已经远远不止一处。

好不容易蜷曲的双腿明确拒绝再次站起来。我把药箱垫在脑袋底下,就这样躺倒在地上。

我是否想念家里柔软的床?你认为呢?

此刻,莉莉或许已经就寝。感谢上帝,我出门前交代了有可能留在梭机村过夜,因此她会认为我是住在盖夫顿小姐家里而不至于担心。她也不必担心,只要我能在明天日落以前回到镇上。而我将不惜任何代价保证这一点。

我仰面而卧,云层愈加浓厚了,或许那是月亮在掩嘴窃笑。河岸的石砾硌得后背生痛,我似乎躺在了一个错误的地方。但我不想再换到别处去了,反正无论我怎么挣扎,最终都只会做出错误的选择。

每个人都会有这么一个诸事不顺的日子。不幸的是,这天刚好轮到了我。阴魂不散的恶魔们再次出现,不厌其烦地在耳边控诉我的罪行。我觉得这将注定是一个不眠之夜。

但我显然低估了疲劳的威力。

意识在短短几秒之内就陷入了无底的旋涡，于是我忽略了一件事情……

这一天，其实尚未结束。

费伦茨太太咧开血盆大口，唾液便如水箭般迸射而出。我急忙躲避，但还是有几滴溅到了脸上。

好在脸上并没有受伤。我立即伸手去抹，不料手上却传来一阵刺痛。

糟糕，怎么竟忘记了手臂的伤口？这一惊非同小可，我猛然睁开眼睛，恰好看见一滴露水从柳枝上坠下，在我的鼻尖上砸得粉碎。

原来是梦。我揉着昏昏沉沉的脑袋，不顾浑身伤痛坐了起来。

天色已经大亮。也不知道是从什么时候开始，白茫茫的浓雾再次弥漫于整个山谷。朦胧中的莲华河平整如镜，倒映出只在清晨时分绽放的睡莲。平坦的莲叶边缘蹲着一只全身油绿的青蛙，纹丝不动，看上去就像是叶面上某处不起眼的褶皱。鼓突的眼球虎视眈眈地盯着附近的一枝莲梗，一只红翅蜻蜓竟不慌不忙地绕着莲梗打转，浑不知即将大难临头。

浓雾中划过一声清脆的鸟鸣，蜻蜓倏地消失无踪，青蛙扑通一下跃进了水里，只留下一圈圈涟漪。

待涟漪散去，一切又重新归于平静。

一切都是如此平静，平静到让我觉得随时会听见丹大声招呼叫我上车，继续前往梭机村的旅程。盖夫顿小姐会站在她那幢可爱的小房子门前，笑吟吟地迎接我的到来，毫不介意把皱纹挤得更深；而当费伦茨太太一脸严肃地跟我讨论她的病情的时候，她却故意摆出不屑的神情；直到维罗妮卡端上香甜的茶和可口的点心，才又像个孩子那样兴奋不已……

昨天的经历，或许只是旅途中的一场噩梦，现在也应该醒来了吧？

我打开药箱，里面仍然乱作一团，这足以打碎前一刻的幻想。多亏了维罗妮卡，我一眼就看见了想要找的东西——那个装着蜂蜜的瓶子。如果没有它，饥肠辘辘的我恐怕撑不了多远就要倒下。

瓶子里还有大半瓶蜂蜜——我在出门前重新灌了满满一瓶，但为费伦茨太太配药时用掉了一些，再次证明昨天的遭遇并非梦境——我就着河水一饮而尽，拖着似乎比石头更沉重的双腿站起来，步履蹒跚地踏上了征途。

凭着从蜂蜜那里获取的一丁点儿力气，我顺利走出了垭口，然后沿着车辙穿过千树森林。棕熊通常会精明地避开人类气息浓烈的区域；但万一碰上了，我咬牙切齿地想，以我现在的胃口起码能吃掉半头。

千树森林远远不止一千棵树。渡林镇原本只是森林中间的一小片空地，最初的居民沿着黑河发现了这片空地，认为是适宜居住的好地方便留了下来。他们的判断无疑是正确的——黑河和小母马河带来了充沛的水源和鱼肉，北面的帽峰山则将冬天的暴风雪挡在了背后，而且手边就有取之不尽的木材。人们于是建造了房屋，开垦出农地和牧场，设立了集市、学校和诊所；随着镇子日渐繁荣，边界也不断向外扩展，但始终处于森林的层层包围之中。

我大概是在午后过一些的时候走出森林的。无边无际的树海不知不觉地变得稀疏起来，蔚蓝的天空开始出现在前方树枝的间隙。角度合适的话，甚至可以望见远处的帽峰山，以及山脚下的那座城镇——

一座到处冒着火光和浓烟的城镇。

脑袋骤然嗡的一响，仿佛背后有只棕熊站起来扇了我一巴掌。我跟跟跄跄地向前跌去，恰好越过了森林边缘的最后一棵树。

眼前确实就是无比熟悉的渡林镇，然而这幅景象却是无比陌生。黑色的烟柱从城镇的各个角落升起，如同一条条噬向太阳的巨大毒蛇。火焰已经吞没了好几幢房子，灰烬在屋顶和街道上空飞旋，宛若来自地狱的恶灵之舞。随风飘来一股焦臭的气味，就像是煮糊了一整锅发馊的羊奶。

我又听见了许多声音。木头燃烧时的爆裂声，紧接着是屋梁坍塌时的轰鸣；男人的吆喝、女人的尖叫、孩子的哭喊与杂乱无章的脚步声混合在一起；似乎还夹杂着野兽般的低沉嘶吼，却不知道是牧场上受惊的牲畜，还是别的什么东西发出来的。

耳边刮过呼呼的风声，身旁是黑河哗啦哗啦的湍流，仿佛河水也能体会到我焦急的心情。

莉莉……葆拉……卢卡……

在我意识到身体的虚弱之前，疲惫不堪的双腿早已狂奔起来。诊所位于黑河北岸，那意味着我必须横穿半个镇子，再从集市旁边的雨滴桥到对岸去。而在河的这一侧，低矮简陋的房子就像一只只甲虫挤作一团，如蚯蚓般弯弯曲曲的窄巷穿梭其中，你永远不可能知道它们通往什么地方。

那个突然朝我扑来的人影，正是从那些巷子里面窜出来的。我本能地往侧面一闪，那人便扑了个空；但我也因此失去了平衡，一个趔趄，肩膀重重地撞上了巷口的一幢房子。房子的墙板发出意欲断裂的悲鸣，从屋檐上落下一堆散发着霉味的木屑。

拨开落在脸上的木屑，我才看清楚那人的背影。他的个子不高，脚上穿着一双便于行走的靴子，用来装信件的挎包仍然挂在肩上。

"伊……伊万？"

年轻的邮差转过身来，脸色和漫天飞舞的灰烬没有两样。我注意到他的左耳根部裂开了一个小口子，鬓角一撮头发被凝固的血染成了黑色。

伊万瞪大了黯淡无光的眼睛，嘴里发出某种像是"呦呦"的叫声，再次径直向我冲来。他的动作和梭机村的人们如出一辙，却是出乎意料地快速。我背倚腐朽的木板墙，膝盖弯曲着无法发力，已经来不及往旁边躲避。情急之下索性双腿一软，整个人滑落坐到了地上。头顶上同时传来伊万吻上墙壁的撞击声，又掉下来更多的木屑。

但我很清楚自己并未赢得任何喘息的时间，于是立即手脚并用，像一只溜过墙根的老鼠，擦着伊万的靴子冲出巷口。伊万则像是掉进水里的猫，拼命抖动脑袋要把木屑甩掉。趁着这稍纵即逝的间隙，我一下子直起身来——

眼前忽然一黑，整个世界顿时天旋地转，河水蹿到天上化作蛟龙，山峰则变成了陷入地下的深渊。尽管头昏眼花，我的意识却依旧清醒。我知道这是由于饥饿和疲劳，以及头部突然抬高导致的短暂晕眩，只要过一会儿就能恢复。

如果我能过得了这一会儿的话。

伊万似乎已经结束了与木屑的纠缠，我可以听见靴子踏在地上的脚步声。或许是因为我站着不动，伊万也没有奔跑，但他无疑正在逼近。

我竭力睁开眼睛，无法聚焦的视线绞成一团旋涡，这很可能将是我在世界上看到的最后景象了。

旋涡中出现了无数张扭曲的脸，仿佛有成千上万个伊万将我团团围住。这些脸越来越大，然后中间破了一个奇怪形状的洞。我知道它们已经朝我张开了嘴。

嗖——噗——

无数张脸突然一同歪往一旁，但我没有被咬中的感觉。晕眩就像预料的那样逐渐退去，我看到伊万离我只有四五步远，却站在那儿一动不动，宛如田地里的稻草人。更令我惊讶的是，他的眼里竟重新有了一点光芒。

当我意识到那是来自泪水的反光的时候，伊万扑通一下跪倒在地上。

一支短箭插在他的右耳下方，穿透了他那纤瘦的脖子，箭镞的尖端从左侧锁骨旁边冒出来。不祥的暗红色液体顺着短箭淌下，滴在他从不离身的挎包上。可怜的小伙子徒劳地抬起右手，也许是想把箭拔掉，但那支箭已深至箭羽。他的嘴仍然半张着，用嘶哑的声音发出垂死的呻吟。

伊万无力地垂下了右手。我想，他的岁数应该比葆拉大不了多少，严格来说还只是个孩子。尚未完全成长的身躯，如今就如风中的枯草一般前后摇晃着。我下意识地想走上前去扶起他，今天清晨的梦却忽然从眼前掠过，不由得便犹豫了一秒。

就在这一秒，伊万猛烈地咳嗽，大量腥臭的血混合着唾液从他的口中喷涌而出，差一点儿就喷到了我的脚边。我不敢再靠近半步。他的下巴和胸前都沾满了血，这些血很可能也会让人感染。

男孩向前扑倒，就此一动不动了。

"布莱亚兹医生！"稍远处有人高声叫道，"您没事吧？"

自从维罗妮卡叫我离开磨坊以来，这还是第一次有人跟我说话。我茫然地循声望去，那里站着两个男人。其中一人全副武装，头戴钢盔，身披锁子甲，腰间挎着一把长剑，手里举着十字弩模样的东西。十字弩的末端寒芒闪烁，显然已经装上了另一支箭。我有一种感觉，假使我的回答不能让人满意，他是绝对不会犹豫发射这第二支箭的。

另一个人则是刚才呼唤我的那位。

"哈瓦蒂先生?"

"谢天谢地!"哈瓦蒂先生立刻松了一口气,他的同伴也移开了十字弩的准星,"艾德华,我亲爱的朋友!您平安无事可真是太好了。"他们快步朝我走来,哈瓦蒂先生脸上露出真诚的笑容,他应该是由衷地为见到我而感到高兴。两个人都没有对地上倒毙的男孩看上一眼。

尤里乌·哈瓦蒂先生既没有封地也没有爵位,但没有人会怀疑他就是目前渡林镇事实上的领主。哈瓦蒂家族的先辈是渡林镇最早的开拓者之一,通过几代人的精心经营,他们获得了渡林镇大部分土地的所有权。尤里乌的父亲建造了华丽的安妮庄园,相对于可观的租赋收入甚至算不上什么奢侈;到了尤里乌这一代,哈瓦蒂家族的财富已经变得如此庞大,乃至他不得不招募一队雇佣兵以保证它的安全。

哈瓦蒂先生手执一柄出鞘的长剑,并未穿戴笨重的精钢盔甲,而是一件漂亮的坎肩皮甲,显得英姿飒爽。皮甲和剑柄上均镌刻着哈瓦蒂家族的家徽:一棵大树和底下的河流。尤里乌·哈瓦蒂如今正值盛年,身体结实强壮,尽管两鬓有些过早发白,但看上去一点儿都不比旁边的武士好对付。偶尔有人会称呼他为"哈瓦蒂大人"或"尤里乌爵士",这些人中的一部分或许确实不知内情,但更多只是希望用这种方法来讨好他;哈瓦蒂先生会立即严肃地纠正这些马屁精。当然,那并非因为他对这些虚名毫不在意,而是他十分清楚，传到王都的流言会给整个家族惹来不必要的麻烦。

"发生了什么……"我虚弱无力地问，"不，**什么时候**发生的？"

"德拉甘队长大约是在正午时分接到了最初的报告，"哈瓦蒂先生瞥向身边的武士，后者的头盔略略点了一下，因此我认为他就是德拉甘队长，"但骚乱很可能更早就开始了。"

也就是说，如果我坚持连夜赶路的话，兴许还来得及的。我本可以阻止这场灾祸，或者至少提前给予人们警告。我看着伊万的尸体，仍然有血从他的脖子上汩汩流出，感觉却像是从我的手里流着。

"艾德华，您介不介意告诉我们这是怎么回事？"哈瓦蒂先生狐疑地说，"每个人现在都被搞糊涂了，但我觉得，您似乎知道一些我们不知道的东西？"

我摇摇头。"我唯一知道的是在梭机村也发生了同样的事情，因为昨天我就在那里。可能是某种传染病，假如您是在问我的意见的话。"

"瘟疫吗？但疾病只会杀死人，不会使人变成凶恶的暴徒。"

"有些可能会。我们无法断言。"

"所以，您昨天在梭机村也遇到了同样的事，然后怎么样了？"

我羞愧难当地垂下了头。

"然后我就逃回来了。"

"谁也不能因此而指责您，"哈瓦蒂先生迅速下达了判决，"我敢说您是一路走回来的，对吧？您当然还没有吃过早饭，您看起来简直就跟个幽灵一样。"他转向随从武士,吩咐道:"德拉甘,请你护送布莱亚兹医生到安妮庄园。"然后又向我解释:"我已经下令开放庄园作为临时避难场所。"

但是德拉甘队长不为所动。

"我的职责是保证您的安全,先生。"他第一次开口说话。或许是因为隔着头盔的关系,他的声音听起来毫无感情。

"你会立刻回归你的职责,在你执行完了我的命令以后,"哈瓦蒂先生脸色一沉,"在这期间我会找其他人的,我相信你已经把他们训练得很好。"

从头盔的缝隙间,我看见德拉甘队长的眉毛拧到了一块儿。他的左眼上有一道触目惊心的伤疤,这让他的右眼显得比左眼大了不少。看得出来他仍然试图跟他的雇主争辩,以我对这位大人物的了解,恐怕那并不是一个好主意。

"谢谢您的好意,哈瓦蒂先生,"我抢先说道,"但我必须回家一趟……"

"不,您不可以,"哈瓦蒂先生斩钉截铁地说,"前面会有更多——唔,您也许会把他们叫做感染者——等着朝您扑来。恕我直言,以您现在的状态甚至撑不到雨滴桥。"

"但我的家人还在……"

"事实上,我相当确定您会在安妮庄园见到他们,"哈瓦蒂先生再次打断了我,"当骚动首先在南岸发生时,我们也很快注意到了您所说的,人们的怪异行为似乎具有某种传染性。既然如此,最重要的措施就是阻止那些家伙和其他居民接触。德拉甘队长手下的小伙子们现在大部分在南岸,但我们已经提前派人通知北岸的居民撤到微风桥西侧。这样只要把守好微风桥和迷雾桥,人们在安妮庄园就将是绝对安全的。"

我抬头望向天空中的巨大烟柱,细看之下,果然它们都是从黑河南岸升起,不由得略微松了一口气。如果莉莉他们此刻就在安妮庄园,那我确实没有再回家的必要。

"我明白了。那么恭敬不如从命,"趁着哈瓦蒂先生的嘴角微微上翘,我提出折中的方案,"但我不能带走您的人而让您单独留下。迷雾桥离这里不远,我可以自己过去。"

"您看起来随时都要晕倒,"哈瓦蒂先生不同意,"而我则手持武器……"

但他没能把论点阐述完毕。德拉甘队长突然上前,强行挤进我们之间,单手抬起十字弩,几乎不作瞄准便朝小巷深处发射。

哈瓦蒂先生和我一并转头。只见一个披头散发的女人正高举双臂朝这边奔来,短箭射中了她的胸口,但她并未就此倒下。

哈瓦蒂先生舞动长剑画了个圆圈,双手握剑迎上前去。

"停下!"我不假思索地喊道。

"现在让她解脱才是仁慈,医生。"哈瓦蒂先生看也不看我一眼,把手中的长剑握得更紧了。

"不!那样会让血液溅得到处都是,而那些血很可能具有传染性。"

毫无疑问，这话起到了作用。

"您确定吗？"

"不敢说完全确定，但我绝对不希望您去验证。"

德拉甘队长从胁下的箭筒里又抽出一支短箭，这次他准确地命中了女人的咽喉。女人在小巷里仰面朝天倒下了。

"我得到的报告是这些家伙会到处咬人，一旦被咬就会变得和他们一样，"哈瓦蒂先生严厉地说，"可是那仅限于确实被咬到的情形。但您说并不是这样？"

"我亲眼见证有人没被咬就感染了，"我不情愿地回忆起丹的样子，"原因只是他手指上一个小伤口接触到了感染者的唾液。我认为，咬人其实也是同一回事——咬破皮肤产生伤口的同时，这个伤口当然也会接触到唾液。也就是说，咬人一定会导致传染，但传染并不一定需要咬人的动作才会发生。而假如感染者的唾液具有传染性，他们的血液很可能也是一样。"

哈瓦蒂先生的表情变得相当难看。他把长剑拄在地上，狠狠吸了几口气，像在抽一根看不见的烟斗。

"在没有伤口的前提下，碰到了那些唾液或血液，会怎么样？"

"不能简单地下结论，"我谨慎地说，"但我想那样应该不会感染。"

"好吧。我完全信任您，艾德华。"哈瓦蒂先生点点头，对德拉甘队长道："你听到医生的话了。传令下去，所有人都要注意不能受伤。"

"是，先生。"

哈瓦蒂先生伸出手来，那只手的食指上戴着大树和河流的戒指，是象征哈瓦蒂家家主身份的信物。

"我真的不愿意让您一个人前往安妮庄园，我的朋友……"他把手搭在我的肩膀上，"我让安赫尔守在迷雾桥，他当然认得您，他会让您过去的。艾德华，请务必小心——假如您是对的，请记住您身上的伤口比谁都多。"

说罢，哈瓦蒂先生在我的肩上用力一捏。挺剑护住身前，转身往小巷深处走去。德拉甘队长立即紧随其后。

"尤里乌！"我冲他们的背影喊道，"您打算杀掉每一个感染者吗？"

"我打算救出其他所有人，"尤里乌·哈瓦蒂没有回头，"为此我会做任何必须做的事。"

渡林镇境内有两条河流——黑河由西面的千树森林流入，穿过城镇后消失于东面的千树森林；小母马河则发源于北面的帽峰山，蜿蜒向南后汇入黑河。河流将渡林镇划分成天然的三部分：南岸、北岸，以及安妮庄园。

与哈瓦蒂家族签订契约的佃户、伐木工、猎人和渔夫、帮佣、码头工人、铁匠和砖瓦匠的学徒，以及其他无产者，是南岸这些简陋平房的主要居民。北岸一般专指小母马河的东侧部分，这里聚集了集市、教堂、学校，当然还有我的诊所。而黑河的北侧，小母马河的西侧，则全部都是属于安妮庄园的领地。

小母马河上的微风桥连通北岸和安妮庄园，黑河上则共有三座桥。只要是赶集的日子，集市旁的雨滴桥永远都是人山人海；有些行贩就在桥上摆卖，因此又被称为"骗子桥"。在礼拜日，人们也会通过城镇东边的寒霜桥前往黑河边上的教堂，但跟雨滴桥的盛况不能同日而语。对于南岸的居民来说，面包和盐永远不可或缺，信仰有时候却过于奢侈了。

我迈着虚浮的步子，踏上黑河上的第三座桥——位于渡林镇西边，直接通向安妮庄园的迷雾桥。"不存在的桥"则是南岸的人们对它的叫法，因为他们很可能一辈子都不会走一次这座桥，安妮庄园显然也不把他们列为受欢迎的客人。事实上，桥的中段建有类似于门房的一间屋子，只有在哈瓦蒂家族的管事前往南岸收取佃租时，屋子的门才会开启。

这扇厚重的木门现在关得严严实实，几乎没有留下一丝缝隙。门上同样雕刻着大树和河流。正如他的父亲所说，安赫尔·哈瓦蒂驻守在这里。安妮庄园的少主人——尤里乌先生的独生子已经长得比父亲更高，此刻正站在屋子顶上，一头金色鬈发迎风飘扬。他的手里拿着和父亲样式相同的长剑，不过看起来并非那么稳当。

尤里乌的计划是让安赫尔为我把门打开，我认为那根本不成问题。但我们都没料到的是，迷雾桥上还有其他不速之客在等待着开门。

一位白发苍苍的老妇人堵在门前，正饶有兴味地抚摸着门上的雕刻。当她摸到大树树梢的时候，佝偻的身子整个都压在了门上；假如那扇门不是早就闩上了的话，这一下大概就会被推开了。还有一个身材魁梧的光头男人，站在离小屋十步左右的地方，不知疲累地仰起脖颈，死死盯住了屋顶上的安赫尔不放。从背后看，就像在肩膀上放了一颗巨大的灰色鹅卵石。

哈瓦蒂家族的少年也勇敢地回瞪，虽然握剑的手在微微颤抖，却坚决不肯移开视线，直到他注意到了我的到来。

"那是布莱亚兹医生！"安赫尔振臂高呼，又立刻低下头叫道，"霍扎！把门打开！"

木门纹丝不动，霍扎似乎拒绝执行这个无谋的命令。

安赫尔咕哝着骂了一句，一只脚踏在屋顶边缘，探头向下张望。当他确认了桥上只有两名感染者以后，他做了一件让他们和我都目瞪口呆的事：还剑入鞘，然后纵身一跃而下。

光头男人率先反应过来，伸出一双大手朝安赫尔抓去。但安赫尔已经冲到了桥的侧面。那大汉展现出与身材不相称的灵活，腰身一拧便转过了方向，踏着雷鸣般的脚步再次扑来。安赫尔早有准备，身子一低，从对方的胁下避过。这一冲去势犹自未尽，安赫尔双手揪住男人的腰带，肩膀顶上了他的胸口，奋力一举，竟把那大汉整个儿掀到了桥外。只听一声巨响，男人掉入黑河的浊流之中，迅速往下游的雨滴桥漂去了。

安赫尔喘着粗气，气势汹汹地朝老妇人走去。此时她已经放弃了对哈瓦蒂家族家徽的兴趣，瞪着浑浊的眼睛，满布皱纹的脸显得十分狰狞。但显而易见,假如安赫尔想把她拎起来扔进河里,并不会比拎一只小鸡困难多少。

老妇人的脖子抽搐着,看上去就像是在不停地摇头。或许她是在求饶,请安赫尔不要伤害她?我忍不住胡思乱想。

安赫尔和她对峙了一阵,跺了跺脚,折返回来搀扶近乎虚脱的我。

"布莱亚兹医生,您还好吗?"

我点点头。于是安赫尔扶着我走上迷雾桥。接近小屋时,他举起长剑,用剑鞘把老妇人逼退。

老妇人顺从地让开几步,但她的嘴却一直像鲤鱼似的一张一合。我注意到,那张嘴里并没有牙齿。

现在我们终于站到了小屋门前。安赫尔右手扶着我,左手举着长剑,因此他只能抬脚,把那扇木门踢得震天价响。

"把这该死的门打开!"

好一会儿,门后才传来门闩滑动的声音,然后仅仅裂开了一条细缝。

安赫尔咒骂着,轻轻踹开那扇门,只露出约容一人通过的间隙。他首先把我让进小屋,接着自己也侧着身子倒退入内,最后才抽回握着长剑的左手。当老妇人发现那个一直挡着她的东西忽然不见了时,门已经再次锁上了。

但安赫尔并未就此罢休。他"噌"的一声抽出长剑,指向小屋阴暗的角落。

我这才注意到那里还瑟缩着一个人。这人长着一小撮山羊胡子和满脸通红的粉刺，穿着和德拉甘队长差不多的盔甲，想必就是霍扎了。

"我向上帝发誓，"安赫尔把剑尖对准了那家伙的鼻子，"我会让德拉甘把你赶出渡林镇，你这个卑鄙的家伙。你将为此付出高昂的代价。"

"我的好少爷，"霍扎摆出一脸苦相，一颗颗粉刺仿佛都要哭出来了，"外面那些可是**僵尸**啊……"

这是我有生以来第一次听到这个发音奇特的单词。在未来的许多年里，它将成为最常用的名词之一，但此刻我并没有把它记在心上。像霍扎这种胆小鬼肯定会找各种理由来为自己开脱，我自然不会认真去听他的托辞。

但安赫尔的一句话却令我极为在意。冲着霍扎发了一通脾气后，他悻悻地垂下了长剑。

"布莱亚兹医生，葆拉小姐没有和您在一起吗？"

"什么?!"

"您的女儿，先生，葆拉小姐，"安赫尔以为我没有听清楚，"她没有和您在一起吗？"

桥上的这间小屋在朝河的两侧各有一扇窗户，但无法照进充足的阳光。我在一片阴影之中发起抖来。

"你父亲刚才告诉我她就在安妮庄园，"我尽量控制住自己的语气，"还有她的母亲和弟弟。"

"啊，原来您碰到父亲了？"

"是的！"显然我现在完全没有兴趣去谈论他的父亲，"葆拉怎么了？难道她不在这里吗？"

"请别着急，先生。既然父亲说葆拉小姐来了安妮庄园，那她肯定就在这里，"安赫尔试图解释，"我想一定是这样的：因为我一直守在这座桥上，如果葆拉小姐走的是另一座桥——是的，她毫无疑问会走微风桥——那么我没能见到她也并不奇怪。"

我不在乎安赫尔有没有见到葆拉。按照他的说法，他应该没有见到从北岸来的任何人才对。所以奇怪的是另一件事。

"为什么你会觉得她和我在一起？"

安赫尔忸怩地挠了挠脑袋，似乎为说了多余的话而深感懊悔。

"对不起，先生，"让我满意的是，他选择了实话实说，"昨天我原本约了葆拉小姐见面，但后来她捎信来说来不了，因为她要为您办事。所以我才会想，她是不是一直跟您在一起……"

我这才稍微安心了一点儿。这么说，昨天葆拉打扮得花枝招展，原来就是为了去见这小子吗？莉莉知不知道这件事情？我对安赫尔的印象倒不算坏，不过现在不是考虑这些的时候。

"我要立刻去见他们。"

"当然，先生，"安赫尔殷勤地说，"我们安排从北岸来的客人在宴会厅里休息，我相信伊琳卡夫人也在那里。您觉得您现在能骑马吗？您可以骑我的马去。即使在安妮庄园的马厩里，它都是跑得最快的那一匹。"

我跟在安赫尔身后走出小屋，来到迷雾桥的另一端。一匹漂亮的白马就拴在桥头的柱子上。

"我真希望我能跟您一起去，但恐怕我还要跟那个下流胚再多待一会儿……"安赫尔一边朝小屋努了努嘴，一边把缰绳交到我的手里，"请代我向布莱亚兹夫人和葆拉小姐致意。"

我确实还能骑马，安赫尔的爱驹确实跑得很快，安妮庄园的宴会厅里也确实已经聚集了不少人——当我以这副惨相闯进去的时候，有人发出惊呼，有人倒抽了一口凉气，有人上前慰问，也有人露出了比先前更加惶恐不安的表情。

然而没有人尖叫着飞扑过来，给我一个足以令伤势加重的拥抱。

无须寻找我也知道，葆拉并不在这里，莉莉和卢卡也都不在。

围拢在我身前的人群自觉地退开一条通道。安妮庄园的女主人，伊琳卡·哈瓦蒂夫人迎上前来。在她身后，一名侍女手捧托盘，上面放着几片面包和满满一碗肉汤。

我没有半点胃口，甚至有想要呕吐的感觉。但作为医生，我绝对不会允许一个身体如此虚弱的人任性妄为。于是我感谢了她的好意，用面包蘸着肉汤，把这些珍贵的食物一扫而光。

年轻的伊琳卡夫人是尤里乌先生的第二任妻子。如黑曜石般乌黑闪亮的秀发昭示了她和安赫尔完全没有血缘关系。她并不是渡林镇人，我想她大概是出生在王都附近的某个小村庄。在她来到镇上的头两三年，她对这里的气候环境适应得不算太好，时常会犯些头痛之类的小毛病。尽管我曾多次访问安妮庄园为她治疗，但伊琳卡夫人应该没有亲自到过诊所，因此她也不认识莉莉。

"真的很对不起，布莱亚兹医生。我想我今天没有见过一位红头发的女士。"

当我向她询问时，伊琳卡夫人低着头，用谢罪般的语调回答道。仿佛她认为那是自己的过错。

我忽然想起曾经听说过的传闻，在嫁给尤里乌先生以前，她好像是王都某个剧场的女演员。

随着一阵节奏缓慢的笃笃声，上了年纪的多内先生拄着拐杖走过来。如今他的腿脚不太灵便，但精神依旧矍铄，仅凭灵巧的手指和锐利的目光，便足以把任何一小块金属疙瘩雕刻成栩栩如生的铃兰。

"艾德华，你不用担心，"这位受人尊敬的首饰工匠说话中气十足，"莉安娜可比你会照顾自己多了。"

我勉为其难地动了动嘴角。好吧，我知道多内先生说得有道理。可是为什么她不在这里？

"而且，"多内先生摸了摸他那棉花般的白胡子，"尼库拉也已经跑出去接他们了。"

"尼克？"

我这才注意到，尼克似乎也不在安妮庄园。

"唔。是尼库拉把我送到这里来的——并不完全是这个大厅。我们刚踏进安妮庄园，那小子说了一句'我要去接莉莉'，就撇下我又跑了出去。也不想想莉安娜可能早就到了。"

听起来很像是尼克会干的事。莉莉再加上尼克,这世界上应该没有他们对付不了的东西吧。

"相比这个,艾德华,你发生什么事了?你怎么没有和莉安娜在一起?"

我只好讲述了一遍在梭机村的经历,但有意略过了多内先生制作的胸针在其中所扮演的角色。这引来了不少人侧耳倾听。很显然,大部分人仍然不知道外面究竟发生了什么。

我的故事让宴会厅陷入了一片不安的沉默。相比起为梭机村的不幸感到难过,人们无疑更加担心渡林镇会不会步其后尘。

但其中有两个人是例外的。

"如此说来,盖夫顿小姐恐怕也是凶多吉少了,"盖夫顿小姐的间接继任者、温文尔雅的现任校长斯布兰先生沉痛地说,"天哪,她是如此受人爱戴……"

他把端在手里的一杯葡萄酒一口气喝掉了一半,哈瓦蒂家族对宾客的招待显然十分周到。

另一位是我并不认识的女性。伊琳卡夫人敏锐地察觉了这一点。

"布莱亚兹医生,我猜您还没有见过奥约格小姐?"

奥约格——我思索在哪里听说过这个名字。站在美丽的伊琳卡夫人旁边,奥约格小姐的相貌或许算不突出,甚至可以挑剔她的嘴唇偶尔有那么一丝丝歪斜。但她的衣饰令人眼前一亮,刺绣的鸢尾花仿佛随时就要盛开,深浅紫色的搭配完美无瑕,再加上即使是我也能看出来的非常高超的剪裁。考虑到她应该与梭机村有颇为深厚的联系。

"是那位有名的裁缝，克丽丝蒂娜·奥约格小姐吗？我想我确实还没有那份荣幸。"

"您真是太客气了，"裁缝小姐伸出戴着丝质手套的右手跟我轻轻握了握，"很高兴认识您，布莱亚兹医生。"

"在我从事这项职业以来，您大概还是第一个跟我说'很高兴认识您'的人。"我说了一个初次见面时惯用的玩笑话。伊琳卡夫人和奥约格小姐都掩嘴而笑，气氛显得轻松了一些。

因为丹的关系，我知道奥约格小姐时常会从梭机村购买布料。那么那里一定有不少她所关心的人。如今我更不敢妄下海口说还能把谁治好，因此我决定换一个话题。

"您知道吗，我的女儿是您最忠实的仰慕者之一，奥约格小姐。"

"我早就认识葆拉了，布莱亚兹医生，"她微微一笑，"顺便说一句，您可以跟她一样叫我克丽丝。"

"您认识葆拉？而且她还叫您克丽丝？"

"嗯，我们合作好几年了，她可是我最喜欢的广告模特儿。"

"广告……模特儿？"

"也就是说，有时我会为葆拉特别缝制一些衣服，请她穿着四处走动。任何一个见到她的人都会被她所吸引——女士们会想象自己穿上那件衣服以后的样子，男士们则会希望自己的妻子同样漂亮迷人。这样一来就会有更多的顾客来请我缝制服装。不过除了几件衣服以外我并没有额外支付葆拉报酬,希望您不会因此而起诉我。"

我哑口无言。那丫头到底还藏着多少我不知道的秘密?

宴会厅外突然传来一阵吵闹的声音,其中还夹杂着几声马嘶,我意识到,它来自我骑过来的安赫尔的那匹白马。而我也知道,一匹如此训练有素的骏马是不会随便嘶鸣的。

"也许是马里厄斯治安官回来了?"伊琳卡夫人天真地说。

但其他人显然并非如此乐观。男人们神色紧张地走出宴会厅查看状况,包括拄着拐杖的多内先生。我也立刻跟上,好在肉汤和面包已经让我的体力得到了一些恢复。

宴会厅外是一大片绿油油的草地,可以直接望见稍远处的小母马河。河岸边筑起了两人多高的栅栏围墙,中间一座宏伟的拱门通向微风桥。这个宴会厅似乎是安妮庄园里离微风桥最近的建筑物,大概也是因为如此,才会安排北岸的居民在这里聚集。

有那么一瞬间,我以为是卢卡站在草地上。那个男孩无论身高还是脑后的发型都与卢卡差不多,但我随即看出了衣着的不同。在他身边是一个年纪更小的女孩,右手紧紧地扯着男孩满是补丁的袖子。男孩便拍了拍女孩的头,安慰她不要害怕。两个孩子背向着我,全神贯注地盯着拱门和微风桥的方向。

事实上,现在所有人都是一样。

和迷雾桥不同,微风桥上没有一间充当门房的小屋,也没有设置任何通行的障碍。三名丢盔弃甲的佣兵正从桥上撤退,连滚带爬地冲进拱门。其中两个好歹还记得回头把拱门的铁闸关上;第三个却沿草地一路狂奔，嘴里语无伦次地叫唤着：

"哈瓦蒂先生……被咬了……刺了他！队长！他也一样……都变成了……那东西！咬人！咬人！！"

我判断这个家伙不值得理会，继续径直往拱门走去。一个佣兵紧紧握着一柄与众不同的长剑，连着琥珀色的剑鞘往同伴屁股上捅了一记；后者掏出挂在脖子上的一把钥匙，颤巍巍地一番倒腾，总算是把铁闸给彻底锁上了。

雕刻着大树和河流的拱门之外，微风桥的骚乱仍在持续当中。远远望去，桥上现在还有三个人，装束几乎一模一样，显然也都是哈瓦蒂家族的佣兵。一个已经倒下，浑身剧烈抽搐，活像一尾从河里被甩到了桥上来的鱼。锁子甲和大理石桥面碰撞，发出哐啷哐啷的声音。

余下两个人则仍然缠斗在一起。其中一个人披头散发，显然是并未佩戴头盔，不知道是否之前被打掉了。另外一个人高举长剑侧劈而下，两剑相碰，迸发出"叮"的一声巨响，一柄长剑飞到半空，转着圈儿掉进小母马河去了。

剩余的那柄剑握在那个没戴头盔的人手里，剑刃上鲜红的血渍兀自未干。

然而他并未挺剑刺出，却突然上前一步，屈肘撞向对方的咽喉。失去武器的佣兵无法格挡，顿时就被顶翻在地。他立刻扑过去，宛如一头扑入羊群的狮子，硬生生地把对方的头盔扯了下来，顺手又抛进了河里。当他俯身咬向对手脖子的时候，我看见他的背上背着一把十字弩。

然后他抬起头来。我再次看到了左眼上那道扭曲的伤疤，只是跟如今笼罩在一团黑气之中的脸相比较，伤疤本身便显得没那么可怖了。

是德拉甘队长。

他从微风桥上走下来，仿佛走下角斗场的舞台，不紧不慢地靠近拱门。与此同时，之前倒在桥上的那名佣兵摇摇晃晃地站了起来，而刚刚战败的佣兵则像接力似的开始抽搐。

拱门毕竟是安妮庄园最重要的出入口，两边的柱子和中间的铁闸都修建得非常结实，这让德拉甘队长无计可施。那双大小不一的眼睛现在看起来毫无杀气，但当它们转向我时，我不由得咽下了一口唾沫。和面对费伦茨太太、丹，抑或伊万的时候完全不同，那是一种难以言喻的压迫感。我甚至无法谴责那些临阵脱逃的佣兵。

德拉甘队长开始沿着栅栏围墙巡逻，就像他平常所做的那样，似乎在试图寻找一个可以通过的缺口。讽刺的是，正是他以往一丝不苟的工作，让他自己现在无隙可乘。

出乎所有人的意料，他突然举起那柄沾满鲜血的长剑，作出投掷的姿势。

"危险！"

我厉声警告。然而为时已晚，长剑在空中画出一道鲜红的轨迹，赫然朝着草地上的两个孩子飞来。

却见一个人影倏地闪出，护在孩子们的身前。漂亮的裙摆盖在如茵青草之上，就像忽然盛开的一片鸢尾花。

奥约格小姐。

我尚未来得及发出叫喊，长剑已经挟着破空之声急速下坠。眼看着克丽丝就要被穿心而过，只见寒光一闪，长剑斜斜钉在她身后几步远的草地上，剑柄兀自嗡嗡地抖动个不停。

幸好距离足够遥远，德拉甘队长没能命中目标。

就在每个人都准备长吁一口气的时候，克丽丝蒂娜·奥约格自己却失去了平衡。也许她是想要站起来，也许是之前事发紧急没有调整好姿势，只见她笨拙地晃了两下，竟像个醉汉似的往后摔倒，不偏不倚，恰好撞上了插入地面的长剑。

梭机村生产的布料毕竟不是铠甲。剑刃把她为自己精心缝制的裙子无情地撕裂，同时在她的大腿上拉出来一道又长又深的伤口。

第二个晚上

塞茜丽娅的哭声响彻安妮庄园。

等一下。我好像还没有告诉你谁是塞茜丽娅,有吗?

塞茜丽娅就是草地上的那个小女孩,她的哥哥是——你知道吗,我们很快就会讲到这个的。

不知道是因为难过还是害怕,塞茜丽娅放声大哭。但谁也没有理会她,就连她的哥哥也不理她。唯一一个有可能在这种情况下还顾得上去安慰她的人,现在已经倒在了地上。

鲜血浸润了克丽丝的裙子,然后在草地上积聚成一大摊血洼。如果放任不管,在最糟糕的情况下她甚至有可能会因为失血过多而死。

但如果立刻替她止血,之后她会变成什么样?我不知道。如果我手上的伤口不慎沾到了一两滴她的血(那几乎是无法避免的事情),我又会变成什么样?

好在我并不需要考虑那么多,因为我是一名医生。

我单膝跪在伤者的身边,就地取材,用裙子的碎片充当止血带,在伤口上方扎紧。考虑到德拉甘队长还有可能再次发动攻击,继续留在这里显然不是什么好主意,我可没有忘记他背上的那把十字弩。但手边没有担架,那些佣兵根本指望不上,附近就只有两个孩子。

"奥约格小姐,"我伸出双手,比出要把她拦腰抱起的姿势,"现在我需要把您移动到别的地方去。"

我原本期待她会顺从地点头。然而她柳眉轻蹙,露出分明是抗拒的神情。即使在受伤以后她也没有皱过一次眉头。

但医生可不会因为病人闹别扭便放弃治疗。我把她抱起来时,发现她的身体比想象的要轻。

我不禁低头看了她一眼,而她也在盯着我看。

这一下对视似乎让克丽丝改变了主意。她配合地伸出右手,轻轻勾住了我的脖子,使我可以更好地控制重心。于是我立即迈开大步往宴会厅走去。身后传来断断续续的抽泣,孩子们也跟了上来。

挤在宴会厅门口的人们迅速让开。我高兴地看见了身材矮小的木匠帕杜里也在其中。

"您能就在这里给我造一副担架吗?"

"当然可以,医生,"满脸胡碴的木匠轻蔑地撇了撇嘴,"只要哈瓦蒂先生不介意损失几把贵重的椅子。"

我本希望征得伊琳卡夫人的同意,但她不知道到哪里去了。帕杜里把一个和自己身体一般大小的背包放到地上,从里面拿出锯子和锤子,立刻喜滋滋地砸了起来。我指示几个男人把一张长餐桌搬到宴会厅角落的时候,有人告诉我女主人因为看见血而感觉头晕,所以侍女扶她进房间休息了。

我不满地咂了咂舌头。其实伊琳卡夫人不在倒也无妨,但我确

实需要她的侍女帮忙。就在这时,身旁有人问道:

"先生,有什么我能做的吗?"

对于还抱着一个人的我来说低头并不容易。从那稚气未脱的声音判断,是那个和卢卡年龄相仿的男孩。

"你叫什么名字?"

"我叫塞扎尔,先生。"

"这是你的妹妹吗?"小女孩好歹算是止住了哭泣,但还在吸着鼻涕。

"是的,先生,她叫塞茜丽娅。"

"很好,塞扎尔。你看见这张餐桌上面的桌布了吗?我要你把它拿下来展开,和塞茜丽娅一人拿着一头,挡在桌子前面。"

塞扎尔照我的吩咐做了。于是在宴会厅的角落分隔出来一个简易的手术间。我把克丽丝放在餐桌上躺平。

"谢谢。"

我打开药箱时,听见她虚弱地说。

"不急,"我头也不抬,"困难的部分还在后面。"

"您知道我的意思……"

药箱里还有少量能用的药草,但缺少缝合伤口用的针线。

"请等一下,我去找哈瓦蒂夫人借一些针线。"

"不用了,我有。"

对于我露出困惑的表情,躺着的女士气哼哼地表示抗议。

"怎么了?医生随身带着药箱,木匠带着锯子和锤子,别忘了

85

我可是裁缝。"

好吧。不过她很快就将得意不起来了。

我向斯布兰先生要来了一杯葡萄酒,先喂克丽丝喝下一小半。再把曼陀罗花和罂粟果壳捣碎后让她含在嘴里。我稍等了一会儿让药物生效,然后把剩余的酒全部浇在伤口上。

"咻——"

我知道她在拼命忍耐,但在剧痛之下还是忍不住叫了出来。她的身体颤抖得厉害,以致我不得不用力把她按在桌上。过了一阵她不再动弹,我想她是昏厥了过去。

不过那样也挺好。随着帕杜里节奏流畅的敲击,我也可以迅速地把伤口缝合起来,而毋须顾忌她会感到针刺的疼痛。当她悠悠醒转的时候,一副结实的担架已经准备好了。

塞扎尔和塞茜丽娅把桌布叠起来垫在担架底部。在他们的协助下,我一边把克丽丝移进担架,一边不禁在想:

"结果她并没有被感染(我也没有),那究竟意味着什么?"

此刻有幸置身于安妮庄园的人们必须感谢尤里乌·哈瓦蒂先生。正是他的英明决定,让渡林镇在这场灾难彻底爆发的时候能够拥有一处避难所。

哈瓦蒂先生的计划是守住迷雾桥和微风桥以确保安妮庄园的安全。然而现在微风桥已经失守。就在我为克丽丝进行手术的时候,又有许多感染者通过微风桥,尝试进入安妮庄园未果后,就在拱门附近和小母马河畔徘徊。德拉甘队长似乎已经离开了那里，于是有些胆大的人便再次走出草地。他们陆续在栅栏围墙外认出了几张熟悉的面孔：身穿黑色常服的佩莱特神父缓慢地来回踱步，就和在教堂里无异；年轻的教师，负责教授天文学和几何学的大卫·特里翁吉先生；经营蔬菜的德勒古梅手握一大把芹菜，不时给其他感染者塞上一根，在集市里他可从来都不会这样大方。

这足以证明，北岸的居民中也已经出现了复数的感染者。

我心惊胆战地发问。不，没有人曾经见过一个红色头发的身影，在那些家伙之中也没有孩子。

另一方面，到了傍晚时分，孤立无援的安赫尔决定撤离迷雾桥。令人惊奇的是，霍扎居然也陪他一起坚守到了这一刻。当他们一前一后进入宴会厅时，墙壁和天花板上已经燃起了油灯，长餐桌上那些精致的银制烛台也全都插满了点亮的蜡烛。

"他们的数量太多了，如果他们冲破小屋，我不可能抵挡得住，"安赫尔一口气灌下一杯啤酒，急匆匆地说道，"我需要更多人手。德拉甘队长在哪里？"

他随即注意到了逃回安妮庄园的几名佣兵。因为受到众人的鄙视，他们留在了宴会厅的外面。

"到处都是僵尸……"

被彻底无视的霍扎一边嘟哝着，一边挤破了一颗粉刺。从里面流出来黄色的脓液。即使离开了前线的小屋，这家伙还是照样哭丧着脸。

"桥上挤满了僵尸,对面河堤上也都是僵尸……整个南岸都在燃烧,僵尸全都冒了出来,因为僵尸最怕火……"

我从烛台上拔下一支蜡烛,用火焰去点他的山羊胡子。结果那家伙"嗷"的一声跳了起来。

"你也怕火,"我没好气地说,"不管南岸还是北岸,是人就会怕火。"

"等一下,"身为学者的斯布兰先生却产生了兴趣,"你刚才说的'僵尸'是什么?"

"新大陆的巫术,先生。我真的到过那儿,曾经上过一条船当水手。那是一片被诅咒的陆地,净是些诡异古怪的事……"

霍扎仿佛抓到了一根救命稻草,立即滔滔不绝地说起来。但斯布兰先生打断了他。

"所谓'巫术',就是像魔法一样的东西吧?"

"噢,是的,先生。黑魔法,邪恶极了。"

"假如真的存在魔法,"坐在校长旁边的青年突然对着霍扎伸出两根手指,"我现在就放个火球出来烧死你。"

话音未落,一缕黑烟从霍扎的胡子里冒出来。他发出比塞茜丽娅声音更尖的惊叫,慌忙连拍带拽地给弄灭了,还顺带着扯下来好几十根胡子。

当然,该为此负责的人是我——刚才蜡烛的火星飘进霍扎的胡子,过了一会儿才又燃烧起来。但霍扎满脸惊恐地望着那个阴鸷的青年,对方也在愣愣地看着自己的双手。

"索林,别闹了。"

斯布兰先生轻描淡写地说。我们都知道索林突然发怒的理由——多年以前,尽管每个人都已经认识到,女巫审判不过就是一场荒唐的闹剧,迫切需要维持权威的教会仍然最后一次在王都广场对三名女性施以火刑。这其中就包括了索林的母亲。"使用黑魔法及与魔鬼的门徒分享食物"是她被判处的罪名,而她只是不慎掉落了一块鱼干,被路过的黑猫叼走了而已。

据说是索林的父亲告发了自己的妻子,动机不明,不久后他便死于瘟疫。当时两名年轻的皇家学者,维克托·斯布兰和艾米尔·布莱亚兹(我的哥哥)收留了年幼的索林。后来斯布兰先生返回渡林镇(他在这里出生)履任教职,为了使孩子不必每天经过母亲被烧死的广场,他带着索林一起来到了这里。

我应该说那是一个明智的决定。渡林镇的人们对索林的遭遇深表同情,即使其长大后的行为举止多有逾轨之处——索林自制了一副弹弓,射击的目标包括树上的雀鸟、街上的猫狗、教堂的玻璃窗户,以及佩莱特神父或雅姐修女的脑袋——也不会引来什么严苛的指责。斯布兰先生让索林在学校里干些杂务,曾经也有家长对此表示担忧;但索林对孩子们不错,也颇受孩子们的喜爱(他们怎么可能不喜欢一个拥有弹弓的人?),反对的声音逐渐就听不到了。

"那么,告诉我更多关于僵尸的事情吧。"

趁着索林还在思考自己是如何发出火球的时候,斯布兰先生再次鼓励霍扎。

"当然，先生。新大陆的巫医，他们对刚刚死去的人使用巫术，死人被埋葬几天后就会复活，变成僵尸，从坟墓里头爬出来。它们可以行走，可以吃喝，但是失去了所有记忆，也无法和人交谈。"

"既没有记忆也不能交谈，这种方式的复活又有什么意义呢？"斯布兰先生皱眉道，"我无法想象那样能给死者的家人带来一丝安慰。"

"家人？不对，不对，巫术可不是什么善良的东西，那是恶毒的诅咒。他们才不会在自己的亲人或朋友身上施法呢，绝对不会。他们只对敌人或仇人施法，不是为了救人，而是为了报复。"

"报复？可敌人都已经死了啊。"

"噢，那还不够，先生。他们杀掉敌人，用巫术把他们变成僵尸，然后驱使它们去干苦力活，永远成为自己的奴隶。如果无法直接杀掉对方，还有人就干脆等到仇人死了，再把尸体偷出来施法……"

我没有耐心继续听下去了。

"也就是说，要施行这个'巫术'，尸体是必不可少的了？"

"是的呀，"霍扎以为我认可了他的无稽之谈，说得更加唾沫横飞，"为了防备敌人偷走尸体，新大陆的人甚至会在下葬时割断尸体的咽喉，这样死者就无法复活变成僵尸了。"

"既然如此，现在在安妮庄园外面的人，他们既没有死也没有被埋葬，又怎么会变成'僵尸'？"

"您不明白，先生。僵尸会咬人，它们喜欢吃活人的血肉。被咬到的人很快就会死掉，然后再复活变成僵尸。"

"咦？马上就复活吗？不是需要等上几天的吗？"

"这个……"

霍扎顿时语塞。不出所料，这家伙的所有胡扯都是道听途说来的。

"有趣极了，"索林也来插上一嘴，好像已经放弃了火球术的研究，"那么当一个僵尸正在吃人的时候，这个人刚好复活了，当然，也变成了僵尸。前面的那个僵尸还会继续吃下去吗？它会对它的新伙伴说'抱歉，朋友，我吃了你的胰脏'，还是'嘿，来一根你的手指吗，它可新鲜了'？"

但霍扎显然没有听出来话里的讽刺。

"僵尸不会说话。"他说。

原本打算要一通嘴皮子的索林，没想到被这个笨蛋模样的家伙一句话便顶了回来，因此急于想要找回场子。

"既然僵尸喜欢吃人，这些傻子巫医也是人，他们把僵尸弄出来，好让它们来吃掉自己吗？"

"噢，巫医们可不怕。他们可以用巫术控制那些僵尸，那样僵尸就不会吃人了……"

霍扎继续在那里胡说八道，但安赫尔一直没有呵斥他。他因为接到父亲遇袭去世的噩耗而大受打击。

向他报告的是那名一路逃过微风桥、连拱门的铁闸也顾不上关的佣兵。名字好像是拉斯洛。这让我重新审视这些佣兵或许并不是完全的废物。

"你们都是废物！"只听安赫尔悲愤地叫道，"我要把你们都驱逐出去！"

我和斯布兰先生同时劝阻了这个不理智的主意。

"如果你现在把他们逐出安妮庄园，"我试图让冲动的少年冷静下来，"那无异于直接让他们去死。"

"那正合我意！"安赫尔恨恨地说，"为什么我会在乎这些胆小鬼的死活？"

"你很可能是对的，他们都是胆小鬼。正因为是胆小鬼，他们为了活命什么都干得出来，"我刻意压低了声音，"别忘了他们也是受过训练的战士，我听你父亲说，是那位德拉甘队长亲自训练的他们。"

"而且他们一共有四柄剑，我们这边却只有你拿着剑，"斯布兰先生附和道，"现在马里厄斯治安官不在这里，布莱亚兹医生也受了伤。"

"我明白你的心情，安赫尔，"我双手用力按着他的肩膀，"但正如你自己所说的，迷雾桥需要更多人手，而小母马河这边也不能不管。佣兵或许就剩下这四个人了，我们没有选择，只能接受任何有可能派得上用场的人。即使是霍扎——至少他没有逃跑——把他扔回迷雾桥的小屋里面去，也比让他在这里宣扬新大陆的巫术要强得多……"

我能感到安赫尔的肩膀在颤抖。这副肩膀要扛起哈瓦蒂家族家主的责任，还是略嫌瘦弱了一些。

但安赫尔随后安静了下来。他缓缓从我身边走过，用与他的年龄极不相称的声音宣布：

"拉斯洛，你擅自放弃了分派给你的任务；布图、卡萨普，你们被命令拼死守住微风桥，但你们不战而逃。我本该给予你们最严厉的惩罚。然而，斯布兰先生提出了一个公平的观点——给你们下达命令的是父亲，或者是代表父亲的德拉甘队长；当父亲倒下，德拉甘队长成为你们的敌人之时，这些命令就已经不再具有约束力。而你们违抗命令恰好是在此之后，因此我无权处罚你们。"

我和斯布兰先生面面相觑。刚才的那番话他当然半个字也没有提过，全部是安赫尔在短短一瞬间想出来的托辞。如此一来，包括他自己在内，所有人都得到了一个台阶可以下来。

"另一方面，鉴于你们是与父亲签订的契约，这份契约的效力同样已经终止。你们不再有义务听从哈瓦蒂家族的命令，"安赫尔继续道，"假如你们决定就此离开安妮庄园，作为对多年杰出贡献的奖赏，我将额外向每人支付五十枚银币；但如果根据你们本人的意志，仍然希望继续为哈瓦蒂家族提供服务的话……"

名叫布图的佣兵带头举起长剑，琥珀色的剑鞘在灯光下鲜艳夺目。其余几人也纷纷效仿，一同宣誓效忠于安赫尔·哈瓦蒂。不过很明显，无论是安赫尔还是他们自己，甚至是作为旁观者的我们，谁都没有把这个誓言当真。

"很好。我将记住你们没有在这个艰难的时刻抛弃我们。接下来是我下达的第一项命令：我们需要确保迷雾桥和小母马河一带的防御足够坚固，不管是僵尸还是感染者，绝对不能让他们踏入安妮庄园一步。现在，喝干你们杯里的啤酒——拉斯洛、布图，你们跟我去迷雾桥；卡萨普、霍扎，你们沿着小母马河巡逻，发现任何异常状况立即向布莱亚兹医生报告。"

"请等一下，安赫尔，"我提出不同的意见，"我有些担心南岸的火势，我想亲自去迷雾桥看一看。"

"假如您如此坚持的话，"安赫尔点点头，"那么，霍扎，你带医生和拉斯洛去迷雾桥；布图，你和卡萨普跟我来。"

人员的安排出现了细微的变化。看得出来，安赫尔是铁了心想要摆脱霍扎。

有趣的是，另有计划的人还不止我一个。

"我倒是希望霍扎能留在这里，"斯布兰先生说，"我还有一些问题想要跟他讨论。"

"可是，只有布莱亚兹医生和拉斯洛的话……"

安赫尔显得有些为难。只有我和拉斯洛的话其实更好，我暗忖，但现在我不打算把真实想法表露出来。

"我认为最好加固一下迷雾桥上小屋的门窗，"我说，"或许帕杜里先生愿意跟我跑一趟……"

"随时为您效劳，"帕杜里兴奋地举起了锤子，"这里的仓库应该有不少备用的木板，我可不想破坏更多好家具了。"

"您需要什么就拿什么，"安赫尔拿出一大串刻着大树和河流的钥匙，从中挑了一把交给帕杜里，"布莱亚兹医生，请务必万事小心。还有霍扎,你将会如实地回答斯布兰先生的任何问题。在那之后,我要你沿着西面的围墙巡视一遍,并确保通往千树森林的侧门是好好锁着的。"

然后安赫尔终于有机会向宴会厅里的其他居民致意。在目前的状况下自然谁也不会有所微词,但哈瓦蒂家族绝不能容忍怠慢了自己的客人。

"各位,在事态得到控制之前,请放心暂时留在安妮庄园,"他发表了一通简短的演说,"这里有充足的食物和客房,晚饭后请自行前往休息。如果还有其他需求的话……"

有人举起了右手。丝质手套上沾染了血迹,但并没有被脱下来。

"啊!"安赫尔后知后觉地吃了一惊,连忙走过去慰问,"奥约格小姐,您受伤了?"

"多亏了布莱亚兹医生,现在已经不碍事了。不过如果可以的话,我想要借一些布料。"

克丽丝苦笑着,指了指身上支离破碎的裙子。安赫尔红着脸移开了视线。

"当……当然可以。您确定您不需要几套新衣服吗?"

"谢谢您,不过恐怕我的尺码比较特殊,"裁缝小姐婉言谢绝,"幸运的是,我的手并没有受伤。"

"我不是衣服方面的专家,"安赫尔承认道,"那就按您说的办吧……"

但既然提到了衣服,那就很难不注意到克丽丝身边的两个孩子。安赫尔不是专家,但也能一眼看出来他们并非来自北岸。

"你们是谁?你们的父母在哪里?"

塞扎尔嗫嚅着说出了兄妹两人的名字。

"父亲很早以前就死掉了,母亲几年前也死了。"

"为什么你们会来这里?"

"有很多人在到处咬人,很可怕,所以我们逃走了。"

"我不记得在迷雾桥见过你们,"安赫尔感到疑惑不解,"难道你们是绕到北岸,再从微风桥过来的吗?"

"在那种混乱的情况下,我猜他们自己都搞不清楚了吧,"克丽丝指了指身下的担架,"您看,我现在只能被人抬着走。他们可以和我住在一起吗?"

"那没必要——我们有足够的房间,他们可以住在您的隔壁,"安赫尔大方地说,但他难以置信地看着塞茜丽娅,"你确定你能抬起这副担架?"

"她可以的,先生,"塞扎尔抢着回答道,"她力气很大,女士很轻。"

又来到了我不喜欢的夜晚。但当帕杜里、拉斯洛和我前往迷雾桥的时候,我们甚至没有点起火把。对岸的冲天火光将整座安妮庄园照亮,又剥夺了红色以外的其他色彩。我并没有说谎,南岸的火势确实令我担忧,假如大火蔓延到了千树森林,那将是比大规模瘟疫可怕得多的事情。

但假如真的变成了那样,我显然也无能为力。所以这只是一个借口。我坚持要到迷雾桥来,是因为我有必须问拉斯洛的话。

不过,帕杜里对于小屋的门窗需要加固一事深信不疑。他请我们等一会儿,自己则绕道前往安妮庄园的仓库。这正好给了我盘问拉斯洛的机会。

"拉斯洛,你还记得今天自己是怎么跑进安妮庄园的吗?"

"我将永远不会忘记,先生。当时我完全被吓坏了。我为此感到羞耻,"拉斯洛竟像是认真地在反省,"您去救那位女士的行为非常英勇,先生。"

"真正英勇的是那位女士才对,"我纠正了他,"当时,你一路在喊'哈瓦蒂先生被咬了',那么你是亲眼看见哈瓦蒂先生被咬到了吗?"

"呃,我没有目睹那个确切的瞬间,不过那时候我就在附近。我清楚地听到了哈瓦蒂先生的惨叫声和德拉甘队长的呼唤。我立刻赶过去,但哈瓦蒂先生已经倒下了。"

"我需要你从头告诉我当时的情形,不要漏掉任何细节。"

"好的,先生。我们在南岸那些像迷宫一样的小巷子里,周围有好几间屋子烧着了,火势还在不断蔓延。到处都是霍扎说的'僵尸',它们攻击所有人,德拉甘队长警告大家注意不要受伤,但还是有好几个人被咬了。然后那几个人又转过头来要咬我们,无论是叫他们的名字还是喊他们住手都没有反应。迫不得已,我们只能放倒了他们。哈瓦蒂先生在出发前就已经准许了。"

杀人的准许。我点点头，拉斯洛讲述得很不错。"哈瓦蒂先生也亲自动手了吗？"我问。

"我想是的，突然从屋子里跑出来的一个家伙，也许是两个。没错，先生，就是在那之后哈瓦蒂先生下命令说，不管是哪边的人，只要是想咬人的或是被咬了的，不要犹豫，全部直接杀掉。我敢打赌他没有想到这会应用在自己身上。"

"我不会跟你对赌。后来发生了什么？"

"我们都很害怕，因为一不小心就会死在自己人手里。僵尸还在源源不断地冒出来。'不要让它们的血沾到身上！'我听见德拉甘队长喊。但那怎么可能呢？我甚至不敢挥剑，只能尽量避开，很快大家都被冲散了。那些巷子乱七八糟的，到处都飘着灰烬，我马上就迷路了。周围变得越来越热，别说找其他人，我就连路都快要看不清了。这时我听见了惨叫声。"

"那是哈瓦蒂先生吗？"

"是的，先生，但我一开始并没有反应过来。其实惨叫声一直都没有断过，也不知道是人还是僵尸发出来的。可是这次离得特别近，我觉得这声音很耳熟。然后我就听见德拉甘队长大叫：'来人哪！哈瓦蒂先生被咬了！'我马上循着声音找过去，但在这种东拐西绕的巷子里也不容易，我差点儿就撞进了一间正在燃烧的屋子。等我找到他们的时候，哈瓦蒂先生已经倒在了地上，德拉甘队长正把剑从他身上拔出来。"

"他看见你了吗？"

"是的。他还跟我说'拉斯洛,我没有办法……'但就是这么多了。他没说完这句话就拧成了一团,很显然他也被咬了。我所知道的下一件事,就是他朝我扑了过来,我的剑刚举起一半就被踢飞了。我并不以此为荣,但那时我能做的只有拼命逃跑。火已经烧得很厉害,我尽量向火势小的地方逃,不知道那些巷子是怎么转的,莫名其妙就到了寒霜桥。我当然马上过桥,队长也跟了过来,我只能再往微风桥去。哈瓦蒂先生派了四个人守在那里,布图和卡萨普马上决定撤退,但莫托奇兄弟留在了桥上,他们觉得自己能挡住德拉甘队长——唉,剩下的事您也看到了。"

帕杜里从仓库回来了,臂弯内夹着几块大约两倍于他身高的木板。

"我需要问你最后一个问题,拉斯洛,"我迅速地说,"你看见哈瓦蒂先生倒在地上的时候,德拉甘队长是否戴着头盔?"

拉斯洛一愣,似乎不明白这有什么重要的。帕杜里大步流星地转弯,甩过来的木板差一点儿就把他扇进了黑河。

"是的,先生,他是戴着的。"

帕杜里全然不知自己几乎杀了拉斯洛,对他说了什么更是毫不在意,只管一个劲儿地往上游的迷雾桥走去。我看着在他身后,像鱼尾巴那样摇摆着的木板,不自觉陷入了沉思。

头盔……

长剑……

铠甲……

99

十字弓……

轰隆！！

好不容易在脑海中拼凑出的画面，被一声地裂山崩的巨响震得粉碎。

"哇！！"

拉斯洛固然不在话下，就连帕杜里都不禁后退了两步，神色紧张地护着手里的木板。

"发……发生什么事了？"拉斯洛抽出长剑，"打……打雷了吗？"

他胡乱地挥舞着那个危险的武器，就好像它能在雷电中保护得了他似的。

而且那声巨响显然不是雷声。它突如其来，转瞬之间却又已经平息。我侧耳倾听：黑河哗啦哗啦地流淌着，对岸的大火中不住传来细微的爆炸声，从头上掠过的一只夜枭在发出尖锐的警告。除此之外就没有别的。

慢着。

"真见鬼，就不能让人喘口气吗？"

拉斯洛咒骂着，此前的反省似乎已经抛到了九霄云外。

"安静！"

我确实还听到了什么。隐约像是呜咽，又像是低沉的嘶吼。是千树森林里潜藏的野兽吗？但大火当前，不管多么凶猛的野兽都只会远远避开。

"嘿，那是什么？"

帕杜里两眼直勾勾地盯着河水。他无法腾出手来指出具体的方位，但我很快就发现了他所说的东西。一个西瓜般的圆形黑影浮在远处的河面上，正顺着水流迅速地漂过来，它被一个波浪卷进水底，再冒出来时便又接近了许多。

我突然意识到我曾经见过这一幕——就在同一天，就在这同一段河道上。唯一的区别在于，此刻河里的黑影正在朝我漂来，而不是离我远去。

"有人落水了！"

就在我如此大喊的时候，水中的圆形黑影逐渐清晰起来，呈现出一个人头部的轮廓。

和先前被安赫尔掀进河里的那名大汉不同，这个人的头上还长着头发，然而即使火光也无法照亮那张幽暗的脸。他或她挣扎着从水里伸出头来，却没有大呼"救命"，只是发出几声不明所以的怪叫，甚至也看不清楚是男是女，便已经从我们面前漂了过去。

"不对！"拉斯洛惊骇地叫道，"那是僵尸！"

他说得太急了些，因此漏了在词尾加上复数。继续往下游漂去的落水者还没从视野里彻底消失，上游的河道又再次出现了两个黑影。紧接着是四五个，到后来变成了几十个。

"它们是从哪里来的？"帕杜里疑惑道，"为什么河里会有那么多僵尸？"

"该不会是……"

是的，我想你大概也已经猜到了吧——迷雾桥被踩塌了。和城镇中心的雨滴桥不同,迷雾桥从建造之初就没有打算让许多人行走通过,因此它无法承受太大的重量。霍扎曾抱怨桥上挤满了"僵尸",到现在又经过了一段时间。持续重压之下,小屋和南岸之间的桥身终于因为不堪负荷而轰然崩塌,挤在桥上的感染者们也全部掉进了黑河。

小屋仍然屹立于黑河中央,它的正下方就是迷雾桥唯一的桥墩;从安妮庄园通往小屋的桥身也完好无损,看起来并没有什么危险。但拉斯洛自告奋勇要留在桥头警戒。我也懒得揭穿,点燃了一支火把,和帕杜里一起往小屋走去。这一侧的木门上还好好地挂着门闩。我谨慎地打开门,首先将火把伸进屋内探视。屋内空无一人,四周与先前也没有什么两样,对侧的木门同样从里面闩上。如果就这样置身屋内,甚至可能察觉不到迷雾桥已经塌了一半。

帕杜里终于可以放下搬运了一路的木板。我静候了一阵,确认南侧的门外没有任何奇怪的动静,这才慢慢把门打开——

面目全非的光景随即展现在眼前。我意外地发现,并非全部的桥面都在那声巨响中灰飞烟灭。一截残存的断桥依附在南岸,桥头部分剩下仅容两人并肩行走的宽度,之后变得更加狭窄,宛如野兽的尖牙刺向小屋。旁边的断面露出斑驳的花岗岩,似乎随时都会再次断裂。

而在小屋这侧,黑河的湍流就在我的脚尖底下奔腾而过。桥面仿佛被斧头削去一般,门外已经完全没有立足之地。

掉进河里的感染者们早已消失得无影无踪。但正如霍扎所说,堤岸上还聚集了许多人。迷雾桥的崩塌好像没有对他们造成任何恐慌。一个有点儿驼背的年轻男人看见了我，立即毫不犹豫地走上断桥。拉斯洛可绝对做不到这一点。

驼背男人一直走到断桥的末端才停下来。但即使在那里，与小屋还相隔着不可能跨越的一段距离。

"啊！是托普尔！"

帕杜里在我身后探出满脸胡碴的脑袋。我便从门边让开。

"您认识这个人吗？"

"他曾经是一名伐木工，"木匠点点头，又朝那个男人嚷道，"嘿！伙计！你在那里干什么？打算在我的脖子上咬一口吗？"

托普尔对这番挑衅毫无反应。倒是另外有几个感染者听见了，于是纷纷走上断桥。这断桥不摇不晃，出乎意料地坚固。

他们会被未受感染的人吸引，然后尽可能接近目标对象。<u>但不会试图跨越明显无法越过的障碍</u>。

我轻轻地关上门，重新放好门闩。

"我想没有必要再加固这里的门窗了。"我说。

"嗯……"

帕杜里心不在焉地答应了一声，将双手食指举到鼻子跟前比画着，似乎是在衡量某个长度。

我顺着木匠的目光看去。在那个方向上，是靠墙放着的几块长木板。

第三天

　　安赫尔站在一幅巨型肖像画前。明媚的阳光洒在他灿烂的金发上，一如他正在瞻仰的这位女士。倘若不是空气中那股无法忽略的焦臭味，这应该会是一个让人愉快的早晨。

　　画中的人物是安妮·哈瓦蒂——尤里乌的祖母，安赫尔的曾祖母。为了纪念他的母亲，老哈瓦蒂先生以她的名字命名了这座庄园。

　　"早上好，布莱亚兹医生。"

　　安赫尔微笑着向我打招呼。我认为他是想用微笑强行压下内心的悲伤。憔悴的面容和眼角的血丝表明他很可能彻夜未眠。

　　"早上好，但你应该回去睡一觉。"我以职业的口吻指出。

　　"我们还有很多工作要做，"安赫尔飞快地摇摇头，几乎不带停顿地说，"好消息是，千树森林一侧暂时没有出现感染者的踪迹。我想西边的围墙应该也足够稳固，它使我们多年以来免受野兽的侵扰——无论如何，我们在门上额外加了两道锁。所以现在只要担心东边的小母马河就好，但必须时刻保持警惕……"

　　显而易见，他已经精疲力竭，为了扮演这个因为意外而提前落到了他身上的角色。

　　"不要勉强自己，安赫尔，你干得很不错了。"

"父亲会期待得更多。"说这话时，安赫尔稍稍别过了脸。

"如果我说错了请你原谅，"我轻轻叹了一口气，"我有种感觉，你并不是想要达到你父亲的期待，你是在试图**变成他**。"

安赫尔愣了一下。

"也许是吧……"他承认道，"我不知道还可以怎么做。"

我望着眼前的少年，他看上去足够坦诚。是的，我从前就认为安赫尔是个正直的年轻人，总有一天他会成为一名骑士。事实上，正是他昨天的英勇行为在迷雾桥救了我。

这个先入为主的印象，是否正在影响我的判断力？

"你父亲曾是一位伟大的人，"我谨慎地选择着措辞，"全因他的恩惠，我们现在才能在这里。"

安赫尔再次展现出微笑。这次是发自内心的笑容……吧？

"他总是能作出正确的决定。"他的儿子如此评价道。

唔——考虑到尤里乌的结局，恐怕我不得不持保留意见。

"你已经继承了他的勇气，但你没有必要变成你父亲，"我隐瞒了自己的真正想法，"尤里乌睿智而果断，那是来自岁月的积淀；但你不一样，你有一颗仁慈的心，这会使你获得人们的信赖。"

"我不知道，"安赫尔腼腆地说，"我不确定是否真的如此……"

"你应该更清楚地认识到这一点。你有没有注意到，当你允许从南岸来的那两个孩子留在安妮庄园的时候，奥约格小姐脸上流露的喜悦之情？你也许不喜欢我这样说，但换作尤里乌在场的话，我很怀疑他是否会同意那是一个'正确的决定'。同样，尤里乌会在迷雾桥毫不犹豫地杀掉那个老妇人,不管她嘴里有没有牙齿。我无法告诉你我有多高兴你没有那样做。"

"我猜,她还是没能逃过迷雾桥崩塌的一刻。"

"也许她没有。但你会为迷雾桥的事故感到悲伤,这才是重点。要知道并不是很多人能做到这一点。"

对于迷雾桥的倒塌,大多数人的反应是松了一口气——感染者们不可能再渡过黑河造成威胁,另一边还有让德拉甘队长也束手无策的拱门和栅栏围墙,如此一来安妮庄园便真正安全了。至于有多少人消失于黑夜的急流之中,他们在冰冷的河水中怎么痛苦挣扎,没有亲眼看见这一幕的人们并不在乎。

"你珍视生命,即使是在这样一个灰暗的时刻。这是难能可贵的品德,安赫尔,我恳请你不要改变,"这番话将来或许会被证明很愚蠢,但我选择相信自己的直觉,"现在,我知道没办法让你乖乖回去睡觉,那么你至少愿意陪我去吃一点早饭吧?"

除了安赫尔,几乎所有人都自发地出现在早餐的餐桌上。也许不是每个人都有很好的胃口,但谁也不愿意单独待着。在灾难降临的时候,人们总是更倾向于聚集在一起。

伊琳卡夫人的归来让宴会厅增色不少。她娴熟地指挥着仆人,确保客人得到足够的面包、熏肉、鸡蛋和奶酪。她的脸色苍白,但那不会是看见血的缘故。克丽丝身穿一袭朴素的靛蓝色长裙,将伤口遮盖得严严实实;手套换成了与之配套的款式,点缀以简单的纯白蕾丝花边，显然也是连夜亲手缝制的。她已经可以走下担架，端庄的坐姿严格来说不太利于伤口愈合，但我知道精神上的舒适对于病人也同样重要。

塞扎尔向我走来。满是破洞和补丁的罩衣换成了合身的衬衫和短袖夹克以后，男孩的眉宇间颇显出几分机灵。如果现在才碰上，大概没人会质疑他的出身了。在克丽丝身边，塞茜丽娅也忸怩地穿上了连衣裙和长筒袜。

"先生，女士让我把这些给您。"

正当我惊讶于克丽丝蒂娜·奥约格一晚上究竟能做出多少件衣服时，塞扎尔又递过来一堆东西。

"这些是……"

一件衬衫、一件立领斗篷、一条呢绒长裤，此外还有丝绸短裤。

"虽然只是目测的，"克丽丝开口道，"但我想尺码不会有什么问题。"

"您真的不必如此费心，"我半是受宠若惊，半是责备地说，"您应该好好休息养伤才对。"

"医生不能在有人受伤的时候袖手旁观，那裁缝也一样，"她莞尔一笑，"也许您还没有意识到，布莱亚兹医生，昨天在这里衣冠不整的四个人，现在可就只剩下您自己了。"

我自然知道自己还穿着撕掉了一边袖子的上衣。但这也是无可奈何的事情，莉莉给我准备的替换衣物落在马车上了。而且在危急关头，谁还顾得上外表的细枝末节。但经她这么一说，我才发现周围的人们全都穿戴得整整齐齐。昨天衣衫褴褛的兄妹俩,以及裙子被割破的克丽丝自己,现在都已浑身上下焕然一新。

"谢谢您把安赫尔带了过来,布莱亚兹医生,我正感到担心呢。"

穿着黑色丧服的伊琳卡夫人先看了一眼她的继子,然后对我说道。她当然也获悉了尤里乌遇难的消息。

"向您致以诚挚的慰问,夫人。"

拜那位裁缝小姐所赐,说这话时,我为自己不得体的衣着而深感羞愧。

"您能这样说真的是太好了。"

她微微低下了头。尽管如此,在我看来她似乎并没有非常难过——甚至不如她说没见过莉莉时的样子难过。

"我听说您的家人仍然行踪不明,愿主引领他们归来。"

仿佛洞悉了我的想法,伊琳卡夫人握紧手中的一条纯银十字架项链,静静闭目祈祷。但无论她想要祈求的内容是什么,上帝大概也听不到了。一声不屑的冷笑声突兀地打断了她。

会做出这种粗鲁举动的家伙只有一个。但就算人们平时如何放任,这次也太过分了。

"我希望你立即向哈瓦蒂夫人道歉,索林,"斯布兰先生以罕有的严厉语气说道,"无论你跟教会有什么过节,嘲笑他人的信仰都是不能容忍的,尤其当你还在别人家里受到热情招待的时候。"

"对不起,哈瓦蒂夫人,还有布莱亚兹医生,"索林乖乖地道歉,但那轻佻的态度丝毫未改,"可事实是,佩莱特'神父'已经变成了——那个词是什么来着，对了，'僵尸'。如果'主'无法保护自己的仆人，向他祈求让小卢卡平安无事不是太扯了吗？"

没人理睬索林，也许是因为这番话我们都无法驳斥。

"又是吃人的'僵尸'吗？"最后安赫尔找到一个不错的角度，"所以你相信让人复活的**黑魔法**了？"

"像我这种人相信什么并不重要，**哈瓦蒂大人**。"索林愤世嫉俗地说。

"关于这一点，"斯布兰先生从椅子上站起来，"我倒是认为有必要详加讨论——这可能会对未来的行动方针造成影响。"

"该不会连您也把霍扎那家伙的话当真了吧？"安赫尔皱起了眉，仿佛从盘子里吃出一个苍蝇。

顺便说一句，霍扎此时并不在场，他正与拉斯洛在小母马河一带巡逻。

"如果我是在两天以前听到了这些故事，我会认真地把它们记录下来，加以整理后保存于皇家学会的图书馆——作为异国的民间传说，"斯布兰先生严肃地说，"然而，我们不能忽略的一个事实是，现在我们所面临的灾难，与传说中的内容**极其相似**。我们也必须承认，我们无法对灾难的起因给出更有效的解释，甚至是一无所知。基于以上理由，我认为不妨作出一个大胆的假设，不管霍扎是在新大陆还是别的什么地方听来的，这个传说并非空穴来风。"

"我理解你的意思了，维克托，"多内先生一边致力于清理粘在胡子上的面包屑，一边咕哝道，"如果新大陆确实存在那样的传说，那么就不可能是单纯的巧合。但是啊，这也可能只是那个佣兵看见了这边发生的事情，然后才编造出来的故事吧。"

"没错！那家伙乱扯一通，只是为了掩饰自己的胆怯与无能罢了。"

安赫尔马上连连点头，多内先生的暗示无疑很对他的胃口。但斯布兰先生平静地反驳道：

"我必须说我不认同这个看法，哈瓦蒂先生。假设这些内容都是霍扎自己编出来的，即使他能凭空捏造出'僵尸'这个单词，像'下葬时割断尸体的咽喉以防止死者被敌人变成僵尸'这样的展开也未免过于详细了。难以想象这是在短短半天之内完成的。此外，我注意到霍扎特地提到了一点，'<u>僵尸喜欢吃活人的血肉</u>'。但据我所知，渡林镇并没有任何人被吃掉。"

"这不是恰好证明了他只是在胡说八道吗？"

"并非如此。如果他想要编造故事，那就没有理由故意加入明显与事实不符的部分。但是，如果他只是把听来的故事复述了一遍，出现这样的差异就不足为奇了。"

"啊！您的意思是说，在新大陆的传说里面，确实包含有僵尸吃人的内容是吗？"

已经吃完早饭的克丽丝兴致勃勃地加入了讨论。她正在享用一杯香气四溢、充满异国风情的饮料。这种被称为咖啡的苦味饮品因为稀少而价格不菲，但在安妮庄园似乎有着充足的库存。

"这下我可就不明白啦，"多内先生结束了与面包屑的战斗，满意地捏了捏那蓬松的白胡子,"难道只有新大陆的僵尸喜欢吃人,而渡林镇的僵尸却对人肉不感兴趣吗?"

"不。前面我们之所以假设这些传说可能是真实的,是因为现实中也发生了相似的情形,"斯布兰先生站得笔挺,就如同在皇家学会发表演讲一般,"假如在新大陆曾经出现过'僵尸',它们理应与我们所观察到的行为模式具有一致性,否则这个假设就失去了基础。"

"哎,那就是说僵尸不吃人吗?"索林显得大失所望。

"我得承认,'僵尸吃人的过程中对方变成了僵尸怎么办?'这个问题把我难住了。所以我更愿意采用一种能回避你的悖论的推测,"斯布兰先生幽默地说,"当然,我们无法证明在新大陆是否有过'僵尸吃人'的事例。重点是,如果从未发生此类事件,为什么在传说中出现了这样的偏差?"

"因为僵尸会咬人?"伊琳卡夫人提出见解。

"谢谢您,夫人,"校长先生风度翩翩地欠了欠身,"是的,那无疑是最重要的原因之一。然而,我们昨天都不幸地目睹了有人被咬的悲剧,但我想应该没有谁曾经担心过那个可怜的家伙会被吃掉。"

"噢!确实如此。那是为什么呢?"

"因为我们仍然把他们当作**人类**看待——感染者,布莱亚兹医生会这么说。人类通常不会同类相食,但怪物吃人则是理所当然的,就像米诺陶洛斯和斯库拉,又或是刻耳柏洛斯。新大陆的传说

111

明确记载了僵尸的起源——它们是被巫术复活的死者，也就是说，是不折不扣的**怪物**。一旦看见怪物咬人，即使没有人被真正吃掉了，人们也会因为恐惧而产生误解，这导致传说中掺杂了与事实并非完全相符的内容。"

"请原谅，"我不太自在地说，"但这些人确实只是感染者，我实在无法认同把他们称作怪物。"

"很抱歉让您感到不舒服，布莱亚兹医生，"斯布兰先生真诚地说，"我想所有人都会同意您的意见至关重要。您是否能够指出，您称为'感染者'的这些人，他们是被什么东西感染了？"

"我只能说是某种传染性非常强的疾病。很遗憾，以我有限的知识无法给出更确切的判断。"

某个角落传来不满的咂嘴声。我不能说我受到了冒犯。即使我自己也对这样拖泥带水的回答深感沮丧。

"据我所知，阿库拉医生一直把您视作最出色的弟子。如果是连您也无法诊断出的疾病，是否存在这样一种可能性，这些'感染者'们其实已经死亡……"

"当然不可能。说实话，像您这样的学者竟然会考虑这种无稽之谈，我真是相当吃惊。"

或许是因为愧对恩师的名字，我不太客气地打断了斯布兰先生的话，随即又为自己的无礼而感到后悔。但校长先生似乎不以为忤。

"所谓学者，不就是一些跟无稽之谈打交道的人吗？请别忘了，'世界并非宇宙的中心，它围绕着太阳旋转'也曾经被认为是无稽之谈。那仅仅是不到一百年前的事情而已。而在一百五十或者两百年前，即使最高明的医生都还在使用放血疗法，结果导致了大量不必要的死亡。科学就是从许多无稽之谈中不断发展出来的。既然我们都亲眼看见了倒地的人再次站起来的情景，又有新大陆的传说作为佐证，为什么不能以更开放的态度来看待'死人复活'这件事呢？"

"我们如何看待都没关系，"我的语气仍然焦躁，"这些人并没有死，这是再清楚不过的事实。"

"为什么您会如此肯定呢？"

伊琳卡夫人问道。

我不禁凝望那双美丽的眼睛。是我多心了吗？还是她发问的时机确实突兀？在那清澈的瞳孔深处或许埋藏着某些秘密，但我看不出来。

"您大概还记得我的同事费伦茨太太。她被感染了，很可能是被盖夫顿小姐传染的，"我适时地移开了视线，"在那之后，我曾经亲自测量过她的脉搏。毫无疑问，她的心脏仍然在跳动着——除非您认为我的诊断有误。"

"没有一个神志清醒的人会怀疑您的诊断，"斯布兰先生坦然接受，"既然您说费伦茨太太的心跳正常……"

"呃，关于这个……"

直觉告诉我这样做会让事情朝我不希望的方向发展。但即使如此，我也不能刻意隐瞒事实。

"费伦茨太太的心跳并不正常。"

"您说什么？"

"她的心率非常高——达到了正常人的好几倍。"

斯布兰先生的表情愈发严峻起来。他一言不发地站在那里，抱着双臂陷入了苦思。

"别净说一些只有你们聪明人才听得懂的话啊，"索林歪着嘴说，"那到底是什么意思？"

"意思是费伦茨太太的心脏跳动得很快，"我换了一种较易理解的说法，"你知道，每个人的心跳速度虽然有快有慢，也会根据身体状况和心情发生变化，但总的来说都不会相差太多。可是费伦茨太太不一样，她的心跳明显比正常人快了好几倍。这是我从来没有见过的。"

伊琳卡夫人、索林和多内先生不约而同地伸手按向自己的左胸。安赫尔则试图在手腕上寻找脉搏，结果徒劳无功。只有克丽丝不为所动，仍然在小口地品尝那杯咖啡。

"是否可以这样认为，"眉头紧锁的斯布兰先生再次开口道，"费伦茨太太的高心率，不能单纯解释为疾病导致的结果？"

"在我所知道的范围内，"我特地强调了这个前提条件，"没有一种疾病会令病人的心率提升到那种程度。"

"那么，您是否知道某些疾病，可以使心率达到**接近那样的程度**？"

"没有……"

我无奈地摇了摇头。我开始觉得，这是一场我注定不可能获胜的辩论。不出所料，斯布兰先生马上就提出了那个一针见血的问题：

"从您的专业角度来看，假如现在我的心脏跳得和费伦茨太太一样快，您认为会发生什么？"

"您很可能会立刻倒地死亡。"

我不假思索地回答。宴会厅里顿时一片哗然。不知不觉之间，人们的注意力都聚集到我和斯布兰先生的对话上了。

"非常感谢，"斯布兰先生的声音里毫无胜利的喜悦，"也就是说，您相信费伦茨太太仍然活着的理由，是她的心脏还在跳动；另一方面，根据她心脏跳动的方式，您却不相信她能活下来。"

"恐怕我没办法反驳您，斯布兰先生。然而，无论这有多么不合理，事实就是如此。是的，我曾认为她会由于心脏衰竭而死亡，但那并没有发生。我承认，我的知识不足以解释费伦茨太太的症状。"

"那么，我们是否应该考虑另外一种可能性——维持费伦茨太太心脏跳动的原因，或许并不是她的生命？"

"您是在暗示那也是巫术的效果吗？"克丽丝放下右手握着的咖啡杯，然后拿起一块手帕擦了擦嘴角。

"假如巫术能操控死者的四肢，让他们重新站立甚至行走，那么让心脏再次跳动也并非不可能的事情。您同意吗，女士？"

"如果有那么方便的巫术就好了，"克丽丝挥舞着右手，比画出穿针引线的动作，"您瞧，我能控制自己的四肢，却也控制不了心脏啊。"

"拜托，请不要站起来。"

在她得意忘形把伤口弄裂开之前，我严厉地提醒道。裁缝小姐于是冲我挤了个不满的表情，但还是乖乖坐着不动了。

"我还是不明白……嗝，为什么您会执着于巫术和僵尸这些东西？"安赫尔匆匆塞下半截面包，口齿不清地说，"就算霍扎那家伙没有说谎，就算巫术真的存在，那些懂得如何使用巫术的巫师也只是在遥远的另一片大陆之上。要说这里发生的事情是由巫术引起的，您不觉得太武断了吗？"

"我很高兴看到你在主动思考，哈瓦蒂先生，"斯布兰先生赞许地看着自己的学生，仿佛这只是课堂上的一次教学问答，"不过，真的可以认为巫术只存在于新大陆吗？也许僵尸很久以前就在这个国家出现过，但因为没有造成大规模的骚动，所以没有人意识到而已。"

"我猜，"克丽丝道，"您这么说一定是有具体的依据的吧？"

"是的，女士。在过去瘟疫肆虐的时期，就曾有死者被埋葬后又从坟墓中爬了出来——泥土被挖开，棺材里面空空如也，掀落一旁的棺盖内侧留有明显的血痕，只能认为是用指甲划出来的。请注意，这并不是一起孤立的事件，而是各地都在发生，皇家学会保存了明确的记载。"

"我好像确实听说过这样的事情。"多内先生表示赞同。

克丽丝和安赫尔一起沉默了，对于他们来说，这大概是前所未闻的信息。

"我也听说过，但我不同意这是僵尸复活的证据，"我说，"事情的真相非常简单——这些人被埋葬时尚未断气，只是陷入了昏迷；他们在遭到活埋后苏醒了过来，因此拼命从棺材里逃出生天。试想一下，为什么这些事件恰好发生在瘟疫时期？因为当时死者众多，殓尸的人根本来不及逐一确认就匆匆下葬；而且墓穴挖得很浅，棺盖也不会用钉子钉死，所以里面的人才有可能逃脱。"

"非常感谢，医生，"斯布兰先生露出了释然的表情，"我想您的第二个论点无疑是正确的——如果被装进钉死的棺材里再深埋地下，即使僵尸复活了也逃不出来。这解释了为什么这些事件都发生在瘟疫时期。但我对您的第一个论点持有疑问——假如这些人是被活埋的，那么他们离开坟墓以后又去哪里了呢？从来没有任何一份报告指出，有人在被埋葬以后又自行回到了家中。"

"这些人一定是病入膏肓才会被误认为死亡，"克丽丝暗示道，"也许从坟墓里逃出来已经耗完了他们所剩无几的力气。"

"若是这样的话，人们应该会在墓穴旁边找到尸体才对。"

"也许他们没有立即死去，但被活埋的恐怖让这些本来就患有重病的可怜人失去了神志，甚至忘记了自己是谁。他们不记得自己住在哪里，只能四处游荡，最终病发在路旁死去。没有人知道他们曾经被埋葬过一次。"

"'忘记了自己是谁'，而霍扎对僵尸的描述则是'失去了所有记忆'——它们听起来足够接近，不是吗？"

原来卢卡钟爱的反问句式是从斯布兰先生这里学来的啊。我恍惚地想着,耳边响起了多内先生浑厚的声音。

"在你们进行争论之前,我想先搞明白这些争论的意义——维克托,你刚才说这将对今后的行动造成影响,你介意详细说明一下吗?"

"嘿呀,原来你们都不知道吗?"

抢在校长先生回答之前,索林发出了类似野猫嗥叫的一声怪笑。

"既然僵尸是死人复活变成的,那把它们再杀死一遍也没问题啊,"这家伙若无其事地说,"老师的想法就是这样吧?"

"斯布兰先生,"克丽丝的表情就像是杯中的咖啡一下子变酸了,"这个人说的是真的吗?"

"我本希望使用更谨慎的措辞……"斯布兰先生坚定不移地说,"不过就问题的本质而言,我不能说索林的理解是完全错误的。"

一阵比之前激烈得多的骚动随即在宴会厅里爆发。一个上了年纪的女人霍地站起来,用相当恶毒的语言咒骂斯布兰先生。要不是旁边的人拉住了她,她很可能已经抄起盘子砸过来了。

"**你怎么敢这么说?!** 大卫对你如此尊敬,而你竟然想要**谋杀他**?!"

女人歇斯底里地喊叫着,点点唾沫从她干裂的嘴唇之间喷溅而出。塞茜丽娅连忙往克丽丝身边靠拢,就连塞扎尔也不自觉地后撤了一步。但斯布兰先生并未退缩。

"我理解您的心情,特里翁吉太太,"他温和地说,"毫无疑问,您的儿子是我共事过的最优秀的年轻人之一。然而,假若大卫真的遭遇了不幸,与其任由他处于这种异常力量的控制之下,您不认为让他得到安息才是正确的吗?"

"大卫没有死!那么多人都看见了他在河边走来走去!就连医生也说他还活着!!"特里翁吉太太的怒吼声仿佛要把宴会厅的屋顶整个儿掀起来,"理解?**你**怎么可能理解?!你这个连家庭都没有的**怪人**!!"

我想你也会同意,到了这个时候,安妮庄园的主人可不能再坐视不理。

"特里翁吉太太,请您冷静一点儿,"安赫尔说话的声音不大,但在场的每个人都能听得清清楚楚,"您不是唯一一位有家庭成员被卷入这场灾难之中的人。布莱亚兹医生的家人至今下落不明,家父也在昨天的混乱中不幸离世。"

大卫·特里翁吉的母亲无言以对。她跌坐回椅子上,开始轻轻地啜泣,之后变成一种筋疲力尽的恸哭。

"无论我们面对的是传染病还是巫术,在必须作出选择的时候,我们只能保护那些未受污染的人。即使父亲也不能例外。我毫不怀疑,是他利用仅存的一点神志,亲自向德拉甘队长下达了命令。"

安赫尔咬着下唇,以此压抑自己的感情。如果这是谎言,那这个金发男孩一定是比他的继母还要出色得多的演员。

"我不打算隐瞒,父亲确实曾考虑过杀掉所有出现了症状的人。他只是希望保护整个渡林镇,我并不认为这是件应当羞愧的事。然而，现在的形势已经发生了变化。只要安妮庄园不被侵扰，即使外面那些真的是被巫术操控的僵尸，我们也没有必要急于把他们送回坟墓里去。斯布兰先生，您同意吗？"

只要斯布兰先生轻轻一点头，便可以终止这场不体面的冲突。安赫尔无疑就是这么盘算的，但他显然还不太了解学者的固执。

"这里的每个人都理应对令尊心存感激。可是，哈瓦蒂先生，你认为躲藏在安妮庄园就是一个好主意吗？"

"您可以指责这是懦弱的行径，"安赫尔昂首说道，"但我认为这是目前最稳妥的做法。以昨天统计的人数计算，安妮庄园的存粮还能支撑一年以上，足够我们坚守到救援到来。"

"救援来自哪里呢？"

"当然是王都。不只是骑士团，您在皇家学会的同僚学者无疑也会同行。到时候便能搞清楚这些人到底是死后复活的僵尸，还是普通的传染病人。在那以后才是如何处置他们的问题。"

周围陆续响起了一些附和的声音，因为安赫尔的话十分合理。当梭机村遭逢异变，我的计划是返回渡林镇组织救援；而在渡林镇也沦陷了以后，能指望的救援就只能来自王都了。

"但是，假如王都也正处于危机之中呢？"

斯布兰先生的一句话，顿时让整个宴会厅鸦雀无声。

"渡林镇的骚动是昨天才爆发的，因此我们可能都忽略了更早之前发生的一件小事——由王都驶来，本应在前天凌晨抵达渡林镇的交通船，一直都没有出现过。"

"确实如此，"木匠帕杜里瓮声瓮气地说，"我本来有一些图纸要送到王都的行会去，但伊万告诉我那艘船一整天都没来。"

"您的意思是，"克丽丝说，"因为王都也受到了'僵尸'的侵袭，所以没能派出交通船？"

"目前尚无法证实这一点，但这样的可能性无疑存在，"斯布兰先生朝我瞥了一眼，"根据布莱亚兹医生所述，最迟在三天前的晚上，盖夫顿小姐已经出现了症状。可见渡林镇并不是本次事件的源头。要是王都在此之前就陷入了混乱也并不奇怪。"

"骑士团不会来救我们吗……"伊琳卡夫人忧心忡忡地说。

"现在下结论还为时过早，夫人。但我认为必须以此为前提考虑对策。"

"都是僵尸！通通杀掉！"索林忽然一声怪叫，"让我们看看，有谁自告奋勇去把那个什么队长干掉吗？"

安赫尔没让这段尴尬的沉默持续太久。

"如果有必要的话，我会当德拉甘队长的对手。"

"噢，亲爱的，别说傻话了。"伊琳卡夫人看上去相当害怕。

就在少年准备争辩的时候，从意想不到的方向响起了一个声音。

"愿意为您效劳，夫人。"

"帕……杜里先生？"

或许是因为回想木匠的名字占用了一点儿时间，伊琳卡夫人没来得及掩饰语气中的惊讶。

"正如您所知道的那样，我不懂得怎么用剑，"帕杜里自嘲地说,"但要对付僵尸,除了正面交锋以外还有其他方法。"

斯布兰先生热切地催促他说下去。于是帕杜里描述了昨晚我们在迷雾桥看见的一幕。

"就算有人许诺付我一百枚银币,我也绝对不会踏上那段断桥。但那些僵尸完全不知道什么叫害怕,也许是因为它们已经死了吧。很显然它们一心只想要咬人,所以一直走到断桥的尽头,无法继续前进才停下来。如果这时从小屋往断桥搭一块木板……"

"它们很可能会走上木板。"

"正是这样,"帕杜里点点头,"然后只要趁机抽走木板,不管那个佣兵队长再怎么厉害,也免不了掉进黑河被冲走……"

对于这种卑鄙的圈套,志向是成为骑士的少年表现出了露骨的厌恶。

"我宁愿被僵尸活活咬死……"

"安赫尔!"

伊琳卡夫人失声惊呼。与此同时,索林则啪啪鼓起掌来。

"多美妙的主意,帕杜里先生。如此一来,只要派一个人去为德拉甘队长带路,从南岸的大火中绕一圈到迷雾桥来,问题就全部解决了。"

帕杜里向索林怒目而视,但说不出反驳的话来。

我为昨晚随口要求帕杜里同行而深感后悔。在我们撤离迷雾桥之前,帕杜里曾认真地测量过带去的木板的长度,是否足以从小屋搭上南边的断桥。那时候他已经想到了可以在那里设下陷阱。然而，索林的讽刺直中要害：要用这种方法对付某个特定的对象，譬如德拉甘队长，成功率根本就没有保证。

也就是说，当时帕杜里考虑的并不是让**谁**掉落黑河，而是……

"帕杜里先生，"安赫尔冷冷地说，"您本来的打算，是想要淹死留在南岸的**所有人**吗？"

"啊啊，没错，"帕杜里爽快地承认道，"你老爹想要做的事情是正确的，他只是没能选对方法。但现在不同了，只要利用断掉的迷雾桥，不必冒生命危险也可以把那些僵尸逐一消灭。"

"请坐好，特里翁吉太太。我向您保证我绝对没有打算要杀掉任何人，"安赫尔急忙安抚眼看就要再次发难的特里翁吉太太，"父亲也没有。他不得不这样做，只是为了保护渡林镇的人们……"

"保护渡林镇**北岸**的人们，"帕杜里嗤之以鼻，"但南岸的那些穷光蛋们？得了吧，我当学徒的时候就住在南岸，哈瓦蒂家族可不会在乎那里的人的死活。"

"我们从不忽视生命的价值，无论在哪里。"安赫尔不快地说。

"也许**你**不会，"帕杜里指着克丽丝身边的两个孩子说，"但我可以拿我的锯子打赌，如果昨天尤里乌在这里，这两个南岸来的小鬼早就被他逐出安妮庄园了。"

塞扎尔闻言垂下了头，我注意到他的双手攥成了拳头。塞茜丽娅则浑身发起抖来，克丽丝连忙伸出右臂搂住了她。

"假如我没记错的话，今天也有一艘从王都驶来的交通船，"安赫尔竭力摆出强硬的姿态，"在确定王都的现状之前，我不希望再继续这个话题了。"

"要是准时从王都出发,这时候交通船应该已经到了,"斯布兰先生说,"如果他们试图靠岸,很可能会在毫无准备之下遭到袭击,所以我们更有理由离开安妮庄园去警告他们。"

渡林镇的码头在城镇的东侧边缘,交通船通常停靠于此。经过码头后,黑河随即往东流进千树森林。站在寒霜桥上,可以清楚看到位于下游的码头;但由于黑河流向的关系,从安妮庄园或迷雾桥都无法望见。

"只要看见南岸的大火,船长马上就能知道渡林镇发生了变故,"我试着从乐观一些的角度去分析,"他们应该会直接返回王都报告,即使我们现在赶去码头也没有意义……"

"不,艾迪,他们不会。"

一个此前并未参与讨论的声音突然打断了我的话。

"我从半夜开始就一直守在码头附近……不幸的是,今天并没有任何一艘船到来。"

声音来自宴会厅的入口。在我意识到这一点的时候,所有人的视线都已经集中到了那个方向。克丽丝发出了一声吃痛的呻吟,大概是扭转身子时拉扯了伤口。

站在那里的是渡林镇的治安官——尼库拉·马里厄斯。

对于我这一天的记忆而言,尼克在安妮庄园现身的这个瞬间,就如同一条泾渭分明的分界线。我清楚地记得早餐时每个人的发言，他们说话时的神态，以及我对他们是否隐藏着什么秘密的揣测。但在尼克出现以后，余下的记忆就变得像淤泥一般浑浊不堪。

但我可以肯定地告诉你一件事，不知道从哪儿冒出来的除了尼克以外没有别人。于是我跳过去，一把揪住了他的衣领，咆哮道："莉莉在哪里？！"

不，等一下。也许是尼克揪住了我的衣领，向我喝问才对？

我一直（一厢情愿地）认为莉莉和孩子们是跟尼克在一起，但尼克却以为他们已经先行抵达安妮庄园。当他在宴会厅里看见我的时候，他应该是先松了一口气，然后才发现莉莉并不在我的身边。

又或者，我们是一同揪住了对方的衣领。

啊，没错，我想更有可能是这样。之后尼克先松开了手。

"我到诊所去的时候，他们已经不在那里了。"

他大概是说了这样的一句话，但我听见的就只有"诊所"这个词。

诊所。

当有人出现了奇怪的症状，人们首先想到的就是把病人送往诊所。在尤里乌的撤离通知到达之前，很可能已经有感染者找上了门来。当然，我所认识的莉莉绝不会轻易被咬到，但要是为了保护葆拉和卢卡的话……

葆拉本不应该在诊所里的，她明明就跟安赫尔有约会。与她的母亲截然不同，葆拉既优雅又柔弱，她无法在危急关头保护自己。如果不是我让她留下，只须照顾卢卡一个人的莉莉是否会更加游刃有余？

对于我在那一刻的心情，如今已经无法追溯丝毫痕迹。我故意把自己的记忆搞得乱七八糟，只为可以保持继续生活的勇气。不过，即使我还记得，也无法用文字描述出来。

让我想想，然后发生了什么呢？

我大概是像发了疯一般，不顾一切地要跑出去寻找莉莉和孩子们。尼克当然不会阻拦我。"我和你一起去！"他肯定会这样说。

"你给我留在这里，你已经证明了你并不善于找人。"

我把满腹怒气都撒在尼克身上。尼克也不甘示弱地反唇相讥：

"至少比你强，你从小玩捉迷藏就弱爆了。"

"我总是能找到你！"

"不，**莉莉**总是能找到我。你？你就是在那儿看着罢了。"

"那就是我先找到了莉莉！"

"好吧！不过你打算怎么走过微风桥呢？"

不，或许这段对话并没有发生过，或许我们当时扔向对方的是一些恶毒得多的语言。趁着我和尼克争吵的工夫，斯布兰先生和安赫尔——可能还有塞扎尔，我不太记得了，但他或许会察觉到克丽丝的意愿———一起把我拦了下来。

"艾德华，你先冷静一点儿，莉安娜那丫头绝对不会有事的。"

多内先生又再次老调重弹，但这回我可不会轻易买账。

"布莱亚兹医生，您可不能抛下您的病人不管，不是吗？"

斯布兰先生试图通过唤起我的职业精神以克服这一时冲动。这反倒提醒了我，于是我顺势争辩道：

"安妮庄园没有足够的药草,我必须回诊所一趟。"

这是事实。因为在梭机村丢失了许多,剩余的药草甚至不足以维持到让克丽丝痊愈,更不用说其他人也有生病受伤的可能。

但即使这么说,我也确实不可能走过微风桥。斯布兰先生应该也意识到了这一点,所以他不再与我纠缠,转而向尼克问道:

"马里厄斯治安官,您是怎么进入安妮庄园的?您不是走的微风桥吧?"

"不,我走的是另外一条路。"

"另外一条路?可是迷雾桥已经倒塌了啊。"

"迷雾桥倒了?!"尼克先是大吃一惊,随即又露出释然的表情,"哦,原来昨晚的那声巨响是这么一回事……"

"是的,所以您是怎么……"

"从帽峰山。小母马河的源头是山上的翡翠池,只要从那里绕过来就可以了。"

尼克说得十分轻巧,这与事实相距甚远(很快我就将亲身体会到这一点)。纵然如此,所有人听见以后都不禁脸色遽变。

"要是这样的话,"震惊之下,安赫尔也顾不上避讳措辞了,"僵尸也有可能从山上侵入安妮庄园……"

"僵尸?"尼克听得一头雾水,"什么是僵尸?"

我相信你不会对斯布兰先生如何解释什么是僵尸感兴趣吧。嗯,我也不打算赘述。倒是还有一件必须一提的事——那天晚些时候，死神初次造访了人类的避难所。在接下来的岁月中，它还要不辞辛劳地走上许多趟。

我并没有目击事件发生的瞬间，但那应该不太重要。与后来（也包括早前）的一些死亡相比，特里翁吉太太以及霍扎之死就如水晶一般清清楚楚，没有任何神秘之处。唯一值得商榷的，大概只有特里翁吉太太被感染的原因。

普遍的看法是特里翁吉太太在小母马河畔偶然看见了她的儿子大卫，于是她靠近栅栏围墙，从缝隙间伸出手去抚摸他的脸，结果不出意外被咬。但也有人认为特里翁吉太太早已失去了理智，她是主动被咬，以便跟那些宣判大卫已死的人们同归于尽。

负责巡逻的拉斯洛和霍扎只在意有没有感染者越过围墙，而从未想过危险会来自安妮庄园内部。因此当特里翁吉太太扑向他们的时候，两人的惊恐万状可想而知。霍扎在慌乱之下拔剑，将那可怜的女人劈成数截；但他自己也被血溅了一脸（脸上满是粉刺破裂留下的伤口），就这样不明不白地成了下一个牺牲品。

有理由相信拉斯洛再次逃跑了。因为被感染后的霍扎没有攻击本应离他最近的拉斯洛，而是遭遇了伊琳卡夫人的侍女薇拉，她正在去为女主人挤牛奶的路上。总算拉斯洛没有对这名女孩见死不救，他偷偷折返，从背后一剑刺穿了霍扎的心脏。

我没有冒险触碰特里翁吉太太四分五裂的尸体。至于霍扎，我测量了他的脉搏，心跳已经完全停止。我把这一事实告诉了斯布兰先生。然而，这也可以被解读为诅咒被解除了，心脏不再受巫术操控而跳动。因此不会被认为感染者仍然具有生命的证据。

事实上，对于"僵尸"是否依然活着，现在人们已经不怎么在意——无论是活人还是死人，他们就是极其恐怖的存在，如果不能及时消灭就会被杀。由特里翁吉太太引发的这幕惨剧，在渡林镇的居民之中产生了深刻的影响。大概就是从这时候起，"人类"和"僵尸"永远对立了起来，恐惧和仇恨已经无法逆转。

"得把这些尸体烧掉，"帕杜里说出了大部分人的心声，"不知道他们还会不会再复活，到时候就麻烦了。"

对此我并无异议。无论如何，尸体就是感染源，留下来绝对没有好处。布图和卡萨普（颇不情愿地）抬起霍扎的尸体，小心翼翼地避免沾上血（主要是特里翁吉太太的血，长剑仍然插在霍扎背后，他并没有流多少血），把他搬到空地上特里翁吉太太的碎块旁边；安赫尔往两人身上浇上灯油，然后用火把点燃。

朝着逐渐被烈焰吞噬的两具尸体，索林做了一个发射火球的手势。

第四天

尽管我心急如焚，就像火光中逐渐由焦黑变成灰白的两具尸体……

我本想使用这个一语双关的句子。不过假如你足够幸运，并没有见证过太多死亡的话，你也许会觉得这是对往生者的不敬。我由衷地希望如此。

令人安心的火葬结束后，天色已经向晚，尼克认为走夜路翻越帽峰山并非明智之举。尽管找到莉莉他们刻不容缓，但我们只能推迟到翌日清晨出发。特里翁吉太太以生命展示了一旦家人陷入危险，无论平常多么温顺的人都有可能随时化为威胁。这让多内先生和斯布兰先生都放弃了劝阻我。

虽然已经没必要再找什么借口，但我还是计划先回一趟诊所。药草确实需要补充是一方面；而且我也坚信，那里肯定留有提示莉莉他们行踪的线索，只是尼克错过了而已。动身之前，安赫尔用刻着哈瓦蒂家族家徽的钥匙打开了安妮庄园的武器库。我和尼克各自拿了一副麂皮手套，以及一根结实的长棍。

"您真的不准备带上一柄剑吗？或者弓箭？"安赫尔担忧地问。

"不用不用，"尼克像赶苍蝇似的连连摆手，"既然知道了血液会传染，那就要尽量避免流血嘛。"

他说的当然没错,但那大大咧咧的态度实在很难让人放心。安赫尔多半也有同感,于是他自告奋勇,直言希望参与对葆拉的搜索。

在危急关头,年轻的安赫尔可以成为靠得住的战力。迷雾桥的经历足以证明这一点。但我直截了当地拒绝了他,并指出安妮庄园的主人绝对不能在这个敏感的时刻随意离开。当然,那并不是我不希望安赫尔跟来的真正原因。

越过安妮庄园北面的厩舍,是一大片杂草丛生的荒地,一直延伸到帽峰山的脚下。帽峰山就像是一顶扣在千树森林上的帽子,生生拔地而起,四面都是陡峭的山崖。大概正因如此,哈瓦蒂家族认为从这里入侵的可能性微乎其微,所以并未在庄园北边修筑围墙。两侧的围墙也只是从黑河延伸到山崖为止。

从厩舍继续北行,起初的一段路还随处可见牛马的粪便,散发出令人不喜的气味。但往后杂草逐渐茂密,几乎与我的肩膀齐高,我又不禁暗暗埋怨它们为什么不到这里饱餐一顿。在尼克之前,恐怕已经有许多年无人涉足此地。

严格来说,这里仍然属于安妮庄园的范围。我不希望被第三者听到我接下来要说的话,因此一路保持着沉默。然而一旦开始登山,必须全神贯注于脚下踏出的每一步,一不小心就会摔个粉身碎骨,更没有半点交谈的余暇。一天前,尼克在耸立的峭壁之间找到了一条勉强可通行的路线。饶是如此,不讲理的弯角和落差还是迭出不穷,只得时刻依靠长棍支撑来保持平衡。

所幸的是帽峰山还算不上高不可攀。一个多小时后，我们气喘吁吁地登上了山顶。山顶就和帽子的顶部一样平整。

"听着，伙计……呼……我得告诉你……哈啊……一件事。"

等不及让呼吸平复下来，我迫不及待地说出那句在心里憋了两天的话：

"尤里乌·哈瓦蒂……呼哧……是被谋杀的。"

尼克抹了一把脸上的汗水，惊奇地看着我。他也许在想我是不是在攀爬中累坏了脑子。

"是的……"半晌他才回答道，"我听说他是被德拉甘队长刺杀的。"

"下手的是德拉甘没错。但杀害他的雇主……呼……对德拉甘自己没有任何好处。所以指使他的一定另有其人。"

"指使？"意识到我的语气十分严肃，治安官的脸色变得难看了，"不是因为哈瓦蒂被咬，德拉甘才刺杀他的吗？"

"问题就在这里。我认为哈瓦蒂根本没有被咬。"

"为什么你会知道这种事？你应该不在现场……"

尼克的话说到一半便戛然而止。他突然朝我抬起手掌，另一只手的食指架在嘴唇中央，示意我既不要出声也不要动弹。

"呼哧……呼哧……"

在连鸟鸣都听不见的寂静山顶（大概是因为南岸的大火，鸟儿都远远避开了），清晰地传来了某人喘着粗气的声音。不是我，也不是尼克，我们现在都已经缓过来了。而这名神秘的人物却仍然在为呼吸挣扎,那意味着……

我和尼克对视一眼,一同踮着脚尖,迈向我们刚刚走上来的山路。在离开山顶尚有一小段路程的地方,竟有一个人影正在往上攀爬。

尼克向我打了个手势,我们各自埋伏在一棵大树背后,准备让这位不请自来的跟踪者吃上一惊。另一方面,对方似乎没有隐藏自己的打算,身形在山路上展露无遗。此人同样手持一根类似于长棍的木棒,身穿轻便的衬衣和夹克,远远望去很像是塞扎尔的打扮。不过从身高来看,那毫无疑问是一名成年人。

我不认为安赫尔会执意跟来,他也不会随便让其他人到武器库里取得长棍;帕杜里倒是能轻而易举地削出来一根,但木匠并没有这么高。这么一想,在安妮庄园里,符合以上条件的人物似乎只有一个。

"天哪,奥约格小姐!"我从大树的阴影中走出来,"您在这里干什么?"

此刻,克丽丝蒂娜·奥约格正在一块巨石面前一筹莫展。挡在山顶前的这块岩石和我差不多高,表面布满尖利的棱角,周围几乎没有落脚之处。她闻声仰起头来,对我盈盈一笑,把右手拿着的木棍高高举起。

我连忙走过去,从岩石顶上握住木棍的另一端。正如我猜测的那样,那是她担架的一部分,更早以前则是某把椅子的一条腿。木棍上传来拉扯的力量,克丽丝正在顺势往上攀爬。

"当心！"我不禁喊道。尼克也加入了进来，从岩石的另一侧伸出手去拉她一把，但克丽丝没有抓住。她毫不犹豫地将左手按在岩石锋锐的表面，四肢并用，不多时便登上了山顶。

"您的手不痛吗？"

在众多必须询问克丽丝的问题之中，尼克首先选择了这个。这为他招来了女裁缝恶狠狠的一瞪。

"这只手可是被针扎过无数遍了，区区一块石头又算得了什么。"克丽丝伸手撩开脸上被汗水粘住的头发。她今天戴着一副齐肘亚麻手套，比先前的丝绸制品厚实一些，但跟我和尼克手上的麂皮无法相提并论。

"那您的腿呢？"尼克的第二个问题也是我所关心的。

"多亏了布莱亚兹医生，现在已经完全不痛了。"

我正要责备这位不听话的病人，尼克那口不择言的毛病却又犯了："还说不痛，拜托你去找面镜子照一照吧，你看你连嘴都痛得歪了。"

或许克丽丝的嘴原本不是歪的，但现在真的歪了——被气歪的。

"您怎么可以进行这么剧烈的运动？"我皱眉道，"伤口虽然愈合得不错，但很容易就会再次裂开的。"

"对不起，医生。"

克丽丝向我摆出一副低头认错的样子，但我并不买账。

"塞扎尔在搞什么？我明明叮嘱了他要照顾好您的。"

"噢，"克丽丝面露得色，"我派他去给哈瓦蒂先生送信了。现在他们应该已经知道我和你们在一起了。至于塞茜，随便把她支开一会儿并不困难。"

"她会哭得很伤心的，您知道吗？"

"嗯，之后我会好好跟她道歉的……"

"好了，小姐，"尼克以治安官的目光盯着犯人脸的口气说，"该说说了吧，你来这里干什么？为什么要跟着我们？"

对戈德阿努这类坏蛋行之有效的那种审讯在女裁缝面前碰了个大钉子。克丽丝显然被惹恼了（也有可能是刚才的余怒兀自未消），因此她干脆用胡搅蛮缠的方式来对付尼克。

"那取决于**你们**来这里干什么，"她振振有词地说，"如果你们仍然声称是去拿药草，那么我就是去诊所看病的。毕竟我的嘴痛得都歪了呢。"

"不，我们不是，"尼克像扔掉一块泥土一样舍弃了这个蹩脚的借口，"我们要去找莉莉和孩子们。"

"明白了，那我也一样啊，"克丽丝狡黠地眨了眨眼，"作为葆拉的好朋友，我当然也要去找她。"

"什么？"

尼克向我投来征询的眼神，我只能回报以一个苦笑。

"你看，就是这么一回事。葆拉和我已经是多年的好朋友了，闺蜜，如果你愿意这么叫的话。当然布莱亚兹医生也知道这件事。要是你和葆拉足够熟悉，你就会发现她一直穿着我缝制的连衣裙。"

"我对女士的衣服不感兴趣，"尼克干巴巴地说，"玩笑也该开够了吧，你准备到哪里去？"

"如果我没有记错的话，我从未被治安官大人拘捕过，"克丽丝抗议道，"我在安妮庄园是受到邀请的客人，要去哪里那是我的自由。"

"她说得对，"我提醒尼克，"她没有义务让任何人知道她要去哪里或者为什么要去。"

"那现在怎么办？先把她送回去？那就相当于浪费了好几个小时。"

我想我大概能猜到克丽丝跟踪我们的理由。即使现在能说服她返回安妮庄园，让她自行下山也不是一个好主意。但我们也实在耽误不起任何时间了。

"从这里开始，山顶都是这样平坦的吗？"我问尼克。

"喔，是啊，简直就像王都的广场。"

我点点头。现在只能相信直觉了。

"我并不赞同您的行为，奥约格小姐，"我对克丽丝说，"但我不会对病人关上诊所的门。假如您要来的话，好吧，您可以和我们一起去。作为您的医生，我恳请您绝对不要再擅自行动了。"

"你确定吗，艾迪？"

尼克的脸上写满了不信任的表情。

"没有其他选择。如果山顶都是平路，我想应该不至于加重她的伤势。下山时肯定会有些危险，要是伤口裂开了，至少我能在诊所给她治疗。"

只要能平安下山,在到达诊所之前应该不会遇上太多麻烦。感染者们都集中在微风桥和小母马河一带,在围墙内巡逻的佣兵(今天是布图和卡萨普)恰好是吸引他们的最佳诱饵。

"我明白了,"尼克叹了口气,"让我们先找到莉莉他们,之后再来谈你刚才说的那件事吧。"

"那件事,"克丽丝冷不丁地说道,"是指尤里乌先生是被谋杀的事吗?"

"你都听到了?"

"嗯,下手的是德拉甘队长,但指使他的另有其人。一字不漏。"

"好极了。"

尼克自暴自弃似的大踏步往前走去。然而克丽丝还不打算就此放过他。

"不仅如此,我还知道布莱亚兹医生为什么会得出那样的推论。"

"有趣极了,"尼克轻易地受到了挑衅,"我可是一点儿都不明白。也许您愿意指教一二?"

"乐意至极。我想,布莱亚兹医生会对尤里乌先生之死产生怀疑,是因为我的缘故。"

"哈?!因为**你**?"

"因为我没有被感染。假如尤里乌先生是在感染后才被刺中的,为什么我却没有被感染呢?"克丽丝说着转向我,"医生,您就是对这一点感到奇怪,所以才去跟那个逃回来的佣兵确认南岸的情形,没错吧？"

我在前天晚上的行动似乎没能逃过她的眼睛。那么，会不会也已经引起了其他人的注意？并没有隐瞒的必要，我把拉斯洛的证言简单复述了一遍。

"也就是说，"尼克沉吟道，"德拉甘的剑首先刺杀了尤里乌，然后被扔进安妮庄园，某个笨家伙撞上去割伤了自己……"

"她当时是为了保护两个孩子。"

我把事实指出来后，尼克不好意思地咕哝了一句："请您原谅。"

"没关系，治安官大人，"克丽丝话中依旧带刺，听起来一点儿都不像是没关系的样子，"如您所言，德拉甘掷进安妮庄园的长剑上还残留着血迹。被割伤后又接触到那些——该怎么说呢——被污染了的血，按理说我也应该遭到感染才对，但结果我并没有。这么一来就只可能有两种解释：剑刃上的血迹不是尤里乌的；或者，尤里乌被这柄剑刺中时**并没有被感染**，也就是说，德拉甘完全是在说谎。"

她说得没错，这就是我认为尤里乌·哈瓦蒂是被谋杀的理由。但马里厄斯治安官不会不加思考便接受这个结论。

"我明白了，你们的推理是建立在拉斯洛那家伙的证言的基础上。作为佣兵，此人却不止一次临阵脱逃，我得说他很难算得上是一个可靠的证人。虽然我也没有任何根据可以推翻他的证词就是了。不过，即使他说的是实话，真的就只有那两种解释吗？"

"你是什么意思？"

"被长剑割伤的时候,你应该流了相当多的血吧?剑刃上那些被污染的血还没来得及进入你的身体,就已经被流出来的血冲掉了,所以你才没有感染,"尼克转而向我问道,"艾迪,有那样的可能吗?"

"就现有的病例而言,即使只接触到极少量的污染源都会导致感染,"我谨慎地说,"我无法完全否定你的理论,但我认为这并不符合奥约格小姐的情况。因为立即进行了止血,她流的血对于这种程度的割伤来说并不算太多;在手术过程中,几乎可以肯定我手上的伤口也碰到了长剑上的血,而我也没有被感染。"

顺便一提,尽管克丽丝不属于该种情形,但在失血足够多的前提下,避免感染的可能性其实是存在的。我将在另一场悲剧中见证这一点,不过那是很久以后的事了。

"除此以外,尤里乌被杀一事还存在着其他疑点。"

"咦,是吗?"

"首先,杀死尤里乌时,德拉甘用的是长剑。"

"佣兵队长用剑有什么问题吗?"

"我曾经警告过他们,血液很可能会导致传染,所以一定要避免受伤或沾上感染者的血液。德拉甘明明带着十字弩,假如尤里乌真的被感染了,他也可以从远处发射弩箭,为什么要冒险挥剑呢?"

"理由可以有很多啊,"尼克不信服地摇摇头,"最简单的,可能德拉甘从一开始就没拿你的话当一回事,或者他很确定自己身上没有伤口……"

"不对。根据拉斯洛的叙述，德拉甘曾明确指示手下的佣兵注意不要受伤，而且当时队伍中也已经发生了感染。我不认为他会无视我的警告。"

"那或许是因为他们两人靠得很近，所以没有足够的距离射箭——德拉甘不是一直紧紧跟着尤里乌吗？再不然就是他的箭已经用完了。我明白你的意思，艾迪，你认为尤里乌没有被感染，所以德拉甘可以放心用剑。但要证明这一点，只要身为医生的你确信他扔进安妮庄园那柄剑上的血是——唔，干净的，那就已经足够了。其他证据都是多余的。"

"你说得对，"我承认道，"可是如果不把所有疑点都充分讨论一遍，搞不好就会得出错误的结论吧。我想说的是德拉甘不仅可以用剑，而且他非用剑不可。他必须把尤里乌一击毙命，以确保他没有机会向其他人呼救。"

"啊，知道了知道了，"尼克夸张地摆出一个投降的姿势，"真是的，莉莉怎么会忍受得了你这种认真的性格……好了，德拉甘用剑的原因很可能是尤里乌没被感染，但除非能让德拉甘来接受审讯，否则这只能是'很可能'而已。德拉甘现在的状态也说不出话来，所以让我们到此为止吧。然后呢？还有什么必须讨论的吗？"

"是的，另外一个疑点就是你刚刚提到的德拉甘的状态。他又是怎么被感染的呢？"

"怎么感染……不就是被咬到了吗？"

"奥约格小姐，您还记得前天傍晚发生在微风桥上的一幕吗？"

"您是指德拉甘咬伤那个佣兵的时候吗?"克丽丝苦笑道,"那个恐怖的画面,我倒是希望能够尽快忘掉。"

"是吗?我可看不出来……嗷!"

眼看尼克又要说些不该说的话,我连忙拿长棍往他的背心戳了一记。

"抱歉让您又回忆起来了。在那之前,德拉甘还做了什么?"

"在那之前……噢,他扯下了对方的头盔并扔进了小母马河——是为了能咬到那个人的脖子吧?"

"非常感谢。反过来说,戴着头盔就不会被咬到头部或脖子。而直至德拉甘发病为止,拉斯洛看到他仍然穿着全副盔甲。那样不说不可能,至少也是很难被咬伤的吧。"

"但是……"克丽丝疑惑道,"在微风桥的德拉甘并没有戴着头盔啊?"

"他自己脱下来了呗,"尼克理所当然地说,"因为戴着头盔虽然不会被咬,但同样也不可能咬人啊。"

"嗯,我的猜测也是这样。"

"如果德拉甘没有被咬到,那唯一的原因就只能是他有伤口碰到了血……哇呀!"

潜心思考的克丽丝似乎没有注意脚下,一不留神踩在地上盘踞的一条灰蛇身上。在她的尖叫声中,那条倒霉的蛇刺溜一下钻进了草丛。

"你没事吧?"尼克问。克丽丝只是红着脸点了点头。正当我以为两人的关系终于得以缓和时，尼克马上又来了一句："那就好。前面估计还会遇上更多这些长长的小可爱，你可千万不要吓着它们了……"

"尤里乌也刺伤了德拉甘。"

我大声地说，只希望把克丽丝的注意力拉回先前的话题。

"您说什么？"

似乎奏效了。于是我迅速作出解释：

"根据拉斯洛的说法，在尤里乌倒下以后，德拉甘几乎是立即出现了症状。这意味着他并没有在其他地方受到感染的时间。据我观察，尤里乌只携带了一柄长剑；而在此之前，他也亲自动手杀掉了一两名感染者。"

"啊！所以尤里乌的剑上已经沾上了感染者的血。"

"完全正确。在被德拉甘偷袭的时候，尤里乌用尽最后的力量进行了还击。当然，这一击没能造成任何严重的伤害，却切实地让德拉甘受了伤。这个伤口碰到尤里乌剑上的血，最终导致了感染的发生。"

"原来如此，"尼克点点头，"好吧，我同意这是造成德拉甘感染的原因。但即使这样，也无法证明德拉甘不是因为尤里乌被咬了，不得已才动手的。德拉甘剑上的血是否受到了污染才是决定性的证据。"

"要证明这个也一点不难啊，"克丽丝阴恻恻地一笑，"那柄剑还在安妮庄园。你只要用它在手上划个口子，然后让所有人看到你不会被感染就行了。"

"那其实是个不赖的主意,"尼克坦然道,"我完全信任艾迪的判断。连同你的血在内,沾在那柄剑上的血没有任何问题。所以就算我有伤口碰到了那些血,我也不会变成僵尸……"

"咳,是感染者。"我立刻予以纠正。

"好啦,艾迪,别这么死板。你不是说这是一种前所未见的传染病吗?"

"我只能说,我从没见过有关类似疾病的记载……"

"行了,行了。总而言之,这个病还没有一个正式的名字吧?既然如此,把它叫作'僵尸病'又有什么问题呢?你老是绕来绕去说'感染者''污染的血'什么的,人们直接就被你弄晕了,根本就不会有人认真听你的话……噢,我们走到翡翠池了。"

正如尼克所言,前方的婆娑树影之中,隐约可以看见一池碧绿的湖水。再往前行几十步,四周便豁然开朗。一片灰蒙蒙的天空下,翡翠池呈现出比以往更深邃的绿色。奶油色的芦苇在湖畔迎风招展,沿岸长满了茂密得简直让人无法插足的杂草。从这边可以直接望见对岸,但在到达那里之前必须绕湖半圈。尼克走在最前面,不时用长棍击打草丛,把隐藏其中的长长的小可爱们提前赶跑。

"不过很抱歉,我暂时还不打算做那个实验,以免打草惊蛇。"

尼克甩着长棍,像是自言自语地说。

"可是,治安官先生坚持讲求证据,好像也没有证据可以证明德拉甘是受人指使的吧?"

143

"确实没有。严格地说，就连德拉甘刺死了尤里乌这件事，都只是拉斯洛的一面之词而已。但没有人提出过异议，也就是说大多数人已经默认了这是事实。在这样的情况下，假如这两人之间存在什么龃龉，不管多么微小，我想我们早就已经从佣兵或安妮庄园的其他人那里有所耳闻了。既然没有这类传言，那就只能认为艾迪说中了，德拉甘没有杀害尤里乌的动机，他更不会平白无故地砸掉自己的饭碗。虽然没有证据，但德拉甘是受人指使的可能性非常高，我当然不希望被那个人察觉有人对尤里乌之死产生了怀疑。"

"你怀疑指使德拉甘行凶的人就在安妮庄园？"

"这种显而易见的事情就没必要明知故问了吧，"尼克有些不满地说，"可能怀有杀害尤里乌的动机，同时又有可能让德拉甘乖乖听命的，无非就只有两个人而已：伊琳卡·哈瓦蒂和安赫尔·哈瓦蒂。"

翡翠池大致呈圆形，只在南面突出一角，一直延伸到悬崖边上，湖水沿着岩石的缝隙潺潺流下，在山下重新汇聚形成小母马河。但在每年六月前后的雨季，满溢的湖水一举冲破山崖的阻挡，以蔚为壮观的瀑布之姿倾泻而下。因为一年间大约只会出现一个月，"六月瀑布"的名字由此而来。此时小麦成熟，也是哈瓦蒂家族向佃户收取佃租的时节，因此"瀑布鸣泣之时，他们就连最后一颗黑麦都要拿走"的说法也在南岸广为流传。

如今筹措佃租大概只是最微不足道的顾虑了，如果它还算得上一项顾虑的话。站在翡翠池的北侧南望，大半个渡林镇尽收眼底。

南岸的大火已经基本熄灭——与其这么说，倒不如说是所有的一切都已经烧得精光。房屋、街道、田地，全部化作了一片焦土。废墟中仍有丝丝黑烟冒出，也许会拿走最后一颗黑麦的大地主现在就躺在那片废墟的某个角落。

像蚂蚁一样成群结队的僵尸（是的，尼克说服了我）挤在废墟和黑河之间，另外一些则走上了水滴桥；北岸也有这些蠕动着的黑点，但如我所料只是集中在微风桥和小母马河一带。由于角度的关系，从这里看不到东西两边的寒霜桥和迷雾桥（难怪尼克之前还不知道迷雾桥倒塌的事），因此尚不能掉以轻心。

"也就是说，艾迪比较怀疑伊琳卡，而克丽丝则认为是安赫尔干的。嘿，这可真有意思。"

尼克吹了一声口哨，似乎是真的觉得很有意思。

"艾迪想让伊琳卡来当凶手的心情不难理解，毕竟葆拉和安赫尔好像关系不错，谁都不希望将来可能成为自己女婿的人导演了亲生父亲的死亡。可你为什么会有不同的想法呢？因为哈瓦蒂夫人是一位大客户吗？"

"在得知丈夫的死讯以后，"克丽丝说，"她看起来也不怎么伤心吧。"

"嗯，一直都有各种流言——不，等等，你那不是反过来了吗？"

"让我说完。伊琳卡并不爱尤里乌，嫁给他只是贪恋哈瓦蒂家族的财产和权势，我倾向于相信这些流言是真的。既然如此，害死尤里乌对她显然没有任何好处。安赫尔将毫无争议地取得继承权。

搞不好她还会变得一无所有。"

"也许她爱上了其他人，为了那个人她甘愿放弃一切，尤里乌就是必须清除的障碍了。"

"噢，这个男人是谁呢？"

"是谁都不重要吧，你就当是我好了。"

克丽丝毫不掩饰地翻了个白眼。

"要是这样的话，你们又能给德拉甘提供什么好处，足以让他背叛尤里乌呢？"

"譬如说一大堆银币？"

"不对，"克丽丝摇摇头，"因为有安赫尔在，就算把尤里乌干掉伊琳卡也得不到多少财产。她的承诺对于德拉甘来说并没有保障。一个经验丰富的佣兵不会连钱袋子拿在谁的手里都看不清楚。假如德拉甘想要赚上一笔，他反而应该立即向尤里乌揭露伊琳卡的阴谋。这样尤里乌不但会感激他的忠诚，恐怕也得为了哈瓦蒂家族的面子而让他保守秘密，自然不会吝啬区区一点儿银币的。"

"好吧，这有道理。谢谢你替我洗清了嫌疑。那么，如果德拉甘就是伊琳卡的情人呢？"

"不，那也是不可能的。"

"为什么？"

"尤里乌毕竟要比德拉甘英俊得多啊，伊琳卡有什么理由会看上他呢？"

这次轮到尼克翻起了白眼。

"喂喂，你该不会是光凭这个就说伊琳卡是无辜的吧？仅仅是以貌取人？"

"要是人们停止对美貌的追求，我们这些当裁缝的可就有大麻烦了，"克丽丝理直气壮地说，"那你自己呢，尼克，你觉得是谁想要除掉尤里乌？"

"这个，不好说啊。还是先收集更多证据……"

不知道从什么时候起，这两个人已经在用昵称互称了。听着他们的争论，我竟感觉莫名安心。如果不是有这两个人在，我恐怕早已陷于对莉莉他们的担忧中无法自拔，这段旅程一定会如炼狱般难熬吧。

我赞同克丽丝的观察。伊琳卡并不爱尤里乌，但拥有继承权的一直都是安赫尔也是不争的事实。我知道哈瓦蒂家族的野心并不限于安妮庄园，他们从一开始就有计划要把帽峰山建造成城堡山（就地理条件而言确实非常适合：山顶平整的地形便于建筑，四周的峭壁则易守难攻；万一被来犯之敌围城，翡翠池也能确保城内的水源可以支撑等待援军）。当然，一介平民富商假如作出这等僭越举动，无疑会被王都视为谋逆，因此这必须等到安赫尔正式获得册封以后。尤里乌也曾多番前往王都疏通（其中一次他在剧场里遇见了伊琳卡并把她娶了回来），以确保安赫尔会得到骑士的头衔。

或许尼克的判断才是正确的，在现阶段，任何关于凶手身份的推理都只是不负责任的猜测。

这个话题在下山的时候告一段落。我们不得不停止交谈，把注意力都集中在脚下。克丽丝走得非常吃力,但她仍然拒绝尼克的援手。山下的北岸一片死寂,没有人,也看不见僵尸。沿途本应经过克丽丝的裁缝店,但接近那条街的时候,隐约似乎传来了某些奇怪的声响,尼克极度警觉,立即拐弯绕了一个大圈。

于是我们平安无事地抵达了诊所。阔别数日的院子一如往昔,莉莉种下的一茬洋甘菊散发着令人沉静的清香。风吹动信箱的门轻轻张合,四周阒寂无声,这咔嗒咔嗒的节奏便显得分外清晰。然而邮差已经不会再来把它打开了。

我踏上屋子门前的台阶。眼前掠过一抹绚烂的红色。

"你回来啦。"

莉莉微笑着把门推开;与此同时,另一个变成了僵尸的莉莉则张牙舞爪地扑向我,滴滴鲜血从她的嘴角滑落。我夹在两种幻象之间,一边冒出不切实际的期待,一边却又跌落恐惧的深渊。而理智还在徒劳地诉说门后根本什么人都没有。

"你没事吧,艾迪?"

尼克从后面走上来,慢慢拉开虚掩着的门。

除了一丝清冷的过堂风以外,什么事也没有发生。尼克将长棍挡在身前,迈着谨慎的步子走进室内,连同病房在内,把每间屋子都仔细察看了一遍。

"安全,"他给出可以进入的手势,"在我上次离开这里以后,好像还没有人进来过。"

我把克丽丝让进屋内,立刻回头把大门锁上。无比熟悉的门和锁，失去了女主人的房子却弥漫着一股陌生的气息。莉莉并不会总把家里收拾得整整齐齐，但眼前的凌乱显然已经超过了合理的界限：壁炉顶上的烛台掉到了地上，几把椅子横七竖八地挡在房间中央，到处散落着各种垃圾……

克丽丝突然抢上前来，弯腰从地上捡起一块染花碎布。

"这是我常用的布料，"她小声地比画着说，"这里是袖子的一部分，我想是从葆拉的衣服上撕下来的。"

对于从地上拾起来的东西来说，这块布还算干净，至少没有染上血污。但这没能阻止我的心直往下沉。我越过尼克走进病房，原本靠墙摆放的一张病床明显往外移动了一段距离，洁白的亚麻床单上留有如旋涡般的褶皱。

"曾经有一个僵尸躺在这里……"

我用颤抖的声音说出先前的推理。一旦有人发病，首先就会被送来诊所。葆拉一定是依我的吩咐，想让病人住进病房。但这个病人显然并不安分，挣扎弄皱了床单，甚至造成了病床的移位，也许需要两三个人才能把他或她按在床上。通常的做法是从两侧按住病人的肩膀，这样一来，稍有不慎就会被病人扭头咬到自己的手。

"毫无根据的猜测，"尼克倔强地说，"床单上没有血迹，就算有僵尸进入过这个房子，莉莉他们也一定成功逃出去了。你给我冷静点，艾迪，寻找线索的事就交给我吧。今天走了那么多路，你最好先替克丽丝检查一下。"

我点点头，于是尼克退到了外面，病房里只剩下我和克丽丝两个人。我让她躺到另一张病床上去。幸运的是，伤口的缝线并未因为长途跋涉而断裂。

病房里肯定发生过什么，但必要的药草和器具仍然齐备。我如鱼得水，一边熟练地给克丽丝的伤口清洁上药，一边问道：

"你不相信我吗？"

克丽丝的身体突然抽搐了一下，那并不是因为疼痛的关系。

"被看穿了吗……"

"嗯。"

我擦干渗出来的血水，然后开始包扎。尽管如此，床单还是被弄脏了一片。尼克也许是对的，我默默地想。

"我……"克丽丝窘迫地说，"我是真心想要相信你的。只是……你看起来显然有什么事情要告诉尼克，我也明白你们是无话不谈的朋友……我不知道是关于尤里乌的事……真的很对不起，艾德。"

这次轮到我浑身一凛。一直以来，会叫我作"艾德"的就只有莉莉一个人，但克丽丝自然不会知道这一点。她大概是觉得像尼克那样叫"艾迪"显得过于随便了。

"怎么了？"

"不，没事，"我在绷带上打了个结，借此掩饰了过去，"顺便说一句，欢迎初次光临一家诊所。"

我离开病房，留下克丽丝自行整理衣装。走出外间后没有看见尼克，正当我感到纳闷儿的时候，却发现他正趴在地上。

"嘿，你在干什么？"

尼克抬起头来，脸上的惶恐仍未消退。

"发现什么了吗？"我连忙追问。

"呃……不，那个……"尼克吞吞吐吐地说，"我只是在想……他们会不会躲进了下水道？"

"下水道？"

"整个渡林镇的地下，包括南岸，到处都有下水道。你不会不知道吧？"

"我当然知道。"下水道的建造和应用在医学领域也是一个重要事件。在那之后，因为公共卫生得到改善，肆虐了几个世纪的黑死病大流行才总算迎来了终结。"但我不认为我家有通往下水道的入口，至少没有能让人走进去的那种。"

"他们可能是先到了外面，然后才进入下水道。在这条街的拐角就有一个下水道的出入口。"

"既然已经到了外面，"我摇摇头，"干吗不直接去安妮庄园呢？"

"就像你说的那样，尤里乌还没来得及发出撤离通知，僵尸就被当成病人送进来了。所以他们逃出去的时候还不知道可以去哪里。"

"即便如此，下水道也不是一个合理的选择吧？"

"也许他们有足够好的理由这样做，谁知道呢？我敢说那天我已经找遍了整个北岸，很显然他们也不在帽峰山上。你有比下水道更好的猜测吗？难道他们进入了千树森林不成？"

"那正是我希望能在这里找到的答案……"

我瞥了一眼正从病房走出来的克丽丝，目光在中途却不自觉地停了下来——就连我自己也不明白为什么。在那个方向上只有厨房里的餐桌，我们每天都在那儿吃早饭和晚饭，葆拉用来沏茶的壶还摆在桌上。除此以外，就只有一本摊开了的书，不用看也知道是《草药大全》。

不，等一下……

在搞明白具体是哪里不对劲之前，我已经走到了餐桌旁边，下意识地低头看向那本书。然后又抬头看了看存放药品的架子。

"也许。"

"什么？"

"也许他们真的去了千树森林。"

"艾迪，你在说什么……"

"当我出门的时候，我确信这本书是合上了的。之后出于某种原因，卢卡又打开了它。我一直认为他只是读着玩而已，但也有可能，他确实知道自己在做什么。过来，你们看看这个。"

克丽丝和尼克一同围了过来，我指向翻开的那一页上的某个条目。

"毛地黄，紫红色指套状花，内有斑点……"克丽丝喃喃念道，"全株有毒，可致腹泻及呕吐，严重时可致死。有限剂量下可增强心脏，减慢心率……啊！"

"没错，"我点点头，"僵尸的症状之一——不，在医生看来，最危险的症状就是心跳过快，必须立即干预才有机会救人。没有什么东西比毛地黄更加对症下药，可是——"

我指向药品架。尼克会意，从上面取下来带有"毛地黄（毒）"标签的盒子，盒子里空空如也。

"毛地黄的存货已经不多，所以我把剩余的全部带去了梭机村。盖夫顿小姐有可能用得上它。当我不在诊所的时候，像这种有毒的药草绝对不会使用——除非，出现了非常危急，性命攸关的情况。"

"因为僵尸的心跳很快，然后卢卡就从书里查出来了这个吗？"尼克露出钦佩的表情，"那可真是了不起。但这跟森林又有什么关系呢？"

"继续念下去。"我对克丽丝说。她便依言念道："生长于林间及山坡，少见于水边……啊，难道他们去采毛地黄了？"

"不……"冷静下来后，我否定了这个想法，"再想一想，这或许只是卢卡单独的行动。莉莉绝对不会随便同意使用有毒的药草。就算真的要去采药，他们也不会全部离开而丢下病人不管。"

"他自己一个人去了千树森林？"克丽丝惊讶地说，"卢卡今年才多大？"

"相信我，他已经不是第一次干这种事了。书上写毛地黄生长在林间和山坡，我想卢卡会觉得去森林要比爬山容易一些——无论如何，我们确实也没有在山上遇见他。"

"但是……"克丽丝支吾着说，"都过去整整两天了，就算去森林里采药也早就应该回来了吧。"

我听得出来她不忍心直接说出口的话。假如那个喜欢自作主张

153

的小家伙真的去了千树森林，即使没发生什么意外，当他回到镇上时，也很可能会发现自己被一群僵尸给包围了。

"我们无法断言卢卡一定去了森林，"尼克说，"即使他真的去过，莉莉也很可能已经找到了他。他们现在在一起的可能性很大——下水道，走吗？"

我没有理由反对。别说克丽丝还受着伤，就算她完全健康，只有三个人想要搜索千树森林也根本不现实。于是我把地上的烛台捡起来，重新装上几支蜡烛。尼克则拿了一盏提灯。坦白说，我还是想不出莉莉有任何进入下水道的理由，但尚未找过的地方就意味着希望。

让我始料不及的是，在街角的那个下水道出入口前，这份希望突然富有戏剧性地增加了。

"活板门……"

我喃喃道，尼克正在用力把它拉开。

"活板门怎么了？"克丽丝不解地问。

"僵尸不会**拉开**一扇门。"

"真的吗？"克丽丝瞪大了眼睛，"等一下，这么说来，活板门一定都是拉开的，因为它下面就是梯子或者楼梯……"

"没错。"

"而下水道在地底下，它的所有出入口应该都是这种活板门……也就是说，僵尸无法进入下水道！"

正是如此。这会不会就是我一直在寻找的、莉莉可能进入下水道的理由？问题在于在那种紧迫的环境下，她能发现僵尸的这个弱点吗？

"很好，"尼克倒没有显得非常兴奋，"我们进去吧。"

我们点亮了提灯和蜡烛，由尼克带头拾级而下。女士走在中间，我回头把活板门拉上后，我们手上的照明就成了唯一的光源。

楼梯比预计的要长。或许是因为镇上居民已经疏散了的关系，并没有想象中的那种恶臭，也没有一大群老鼠吱吱地在脚下窜来窜去。在楼梯底部穿过一个廊门后，我发现自己正站在一条相当宽敞的管道里头；地面中央另有一条四五步宽的坑道，污水就从里面缓缓流过。

"真想不到，地底下竟然还有这么大的空间。"

克丽丝抬头望向几乎连提灯都照不到的穹顶，不由得发出感慨。四周同时传来不明显的回声。

"据说是从小母马河引来部分河水，"尼克如向导一般讲解道，"将污水冲进地势更低的黑河。"

"了不起的设计，"她由衷地赞叹，"这些下水道一定有一百年了吧。"

"不止。渡林镇的下水道建成甚至比王都还要早几年。不得不说哈瓦蒂家族确实是在用心建设这座城镇。"

"你以前进来过吗？"我问尼克。

"就一次，为了逮捕一个从南岸来的窃贼。那个自作聪明的家伙专门偷一些小首饰，塞到烂掉的柿子里再扔进下水道——这样被抓住的时候也搜不出赃物——之后再伺机跑进来回收。不知道他在走上绞刑架的时候还会不会觉得这是一个好主意。"

"那么,"克丽丝说,"现在该往哪边走呢?"

仿佛走进了巨蛇的肚子,管道在两边不见首尾地延伸。朦胧的光线之下,隐约可见侧面还有好几处岔路。

"嗯……"

尼克低着头,来回绕着圈踱步,似乎仍然无法做出决定。我不太耐烦,正要指出模仿猎犬的样子也不会带来任何帮助时,他突然从怀里掏出一只放大镜,直接蹲了下来。

"艾迪!克丽丝!来看这里!"

尼克急切地喊道,同时把提灯放到了地上。他显然忘记了克丽丝不能做这种幅度过大的动作。我快步走过去,蹲到他的身边。尼克把放大镜交给我,指向被灯光照亮的一小块地面。

静静地躺在那里,被放大镜放大了数倍的,赫然竟是一根红色的长发。

其后的日常

你或许已经猜到结果了。不，我们没有在下水道里找到莉莉，或者葆拉，或者卢卡。接下来的几天里，我们把北岸地底下的每个角落都走了个遍，但仍然一无所获。

渡林镇上没有其他人拥有相同颜色的头发，所以掉落在地上的这根头发就是莉莉曾经来过下水道的最好证据。尽管严格来说，也不能排除它在更早之前就已经落在了这里，但即使是尼克也没有不识好歹地提出那种可能性。莉莉因为躲避僵尸而进入下水道，之后又离开了——或许是为了接应去采药的卢卡——这无疑才是合乎情理的考虑。

然而除此以外，我们没能找到更多线索。下水道在地底下连成了一片，我既不知道莉莉是从哪个出入口离开的，也不知道她是否和葆拉在一起。大概因为一直保持清扫，下水道里并没有灰尘积聚，因此也没有留下任何脚印。

在僵尸来袭之际，莉莉及时作出了反应，虽然不知道他们现在身在何处，但至少应该是安全的。这份希望，大概就是此行的唯一收获。

噢，对了，还有一样：<u>僵尸只会依靠视觉和听觉感知敌人（人类）的存在</u>。

僵尸可以看见人，也能辨别周围的环境，这点已毋须说明。丹和梭机村的村民们也会对我发出的声音作出反应。因为僵尸表现出某些和野兽相似的特点（无法使用语言、不懂拉开门，等等），我曾担心他们也能闻到人类的气味而发起追踪。但我们在诊所停留的数日间（诊所的大门是往外拉的，晚上不生火也不点灯，我和尼克轮流守夜），虽然偶尔会听见远处迟缓的脚步声，却并没有大批僵尸被吸引而来，因此基本上可以否定这个假设。

几天后，我家的存粮迅速见了底，克丽丝的伤势也差不多痊愈了。卢卡**或许**曾经前往千树森林采药——为了这个并没有太多依据的可能性，我们顾不上满身疲惫，立刻翻越帽峰山，返回安妮庄园组织搜索队伍。安赫尔听说后，马上把所有身体强壮的男仆都召集了起来，加上两名佣兵布图和卡萨普（拉斯洛已经多次证明了自己无法被信任，因此他被留下来巡逻，顺便吸引小母马河一带僵尸的注意力）；尼克也募集了几名志愿者加入。我们把不情愿的克丽丝强行留下，马不停蹄地再次出发。

现在回想起来，那可能是一次缺乏深思熟虑的行动。我们的准备过于仓促，同时也因为此前没有遇上什么危险而多少放松了警惕。当天下起了大雨，但我们甚至没有觉得那是一个不好的兆头。这导致了这次远征的悲惨结局。

志愿者中与众不同的一员是又矮又瘦的鲁阿特。鲁阿特在北岸开了一家面包房，包括安妮庄园在内，渡林镇的所有居民每天都在吃他烤出来的面包。我们现在谈论的是一支将近二十个人的队伍，而且必须翻山越岭，补给就成了一个重大问题。据鲁阿特说，他的仓库里仍然存有大量的面粉。为了途中行动方便，我们决定不再额外携带食粮，翻过帽峰山后再到面包房进行补给。然而就在鲁阿特踏进店内的瞬间，他便发出了一声愤怒的咆哮：

"岂有此理！我被抢劫了！"

即使他不嚷嚷，每个人也能看到店内一片狼藉。我立即想起，上次走到克丽丝的裁缝店附近的时候，我们曾经听到过可疑的声响。而葆拉早就告诉过我，克丽丝的店就在这同一条街的拐角处。

但是今天，一切都被哗啦哗啦的雨声给掩盖住了——

"僵尸！"

不知道是谁带头喊了一句，惊慌失措的呼叫声突然此起彼伏。

"这边也有！有许多！"

"天哪，我们被包围了！"

其实霍扎一开始就说得很清楚：僵尸可以行走，**可以吃喝**。只是除了斯布兰先生以外，谁也没有把他的话当一回事。我明明坚持僵尸仍然活着的观点，那么他们就必须通过进食来维持生命，存放了大量食物的面包房自然就会成为他们聚集的场所。我意识到我们犯下了一个巨大的错误，只可惜已经太迟了。

"冷静下来！"安赫尔立即下令，"撤退！不要轻易攻击他们！"

"往哪儿？！"布图以一声怒吼作为回应。

哪儿都去不了。滂沱大雨中响起了啪嗒啪嗒的脚步声，僵尸正从四面八方蜂拥而来。恐惧则比肉眼可见的僵尸来得还要快得多。

这份恐惧足以令训练有素的佣兵落荒而逃，更不用说这些很可能连"撤退"和"往后倒"都分不清楚的普通人。好几个人被吓得无法动弹，甚至双腿一软便摔倒在地。尼克和安赫尔冲上前去把他们逐一拉开，但已经有僵尸找到了猎物。当最初的牺牲者出现了以后，一切就无法挽回了。

我以双手横握长棍，奋力顶开冲我而来的两个僵尸，勉强撑过了第一波攻击。但其中一个僵尸转而扑向鲁阿特，他几乎没有任何反抗便被咬中了。

半支远征队就在转眼间土崩瓦解。当他们再次站起来的时候，已经加入了僵尸的行列。唯一的例外是鲁阿特，他刚刚从地上爬起来，就被尼克用长棍在脑后狠狠敲了一记。可怜的面包师顿时又倒下了。

尼克解下身上的斗篷（不用说是克丽丝连夜做出来的），把那个瘦小的男人像一件货物似的层层裹住，接着一把将他扛到了肩上。

"艾迪，下水道！安赫尔，你来替医生开路！其他人都跟上来！"

我如梦初醒。尼克的判断无疑是正确的。于是我抹掉脸上的雨水，拔腿就往最近的出入口跑去。几个僵尸试图阻拦我的去路，安赫尔迅速赶到，挥舞着未出鞘的长剑将他们逼退。我冲到活板门前，刚刚弯下腰去握紧把手，又有一个身材魁梧的男性僵尸踏着水花飞扑而来。眼看着躲避已经来不及了，布图忽然从我的身后冲出，利剑直挺挺地捅进了那僵尸的心窝。

我迅速将活板门拉开，布图踢飞了那具庞大的身躯，自己率先跳了进去。尼克扛着鲁阿特紧随其后，接着是卡萨普和另外两个小伙子。然而再也没有其他人能突破僵尸的包围圈。断后的安赫尔还想要回去救人，我急忙连拉带扯地把他拽进了下水道。

"该死！"

安赫尔大声咒骂着，无奈地关上了头顶上的活板门。四周顿时陷入了一片漆黑。雨点滴滴答答地落在门上，但马上就被一串杂乱无章的踩踏声打断了。

每个人都被淋得浑身湿透。卡萨普花了不少工夫，才用打火石点燃了墙上的火把。微弱的光线亮起来时，布图赫然还举着那把沾满血迹的长剑，周围的人都不禁退了一步。

"不要轻易攻击他们，难道我说得不够清楚吗？"安赫尔正有满肚子怒火无处宣泄，"赶紧把那危险的东西扔掉！"

"才他妈不。"布图十分不客气地顶撞了回去。

"哈瓦蒂先生，那柄剑好像是他大哥的遗物……"卡萨普靠近安赫尔身边，小声解释道。安赫尔的脸色很不好看，但没有再追究下去。

"这里到处都是排水沟，趁着下雨把它清洗干净吧，"我说，"但要注意你的手上绝对不能有任何伤口。"尼克补充道："在那之前，把它拿得离所有人都远点儿，包括你自己在内。"

鲁阿特仍然不省人事，在昏暗的光线下甚至看不出他的样子有什么异常。然而假如他在中途恢复了意识的话，尼克的后背就是再容易不过的目标。

"为什么还扛着这家伙?"卡萨普问,"他已经完蛋了啊。"

"我们带他去诊所,艾迪,这是唯一的机会了,"尼克不理睬卡萨普,"想办法治好他……求你了。"

尼克从来没有求过我,但当时我并未意识到那意味着什么。下水道的路线我们已经非常熟悉,诊所附近也没有僵尸的形迹。不出意外,鲁阿特醒来后立即挣扎着想要咬人,却发现自己早已被结结实实地捆在了一张病床上。

我尝试了我所知道的一切,调配出各种药剂让他服下。看上去鲁阿特逐渐变得安静了一些,但我很清楚药物完全没有生效,他的心率始终高得可怕。

他只是单纯地失去了活力,正如其他人一样。

雨不知道什么时候已经停了,初升的朝阳将白色的床单染成嫣红。包括鲁阿特在内,这里的每个人都几乎一整天没有吃过任何东西。

布图和卡萨普大概已经发了很久的牢骚,安赫尔无疑也只是在默默忍耐着饥饿而已。如果继续让体力这么消耗下去的话,在返回安妮庄园之前恐怕还会出现更多的牺牲者。

我知道是时候承认失败了。

但还有一个问题,那就是如何处置被绑在病床上的鲁阿特。让如今的他出现在安妮庄园无疑只会造成不必要的恐慌,而且我们也没有额外的精力带着他翻越帽峰山。可是……

"要是不把他解开的话,"我说,"他很快就会饿死的。"

"你疯了吗,医生?!"卡萨普马上叫了起来,"解开他,好让他转过头来咬我们吗?!"

他说得有道理,没有反驳的余地。但我就是无法接受,这个一直为大家提供食物的男人,最终竟要迎来活活饿死的命运。

"也许他的僵尸伙伴们已经在来救他的路上了,"布图冷冷道,"当他们到达时,老子可不想还留在这儿。"

"让我来处理吧,"尼克阴沉地说,"你们先去下水道,我让他**自由**以后就马上赶过来。"

后来回到安妮庄园的一共有七个人,不足出发时人数的一半。他们都是为了卢卡而来,我永远不会忘记这一点。这些人当中有厨师和杂役,我本希望能在这里记录下他们的名字,可惜我已经错过了询问的机会。

从这里开始,时间的流逝将会变得更快了。

正如你所知道的那样,人类拥有无与伦比的适应力。正是这种能力让我们成为了世界的主宰。渡林镇的居民如今失去了大半的家园,但那又如何?幸存下来的人们还是要用尽一切办法继续活下去。

一开始,不少人仍然期待王都的骑士团或许会在一夜之间降临,如奇迹一般拯救渡林镇。但随着日子一天天过去,即使最乐观的人都不再对此怀有幻想。不仅王都方面悄无声息,而且就连一个从外地来的行商或旅人都没有出现过。我们只能靠自己了。在彻底认清楚这个残酷的现实以后，人们逐渐找回了属于自己的位置。

斯布兰先生开始在安妮庄园讲学，由索林担任他的助手。与僵尸正面交锋的话，人类其实处于压倒性的不利境地。或许是连续两次失败的远征使他意识到了这一点，斯布兰先生似乎已经放弃了彻底消灭僵尸的念头（帕杜里也没再提起过陷阱的事情）。除了原本就在上学的几个孩子以外，塞扎尔和塞茜丽娅也被邀请一起去上课，克丽丝对此非常感激。

另外一个令人意想不到的学生则是伊琳卡夫人。

"我小时候也没有机会去上学。"她如是说。

作为安妮庄园的主人和哈瓦蒂家族的继承者，安赫尔把庄园内的一切事务安排得井井有条。在他的努力下，尽管仆人的数量锐减，但这处庇护所仍然得以正常运转。只是，面包房一役似乎让他受到了相当大的打击。回来后的安赫尔变得谨小慎微，除了派遣佣兵定期在河边巡逻以外，几乎不怎么参与有关僵尸的讨论了。他本人更是再没有离开安妮庄园一步。

直到尼克把一只刻有大树和河流的戒指交给他，这样的情形才有所好转。

"父亲的戒指……"

安赫尔瞪大了眼睛。

"是的，我找到他了，"尼克画蛇添足地加了一句，"在南岸。"

"我……我要去把他带回来。"

"不是一个好主意……"

在尼克详细说明为什么那不是一个好主意之前,我及时制止了他。但安赫尔似乎已经明白了。尤里乌的尸体在南岸的大火中烧得焦黑,和其他许多残骸混合在一起,若不是这枚戒指根本无法分辨;当尼克试图把戒指摘下来的时候,那根像枯枝一样的手指在瞬间便碎成了齑粉。

"谢谢您,马里厄斯治安官。"

安赫尔低下头,把戒指戴上自己的左手食指。

当然,尼克没有告诉安赫尔他寻找尤里乌尸体的真正目的。前往南岸无疑比在北岸还要困难和凶险得多(僵尸聚集的雨滴桥绝对不可能通行;好在他们也和人类一样不怎么在寒霜桥上走动),但治安官仍然坚定地履行了他的职责。不幸的是,尸体已经无法提供任何线索。主使杀害尤里乌·哈瓦蒂的凶手和动机依旧不明,在安妮庄园的调查也完全没有进展。

除了南岸以外,尼克的探索还到达了渡林镇东面,位于千树森林边缘的贻贝村。和梭机村的情况不一样,他没有在那里遇到任何僵尸——或任何人类。尼克说他检查过每一幢屋子的每一个房间,所有人都从村子里面消失了,但残留的混乱痕迹随处可见。由此判断,这里的居民也很有可能已经全部遭到了感染。

安赫尔担心僵尸有可能翻越帽峰山,因此考虑在安妮庄园北侧修建围墙。但尼克指出,如果僵尸能翻越一座山,那么一堵临时建造的脆弱围墙也不会有什么意义。另一方面,在极端的情况下,黑河出现冰封（据记载，在渡林镇建成初期曾经发生过一次，真实性未知），僵尸也有可能渡河而来。

作为替代方案，尼克和安赫尔合作做了一件事。他们详细绘出了安妮庄园地下水道的线路图，让帕杜里加固了每个出入口的活板门，又组织人们进行了多次避难演习。一些应急物资也被搬进了下水道。这样一来，万一安妮庄园遭到僵尸入侵，人们仍然可以暂时躲进地下再设法撤离。

至于我，我向安赫尔要来了一间独立的小屋，建立了一处临时诊所。我坚信莉莉会带着葆拉和卢卡回到我的身边，但在那之前我不能除了等待以外什么都不干。多内先生的身体状况算不得非常理想，伊琳卡夫人的头痛在她上学以后也有复发的迹象。塞扎尔只要不用上课的时候便跑来帮忙，克丽丝说他对医学很感兴趣，这再一次让我想起了卢卡。

"要是我也会治病的话，母亲或者就不会死了。"

"你母亲得的是什么病？"我问，"我不记得她曾来过诊所。"

"她没有去过，先生。我们付不起诊金。而且人们都说那是很难治好的病。"

塞扎尔讲了一遍他母亲病发时的症状。我相当惊讶于他竟能描述得如此细致准确。也许他确实具有当医生的才能。

我没有告诉他疾病的名字，那是一种常见于娼妓的疾病。

渡林镇没有公开经营的妓院，据说那位满头金发的安妮夫人曾严厉禁止这个不体面的行当在镇上出现，而哈瓦蒂家族的子孙们也一直遵循着她的意志。然而即使是权力和财富也不可能让这个古老的职业彻底消失。

在没有病人的闲暇，我开始整理僵尸的特性并记录下来。为了和僵尸周旋，人类必须首先对僵尸有充分的了解。假如哪天我和尼克遭遇不测，人们也不至于手足无措。说起来，那可以算是现在这份手稿的雏形吧：

——僵尸是被感染的人类；我认为他们仍然活着（存在争议），但暂无有效的治疗手段。

——僵尸的主要表面症状为皮肤变得灰暗；原因是僵尸的血液颜色比人类更深。

——僵尸的心率非常快，约为人类的五至六倍，且能长时间维持该心率。

——僵尸对人类表现出明显的攻击性，主要攻击方式为啃咬，目标多为人类的脖颈及肩膀（推测是因为接近嘴的高度），有时也会针对其他身体部位；虽然并不常见，但僵尸有使用武器的能力。

——僵尸的唾液和血液具有高度传染性，即使只有极少量与人类的伤口（无论伤口在什么位置）接触都会导致感染。

——僵尸的智力水平远低于人类，无法进行复杂的思考，即使简单的战术也能对其奏效；僵尸很可能无法使用工具。

——僵尸无法与人类交谈，但可以发出声音；暂未发现僵尸之间存在任何形式的交流行为。

——变成僵尸的人类会大致保留其原来的身体特点，包括力量、体力和战斗技巧；僵尸的动作有一种不协调感，人类变成僵尸后速度会略微下降。

——僵尸需要进食，且会主动寻找食物；僵尸可食用的食物种类与人类大致相同（推定），并不会以人类或人类的尸体为食（与新大陆的传说相反）。

——僵尸的视觉、听觉、嗅觉和人类相仿（推定）；除非直接看见人类或听见人类的声音，否则僵尸无法发现人类。

——当僵尸发现人类后会迅速接近，直至发起攻击；但在此过程中僵尸有可能受到其他人类吸引而改变目标。

——当成为目标的人类逃走，且感知范围内不存在其他人类时，僵尸将试图追赶该目标；如果人类成功远离（距离暂未确定），僵尸会放弃追赶。

——当僵尸和目标之间存在不可跨越的障碍（墙壁、楼层、河流，等等）时，僵尸会在障碍前停下；但只要目标仍然处于感知范围内，僵尸在一段时间内不会放弃该目标。

——僵尸无法拉开一扇门，即使这扇门并未上锁；但是，僵尸可以通过挤撞等方式（无意识地）把门推开。

——天气对于僵尸无明显影响；他们会在下雨或下雪时行动。

——僵尸可以被伤害或杀死，对人类有效的攻击对僵尸也同样有效。

冬去春来，僵尸仍然占据着大半个渡林镇。但在安妮庄园里，这是一段相对风平浪静的时期。这便注定了它不可能永远维持下去。

最初的一抹阴霾,出现在伊琳卡夫人开始过于频繁地造访斯布兰先生房间的时候。

流言蜚语自然随之而来,不过处于旋涡中心的两个人似乎并未受到什么影响。斯布兰先生固然富有绅士风度,但同时也给人以不拘小节的印象,而剧场出身的伊琳卡更是早已习惯了人们的指指点点。既然已经众所周知,她便索性堂而皇之地行事。毕竟寡妇和单身男子的结合也没有什么不妥。

现在你大概会想,这不是冒出来了嘛,伊琳卡的作案动机。没错,听说此事后我的第一反应正是如此。我敢说尼克和克丽丝也是一样。然而最关键的问题还是没能解决:即使伊琳卡和斯布兰先生早有私情,德拉甘也没有理由为了成全他们而行凶。

无论如何,会由此事联想到尤里乌谋杀案的就仅限我们几个而已。其他人的反应则各不相同。最吃惊的当属索林,简直就像是从来没认识过斯布兰先生一样。帕杜里向来倾慕于伊琳卡的美貌,但他颇有自知之明,顶多是从鼻孔里哼了一声,又灌下两杯额外的啤酒。至于伊琳卡的继子,安赫尔的反应就是没有反应,故意佯作不知的态度尽管有些太着痕迹,但确实有效地避免了许多尴尬。

到此为止,还没有人能察觉到这件事将会引发的轩然大波。我真正嗅到危险的气味,是在斯布兰先生前来临时诊所咨询之后。

"伊琳卡夫人一直没能怀孕,医生。"

斯布兰先生开门见山地说,他仍然习惯在伊琳卡的名字后面加上"夫人"。

"呃……这是一个自然的过程，同时也要遵循上帝的旨意。"

我完全没料到会是这方面的问题，只能姑且泛泛而谈。

"我明白。不过正如您所知道的，伊琳卡夫人的身体状况长期欠佳。这样是否会对她怀孕造成影响？"

"通常来说不会。一位体弱多病的女士，在怀孕及分娩以后身体反而变得强壮了起来，这样的例子其实比比皆是。"

"通常来说不会……"斯布兰先生把我的话重复了一遍，"也就是说，还是存在有这样的可能性，不是吗？"

又来了，我心想，学者那种死钻牛角尖的倔脾气。

"唔，确实有一些疾病或者身体缺陷，会导致怀孕困难，甚至完全无法怀孕的情形。然而，假如一定要深入探究这种可能性的话，只考虑女性方面的原因是不公平的。"

"您是在暗示问题出在我身上吗？"

"不是的。我只是想说明，最终怀孕的虽然是女性，但由于男性的原因造成不能怀孕的病例并不比女性这边的罕见。坦白说，要确定是谁的问题，或者究竟有没有问题都是非常困难的。莉安娜的身体一向非常健康，但我们也不是一下子就怀上了葆拉。就像我所说的，上帝的旨意在其中扮演了重要的角色。"

"考虑到我们现在的处境，"斯布兰先生苦笑道，"也许我们应该想一想上帝是否已经遗弃了他的信徒们。"

毫无疑问，人们的信仰正在消失。我对此并不感到惊奇。但即使失去了对上帝的敬畏之心，人类自身的伦理准则仍然不容忽视。

"我知道这不是应该由我来评论的事，"我不太舒服地说，"但听起来您和哈瓦蒂夫人的亲密关系只是为了让她怀孕而已。"

"我希望她能诞下一个新生命，不过我想您也可以这么说。"

语气平静得就像翡翠池的湖面，我不禁想起小时候听艾米尔讲过湖底下住着可怕怪物的故事。

"**她**知道这一点吗？"我如履薄冰地问。

斯布兰先生那张棱角分明的脸上露出一抹苦笑。

"布莱亚兹医生，您也觉得我是一个只会钻研书本、完全没有感情的怪人吗？"

他似乎还惦记着特里翁吉太太的那句话。

"我从来没有这么想过，但现在我可能要重新考虑了。"

"谢谢您诚实地告诉我。您和令兄长得不怎么像，不过直率的性格倒是如出一辙呢。"

"我不太确定是否真的如此。"

"回答您先前的问题——是的，伊琳卡夫人对此完全知情。我们从一开始就谈论过这件事了。"

我无言以对。但斯布兰先生还不打算结束对话。

"您知道安妮庄园现在住着多少人吗，医生？"

"一百二十二人。"

"非常正确。这么说您数过……所以您也一定怀有同样的担忧吧。"

"不，"我强硬地说，"我必须坚持信念。"

"啊，当然了，"斯布兰先生立刻明白了过来，"我衷心希望布莱亚兹太太他们能够平安归来。但我相信您也会同意，恐怕我们无法等到王都的救援了。这里的一百二十二人，可能就是世界上最后的人类。"

"这是一个巨大的世界，无论您或我都没有看见过它的尽头。就算——愿上帝阻止——连王都也覆灭了，在别的国家和大陆，绝对还有其他人类存在。"

"我尊重您的看法，医生。您说得对，我们都没有看见过世界的尽头，但您真的愿意把人类的未来寄托在那些遥不可及的地方吗？这一百二十二个人必须保持人类族群的繁衍，在还有希望的时候。我们都会变老，然后死去，请别忘了我们还时刻面临着巨大的威胁。要是等到人数变得更少以后再采取行动，很可能就为时已晚了。"

斯布兰先生的态度非常严肃，我知道我根本没有机会说服他。或许这个男人才是正确的，内心深处也响起了这样的声音。

"抱歉，我帮不了更多的忙，"我说，"赐予生命是只属于上帝的领域。"

"以前是，医生。现在人类需要接管过来了。"

斯布兰先生没有解释怎么接管便起身告辞，但我很清楚他绝对不是那种随便放空话的人。因此这番宣言让我相当在意。数天后，伊琳卡夫人因为轻微的头痛来访时，我委婉地向她询问是否还有其他症状。

"您简直比王都的演员们更会拐弯抹角呢，布莱亚兹医生，"她嫣然一笑,"不,我既不会无缘无故感到疲倦,也没有恶心呕吐的感觉。"

"请原谅我多管闲事,"我说,"您真的完全明白斯布兰先生想让您做什么吗?"

伊琳卡垂下了长长的睫毛。

"我想是的……"

"对此您没有意见吗?"

"我爱维克托,"她抬起头来,如同蓝宝石一般的眼眸闪烁着璀璨的光芒,"也许您并不相信,也许您会评判我,但我确实爱他。我知道一直以来渡林镇的人们在背后是怎么说我的,他们也没有说错,我嫁给尤里乌只是为了逃离那座剧场。我从来不知道爱上一个人是什么感觉,直到维克托来到了这里……我甚至应该为此感谢那些僵尸。我崇拜他渊博的学识,他在授课和辩论时的激情四射,还有他为了人类不惜一切的努力。我明白他对我的感觉并不完全一样,大概他永远也不会向我求婚,但我就是想待在他的身边。我想要帮助他,即使只是作为拯救人类的一件工具,我也心甘情愿。"

我被这番诚挚的自白震撼,以至于无法判断这是不是另一幕的演出。无论如何,既然她本人都已经这么说了,自然就毫无他人插手的余地。正当我如此想着的时候,伊琳卡又说了一句让我不敢相信自己耳朵的话:

"在咨询了您的意见以后,维克托向我建议,应该试着和帕杜里先生同床共枕。"

173

"什么？我发誓我从来没有……"

"我知道您没有。您告诉他，男人和女人都可能是导致不能怀孕的原因，但难以确定是哪一边。所以……"

原来如此。我总算搞清楚了"接管"的含义。

如果一个由两个部分构成的系统没有按照预期运行，但不知道是哪个部分存在缺陷，那么只要更换其中一边，看看问题是否仍然存在就好了。学者的逻辑就是如此简单。上帝教导人类不可行淫邪之事，但若是上帝首先弃人类于不顾，人类是否还要继续遵守他的戒律？

"那么……您同意了吗？"

伊琳卡轻轻地摇了摇头，但那两颗蓝宝石已经浸没在深海里。

"您绝对不能自责，"我温言道，"斯布兰先生守护人类的愿望可以理解，但他没有权利让您去做那样的事情。您不爱帕杜里，那并不是您的错。"

"我不爱很多男人，医生，但我还是做了那些我被要求去做的事，"她用手帕拭去眼泪，露出一个凄婉的微笑，"那时我没有选择，您无法想象在剧场里一个女孩的生活是什么样的……现在我可以选择了，我想要选择帮助维克托，我真的想要那样做。但是……"

我没有马上追问，我知道她会说下去的。医生早已向阿斯克勒庇俄斯许下誓言，我们将永远严守病人的秘密，因此人们总是愿意向医生倾诉。

"我只是害怕……我怕会失去帮助他的资格……"

我明白了。在与尤里乌的婚姻中，伊琳卡也不曾怀孕。

如果那个系统的其中一个部分已经更换过一次，问题却依然故我，那么缺陷位于另一边的可能性就相当高。

我恪守着医生的誓言，从未把我和斯布兰先生或伊琳卡夫人之间的谈话内容告诉过任何人，除了你以外。

因为其实没过多久，这件事就已经算不上什么秘密了。

消息据说是喝醉后的帕杜里泄露出去的——斯布兰先生好像事先也询问过他的意愿，所以我想帕杜里对此多少有些期待。伊琳卡夫人最终还是拒绝了，但并不意味着事情就可以轻易得到平息。安赫尔因为继母蒙羞而忍无可忍，他公开站出来质问他的老师，而斯布兰先生也寸步不让地坚持着自己的立场。他慷慨激昂地阐述了人类正面临的灭顶之灾，作为族群里可能是最后的幸存者，这一百多人肩负着不可推卸的责任，必须努力繁衍后代以延续人类文明。如同绝大多数各抒己见的辩论一样，这场争执本身没有得出任何结果，但从某个意义上说却导致了后续的一系列事件。

后来，杂货商巴坎涅的妻子再次怀孕了——很久以前，她曾经有过一次早产的经历，并在分娩时大量出血。我虽然从死神手里尽力把她救了回来，但还是没能保住婴儿。可想而知，她需要相当大的勇气才能摆脱过去的阴影，我认为这得归功于斯布兰先生那番震撼人心的演说。

遗憾的是，并不是所有这些故事都是令人鼓舞的。

天气开始转凉的一天晚上,克丽丝来到了诊所。

"我已经让塞扎尔回去了哦。"我告诉她。

"不,我是来找你的,艾德。"

在油灯的映照下,她的表情就跟她的声音一样严肃。

"怎么了?哪里不舒服吗?你不需要再躲避诊所了,你知道的。"

"我没有在躲避,"克丽丝不满地说,"我只是比较走运,一直没有生病而已。"

"很高兴听到你这么说,"我拉过一把椅子示意她坐下,"那么,我能为你做什么?"

"呃……"

她进门的时候好像下定了决心的样子,但现在又忸怩了起来。

"在这个屋檐下无论你说什么,都将受到患者隐私权的全面保护,"我轻松地说,"看到了吗,诊所的福利。"

克丽丝又沉默了一会儿,紧接着一口气地说:

"你想和我生一个孩子吗?"

我先是一愣,然后忍不住笑出了声。这让克丽丝立刻涨红了脸。

"你觉得很好笑吗?"

"噢,是的,很好笑……"但我赶在她真正生气之前收敛了笑容,"我实在没想到连你都被斯布兰先生说服了。"

"我不确定我是不是被说服了……不过,如果世界上真的没有其他人了,也许我们确实有责任让人类繁衍下去。"

"作为女性,你不会感觉被冒犯了吗?就像被当成了生育工具一样。"

"当然会，"她咬着嘴唇道，"只是跟整个族群的未来相比，每个人的感受根本就不重要吧。"

"嗯……我不知道原来你那么在乎人类。"

"如果人类灭亡了，我做的漂亮衣服就没人穿了，那不是很可惜吗？"

"公平地说，僵尸也是穿着衣服的。"

克丽丝的嘴角稍微牵动了一下，但她的眼神里却毫无笑意。

"几天前我做了一个梦。很多很多年后，我们都已经死了，安妮庄园里竖满了墓碑。我看见了我自己的名字，还有你的，甚至还有塞扎尔的……尼克、伊琳卡、安赫尔……所有人。塞茜一个人徘徊在坟墓之间。她也很老了，满头白发，但我还是马上认出了她。我想她应该很快就要死了吧，但没人能埋葬她。"

"所以你是在担心塞茜丽娅吗？"

"不管是谁，我只是觉得，那样的未来实在是太凄凉了。"

"我明白你的心情。不过你是不是忘记了一件事？"我向她展示左手无名指上的戒指，"我是个已婚的男人。"

"布莱亚兹太太已经失踪很久了。"

"我知道。"

"如果她在这里的话——如果葆拉和卢卡都在，而是你失踪了的话，你觉得她会眼睁睁地看着他们走向一个毫无希望的未来吗？"

一股浓烈的悲伤从心底涌上来，我不由得闭起眼睛。

"我真的不知道,我也不在乎。如果那是真的,我愿意付出任何代价。未来怎么样都无所谓,只要他们能在这里就好……"

"对不起,艾德。"

有一会儿我们都没有说话。克丽丝或许是觉得她惹我生气了。

"再好好考虑一下吧,"我开口道,只想缓解一下压抑的气氛,"你知道,怀孕和生孩子可不是什么轻松的事。"

"难道你认为我迄今为止的人生是轻松的吗?"她反问道。

"你说得有道理。有时你看起来太正常,我都不记得了。"

"我知道,我可是很厉害的。"

她不无骄傲地举起左手,那只手上戴着猩红色的天鹅绒长手套。

"我很佩服。"

"那么……你的回答是什么?"

我曾经被年幼的安赫尔询问他的母亲什么时候能好起来,我也永远不会忘记刚刚从昏迷中苏醒过来的巴坎涅太太一个劲儿地追问她的孩子在哪里。但这个,我想,是我行医生涯中最难回答的问题之一。

"我很荣幸你来找我,克丽丝。可是为什么是我呢?这里明明还有不少单身男士。尼克怎么样?我觉得你们相处得挺不错的啊。"

"你知道我不能那样做的。"

"为什么不能呢?其他人我不敢说,尼克那家伙是不会介意的。"

"但*我*会。我绝对不能忍受在他面前脱下衣服。"

她抬起右手,紧紧地捂住了自己的左肩。我无奈地叹了一口气。

"换成我的话就没问题吗？"

"我可以试着去做……"克丽丝的声音低如蚊蚋，脸红得就像冬青的果实，"既然你已经识破了我的秘密……"

"对不起，我并不是有意刺探的。"

"我从来没有怪过你。是我自己太不小心了。"

"假设来说，要是那天在帽峰山上我真的把这件事告诉了尼克，你是不是就不会介意了呢？"

"那样的话，我可能会想办法把你们都杀了，或者我会杀掉我自己。"

她看起来没有半点开玩笑的样子。

"你之所以当裁缝，也是为了要隐藏这个秘密吗？"

"嗯，一开始是的，没有比这个更方便的职业了。"

克丽丝的手从肩膀移到胸前，就在那儿用力捏了一把。本应是女士身上最柔软的部分却像石头似的纹丝不动。

"不过，我很喜欢我的工作。我喜欢这些美丽的东西，尽管它们会让我更加痛恨这个丑陋的自己。"

"拜托，克丽丝，谁也不会觉得你是丑陋的。"

没有效果。这是她从有记忆以来就已经死死系上的心结，为此她甚至生病了也不肯去诊所，自然不是一句简单的劝慰就能解开的。

"你想看吗？"

她盯着我的眼睛问道。

"你是指作为医生还是……"

"不,"克丽丝急促地说,"作为男人,作为**爱人**,你会愿意看一眼这副残破不堪的躯体吗?"

"不,我不会。"

我知道我必须正面回应,所以我就这么做了。

"听着,克丽丝,不管那件衣服下面现在是什么样子,我都不会觉得丑陋。但我不能作为男人去欣赏它,因为那将是一个不可饶恕的错误。我已经有了妻子和两个孩子,即使人类的危机也不能使这些行为正当化。"

克丽丝的右手无力地垂了下来。与此同时,那股执拗的气息也从她的身上消失了。

"我知道了……"

"你是一个独立而聪明的女人,就像莉莉一样,我认为那非常有魅力。"

"是吗……"她的声音显得非常寂寞,"无论如何,只有在作为医生的时候,你才会对我的身体感兴趣吧。"

"不,我不会。"

克丽丝惊讶地张开了嘴,她的嘴略微歪向了右侧。

"老实说,在医学的角度上,你是一个很有参考价值的病例。也许再过上几百年,人们就能找到治疗的方法——如果人类还能继续存在几百年的话。但很不幸,现在我无法把你治好,在这个时代,没有任何一个医生可以。我可以想象,不得不在别人面前展示缺陷对你来说有多痛苦,我不想让你白白经受一遍。"

"艾德……"缓缓地，克丽丝将左手弯折到胸前，"你真的是和斯布兰先生完全不一样呢。"

然后她伸出右手，捏住天鹅绒手套的指尖，一点一点把它脱了下来。

手套里面没有人类的皮肤和血肉，而是把制作裙撑用的藤条编织成手的形状，再贴上一层麂皮。无论被针扎到多少次，抑或用力压在尖锐的岩石上，这只手都不会感到丝毫疼痛。

克丽丝并未就此停下。于是那幅惨不忍睹的景象彻底展开在我的眼前。她的身体犹如一棵被蛀虫挖空了的枯树，从肩膀到腰间，左侧的半边身子几乎全部萎缩到了脊椎附近。女裁缝以藤条和麂皮补充身体应有的曲线，精妙绝伦的手艺甚至瞒过了治安官的眼睛。若不是因为那次意外受伤，我在抱起她的时候手上传来与人体截然不同的触感，恐怕我也察觉不了克丽丝的秘密。

先天畸形。

所以她的身体才会那么轻。但由于左右两侧体重处于极不平均的状态，一不小心就会失去平衡。颈部的肌肉也会受到拉扯，她必须时刻绷紧脖子，才能保持下巴和嘴不会歪斜。

一只比刚出生的婴儿还要短的左手长在接近腹部的位置。末端冒出几株惨白的肉芽，宛如蜜蜂的幼虫一般，简直难以被称为手指，却始终坚强地握着一根绳子。克丽丝设计了一个和裙撑类似的折叠装置，可以通过扯动这根绳子来举起或放下，甚至弯折藏在衣袖里的"左手"。心脏大概是被挤到了右侧胸腔，左肺恐怕从来没

181

有长出来过；为了守住这个秘密，她用仅有的一个肺呼吸，爬上了即使正常人也会感到气喘吁吁的帽峰山。

我注意控制自己的情绪，决不能让眼神里流露出哪怕一丝怜悯。

不幸中的万幸是畸形并未延伸到腰部以下，那意味着，克丽丝应该可以正常生育——就在我作出这个判断的时候，外面突然响起了女性惊恐的尖叫声。

克丽丝花了一些时间来恢复她的伪装，因此尼克比我们更早赶到了现场。他正手持一把镰刀与几个男人对峙——布图和卡萨普都已经拔出了剑，而拉斯洛则一如既往地缩在后面。

佣兵们的身上散发出令人作呕的酒臭，克丽丝不禁掩住了鼻子。

"放下你们的武器！"尼克厉声警告，"向治安官挥剑等同叛乱！你们是想把脑袋挂在王都的城门上吗？"

"去你妈的……嗝……治安官吧！"布图醉醺醺地吼道，"谁能来审判老子？王都的那些……嗝……僵尸老爷们吗？"

"放下武器，"尼克一字一顿地说，"我不会再重复一遍。"

"我们究竟做错什么了，欸？"卡萨普看起来还相对清醒一点，"这一切都是为了**人类**啊！就算要审判，也应该是审判这个忘恩负义的小婊子才对吧！"

我这才注意到了那个蹲在一旁瑟瑟发抖的女孩，伊琳卡夫人的侍女薇拉。她把双手交叉抱在胸前，看上去应该没有受伤，只是衣服的前襟被撕裂了一点儿。克丽丝走过去，脱下自己的斗篷给她披上。

令人担忧的状况终于出现了。如今南岸的废墟之中没有倚门卖笑的妓女,让这些佣兵也失去了发泄的途径。之前那段朝不保夕的日子,他们大概还顾不上去动这门心思,但一旦稍稍安定下来后,欲望便再也按捺不住了。斯布兰先生的那番演说更无异于火上浇油。

"当初要不是拉斯洛干掉了霍扎,这小婊子早就变成僵尸了吧?现在不应该轮到她来为人类做点贡献了吗?喂,拉斯洛,你小子倒是也说句话啊!"

但拉斯洛只是怔怔地望着薇拉,姑娘则连看都不看他一眼。

"不就是个……哼……侍女嘛,"从布图的鼻孔里喷出来的酒气足以醉倒一窝老鼠,"就连你的女主人都在不停地干……"

"这家伙喝醉了,"我尝试劝说看起来似乎还能沟通的另外两个人,"你们先把他带回去吧。"

"得了吧,医生!别装正人君子了!"卡萨普却无礼地指向克丽丝,"你自己刚才不是也在上这个女人吗?"

"注意你那条污秽的舌头,"尼克勃然变色,"除非你想让我把它割下来。"

"那就来……嗝……试试看哪,治安官!!"

布图借着酒劲,提起长剑径直朝尼克冲来。薇拉的尖叫声再次划破夜空,不过这种步履虚浮的攻击着实不足为惧。尼克正要摆出防御的架势,却有一道寒芒斜地里闪射而出,不偏不倚地击在布图的剑上。只听咣当一声,那醉鬼的长剑顿时脱手飞出,而另一柄剑已经架在了他的脖子上。

"你们被驱逐了,"安赫尔冷冷地说,"离开安妮庄园,现在。"

紧贴着皮肤的利刃比言语更加冰冷,这让布图的酒一下子醒了大半。卡萨普见势不妙,连忙把他扯开到一旁。

"正好,老子也厌倦陪小屁孩玩骑士游戏了。"

布图一边气哼哼地说着,一边伸手在脖子上摸索了几下。确定脑袋还在原来的地方后,他像个宫廷小丑那样向安赫尔鞠了一个滑稽的躬:

"那就谢谢你的照顾喽,**哈瓦蒂大人**。"

"拉斯洛,跟上来,咱们要爬山喽,"卡萨普招呼道,"此处不留爷,自有留爷处……"

"可……可是,对岸的僵尸……"

"你个孬种!"布图不由分说地朝拉斯洛的后脑扇了一巴掌,"反正在这里也只是等死,还不如碰到个女僵尸给老子先……嗝……"

拉斯洛还在恋恋不舍地看着薇拉,直到卡萨普回过身来强行把他拽走。

"走啦,走啦。去找一个还没被烧光的城镇,妞儿会有的……"

安赫尔用剑尖挑起地上的长剑,一甩手把它掷了回去。布图伸手接住,伫在原地愣了一会儿,然后一言不发地插回琥珀色的剑鞘中。

三人点起火把,摇摇晃晃地朝帽峰山的黑影走去。火光游弋,逐渐变成几个亮点,之后便消失不见了。

安妮庄园里还剩下一百一十九人,不过这个数字并没有维持太久。

现在塞扎尔长高了一点儿，我开始带着他一起外出采药。我们会爬上帽峰山顶的翡翠池，或者进入安妮庄园西边的千树森林（尽管这里从未发现僵尸出没的踪迹，但安赫尔还是十分谨慎；西面的侧门长年上锁，只有在人们前往森林狩猎时才会打开）。他学得非常快，已经认清了各种常用草药的模样、通常的生长环境以及采集保存的方法。当我忙于照看巴坎涅太太或多内先生而无法抽身的时候，我可以放心让塞扎尔跟随狩猎队一起行动，而他也总能准确地带回来我所需要的药草。

所有人都很喜欢这个勤快的少年。捕猎时难免会有人受伤，以防万一，我教会了他一些应急处理的方法：四肢流血不止的时候须在伤口上方绑上止血带；扭伤则可以将芸香的叶子捣碎后敷在患处；若遇上内伤吐血，就找一棵老枫树割开树皮，取出汁液灼烧后让患者服下……

那个早晨，塞扎尔正是在一片枫树林里发现奄奄一息的拉斯洛的。他还有呼吸，但也仅此而已，火红的落叶几乎把他整个人埋了起来。另外两名佣兵都不在附近，我甚至不确定塞扎尔是否认出来这个瘦得几乎只剩下骨头的男人就是拉斯洛。无论如何，医生救人并不需要知道对方的名字。

拉斯洛被狩猎队带回了安妮庄园。当我看到他的时候，他跟一具尸体也没有什么两样，躺在病床上一动不动。脉搏似有若无，不过值得庆幸的是他并没有被感染，身上也找不到严重的外伤。我判断这是因为过度饥饿和疲劳造成的昏迷，于是吩咐塞扎尔沏一罐蜂蜜水慢慢喂他服下，待病人能够主动吞咽之后则换成菜肉浓汤。说实话，这是一个漫长而枯燥的过程，但塞扎尔拥有与其年龄不相称的耐心。病人逐渐有了动静，从喉咙里发出低沉的呻吟，我凑近去查看他的状况。

拉斯洛双目微睁，嘴角和脸颊的肌肉轻轻抽动，似乎有什么话要说。他又竭力伸长手臂，握住了装蜂蜜水的瓦罐，但那个罐子现在已经空了。我感觉他还想要喝水，便转过身去呼唤塞扎尔……

"小心！后面！"

塞扎尔突然大喊。我急忙回头，视野内只有一个急速朝我飞来的影子。

啊，是那个瓦罐——

剧痛和巨响一同迸发，瓦罐在我的脑袋上砸得粉碎。眼前顿时陷入一片漆黑，紧接着肩膀和后背传来重重的撞击感，我知道自己摔到了地上。

"你都干了些什么？！"

塞扎尔悲愤的怒吼声仿佛从千里之外传来。脚步声飞奔而过。他是去找拉斯洛拼命了吗？不行，就算拉斯洛现在这个样子，一个孩子仍然不是他的对手。

不要，塞扎尔，不要过去……

我想制止他，但一个字都说不出来。

快逃……

"快……逃……"一个嘶哑虚弱的声音叫道。

嗯？这是……谁？

怎么回事……

"快逃……"嘶哑的声音又重复了一遍，显得比之前更加虚弱，"卡萨普被咬了……被医生……他是僵尸……"

一个时期的结束

"医生变成了僵尸……我亲眼看见的。他还带领着一群僵尸。医生咬了卡萨普……然后卡萨普也变了……"

面对察觉到我有危险、气势汹汹闯进来的尼克时,拉斯洛如是说。

好吧,我向你保证我不是僵尸。我当时是人类,现在也一样。

但如果要我完全诚实的话,当我意识到为什么拉斯洛会把我当作僵尸攻击的时候,我真的希望自己就是僵尸。至少僵尸看起来不像人类那样,能感受到这种最可怕的、痛彻心扉的悲伤。

作为旁观者的你,此刻一定已经明白是怎么回事了吧——嗯,如果没有,那说明僵尸大概已经从你生活的世界里面消失了,那真是可喜可贺。

"你是个瞎子吗?"塞扎尔咆哮道,"布莱亚兹医生怎么会是僵尸?他刚刚救了你的命!!"

"我没有看错……"拉斯洛顽固地说,"那个僵尸就是医生……我还认得他的项链……只有医生才会戴的那种项链……"

克丽丝不知道什么时候也来到了这里。她想把我扶到椅子上坐下,但我挣脱了她仅有的一只手臂,跌跌撞撞地冲到拉斯洛的面前。

"你确定……"嘴里满是血沫,左眼完全无法睁开,但我毫不在乎,"你看见的是这条项链?"

拉斯洛的脸现在苍白如纸。刚才那个回光返照式的攻击对他自己的伤害恐怕比我还要大得多。听见我向他问话,拉斯洛艰难地露出了一丝惊讶的表情。

"它是……"他盯着挂在我胸前的项链,"它一直都是……银色的?"

双腿顿时一软,就像浑身的骨头都被抽走了一般。尼克和塞扎尔一人一边撑住我的腋下,使我不至瘫倒在地。

"你看见的项链……"仿佛有一把匕首正在逐寸剜下我的内脏,将碎肉化作滑过牙缝的每个单词。但我必须亲口问出这个问题:"它是什么颜色的?"

"不,不是银色的……"

拉斯洛闭上眼睛,以几乎察觉不到的幅度摇了摇头。

"黄色,或者金色……我想应该是那样……"

克丽丝走上前来,右手伸向我的脸颊,她的手套立刻便湿透了。我这才察觉到自己已经泪如雨下。

我无法怀疑拉斯洛说的不是实话。那个怯懦的拉斯洛竟然拼了命地向我袭击,他是真的以为我是僵尸;退一步说,即使他想要说谎,也不可能编造出项链的故事来。

这样的项链,世界上很可能只有一条。

我终究还是没能救出卢卡。我最亲爱的儿子,总是无比自豪地戴着那条黄铜打造的蛇杖项链,被人们认定将会接替我工作的卢卡。即使我的兄弟艾米尔,在容貌上与我也有明显的差异;只有卢卡,长得几乎跟我一模一样,所以拉斯洛才会在惊慌之下把他当成了我。

可是,卢卡明明还只是个孩子,拉斯洛怎么可能会认错?

——你会怀有这样的疑惑吗?还是说,在你生活的时代,这种荒谬的事情已经成了常识?

是的,即使到了现在,我还是觉得这样的事情简直太荒谬了,然而它偏偏就是事实。

我们通过一次沉痛的教训知道了僵尸需要进食。那里没有什么巫术或黑魔法。僵尸需要从食物获取能量,这样他们才能动起来。这和人类以及其他动物并没有任何区别。人类会把食物转化成自己身体的一部分,我们称之为成长,那么由人类变成的僵尸自然也可以。

到此为止还算不上匪夷所思,关键是接下来的部分。

因为僵尸的心率是人类的好几倍,所以<u>僵尸的成长速度同样数倍于人类</u>。

拉斯洛之所以会把卢卡误认成我,是因为他遇见的是**长大以后的卢卡**。可怜的卢卡没能从最初的灾难中幸免,在那以后便一直以僵尸的状态成长。在安妮庄园的这段日子里,塞扎尔只是稍微长高了一点儿,而差不多相同年纪的卢卡却已经变成了成年人的模样。

我当然也曾想到过,也许有一天,我将不得不去面对莉莉、葆拉或卢卡已经是僵尸的事实。但我一直告诉自己,即使那样也不要紧，只要能再见到他们，不管变成了什么样子，只要能再见一面就好。

讽刺的是，人类永远都无法猜透命运的恶意。

从人类到僵尸的变化不仅发生在感染的瞬间，而是每时每刻都在继续。倘若真有重逢的一天，他们的变化会不会已经如此巨大，以至于我根本认不出来了？不，会不会其实我已经在哪里见过他们，只是没有认出来而已？

绝望就如沼泽一般浓稠，我早已深陷其中，任由冰冷的泥浆没过头顶。自从僵尸出现在这个世界以来，我曾经数度陷入绝望，而今后也还将再重复许多次。但这是唯一的一次，我彻底失去了挣扎的意志。

就这样沉没下去吧，一直沉没到底，如果这里还有底的话。世界变成什么样也好，人类变成什么样也好，都跟我没有丝毫关系。我不过是个连最重要的人都保护不了的平凡人罢了，在这种蛮不讲理的绝望面前只能坐以待毙，本来就是理所当然的啊。

但就在这时，一个小小的奇迹出现了。

"布莱亚兹医生！！"

谁的声音？又有谁闯进来了吗？这间临时充当诊所的小屋明明已经挤得不像话了。

"巴坎涅先生！"塞扎尔不敢松开撑着我的手臂，只好别扭地喊道，"现在不是时候……"

"噢，小兄弟！让我跟医生说话！"来人显然对塞扎尔的话充耳不闻,"我的妻子!她感觉很不对劲,孩子可能要出生了……"

早了两个月。

比我估计的,早了两个月吗?

又早了啊……

不过只是两个月的话,应该没什么问题吧……

不知不觉之间,我正在追随着这个莫名其妙冒出来的念头。仿佛照进漆黑沼泽的一小束阳光,将我引领往某个方向,污浊的水从眼球上流走,我看见了乌云密布的天空。

然后我开始感觉到了疼痛。

"哎呀,医生!"巴坎涅大惊失色,"您的脸怎么了?"

地面重新回到了脚下,我轻轻推开身边的塞扎尔。

"你听见家属的话了,"我吩咐道,"去拿药箱,跟我来,确保有足够的罂粟和曼陀罗花。"

"可是,医生,您自己也受伤了……"

"你会有足够的时间替我包扎的,在我们检查了巴坎涅太太的情况以后。"

我试着转了个身,眼前出现了满脸忧色的克丽丝和尼克。

"克丽丝,请把塞茜丽娅叫来,我需要她帮忙。尼克……确保不要让拉斯洛死掉,我还有话要问他。"

"我只能尽量不掐死他,"尼克冷冷地说,"可别指望那么多。"

大约三十六个小时以后,巴坎涅太太顺利诞下了一名男婴。后来,他们很好心地给孩子取名叫卢卡,希望这样能稍微抚慰我的悲伤。我毫无保留地公开了拉斯洛的遭遇，以及可以由此推知的卢卡·布莱亚兹的命运。我总算理解了克丽丝长久以来的恐惧，把伤口裸露出来接受旁人怜悯的目光，那种感觉就连一刻也难以忍受。但人们有权知晓僵尸的特性，我自以为是地想，因为这些信息关系到每个人的生死存亡。

那天……

变成僵尸的费伦茨太太出现在面前的那天，和维罗妮卡一起躲在磨坊里的那天……

我把铃兰胸针还给她的那天……

那天已经过去很久了，我却还是没有吸取教训。事实上，我永远都没能吸取教训。

多内先生病倒了。

我不能说这完全是由于听说了卢卡的消息后，精神上受到打击的原因，毕竟这位首饰工匠年事已高，之前的身体状况也不算太好。然而当多内先生得知判断那个僵尸就是卢卡的重要依据，正是他亲手打造的那条蛇杖项链时，老人的脸上失去了最后一丝血色。从此他一直躺在病床上，再也没有起来过。

另一方面，拉斯洛倒是很快就恢复了健康。安赫尔默许了让他继续留在安妮庄园。

"不，我不这样认为……"

当被问起他们三人遭遇袭击的情形时，拉斯洛回答道：

"那里大约有六个僵尸,如果他们中任何一个是红色头发的话,我应该会记得的。"

不过,即使假设拉斯洛的记忆无误,那就可以推断莉莉不在现场了吗?对于僵尸来说,足以让卢卡长大成人的这段时间,是否也已经使那头闪耀夺目的红发染上了银霜?

"你有没有看清楚他们的样子?"

"只有您——我的意思是,呃,您知道的——我们都非常震惊,结果卡萨普一下子就被咬了……"

"或者至少是年龄和性别之类的?"我不甘心地追问道。

"后来跑上来追我的两个都是男性——嗯,他们不是小孩,那是肯定的……但我知道的就是这么多了。其他僵尸已经把布图包围了,我没有机会看到他们的样子。"

"然后你就一路逃回来吗?"

"我确实逃跑了,但并没有打算回渡林镇,我猜我只是掉头就跑而已。说实话,当时我以为渡林镇已经完蛋了……您知道,考虑到就连您也变成了僵尸出现在那里。"

"那里是哪里?你们是在哪里遇见……那些僵尸的?"

"我们打算去蒙特大人的领地,是布图带的路。他说那里的城堡很坚固,可能还有活着的人类……"

"玫瑰山城。"尼克插嘴道。

"没错,就是这个名字,只是我们没有真正到达那里。穿出千树森林以后,我们继续往北走了三天半左右,周围都是些很高的山,那些僵尸就像突然从地底下钻出来一样……"

"如果我要求你把我带回那里,你能做到吗?"

拉斯洛脸上露出恐惧的神色。在他还在斟酌该如何回答的时候,尼克说道:

"听着,艾迪,我不认为那是个好主意……"

"放心吧,我不会在这时候离开多内先生的。"

那一刻,多内先生正在远处的房间沉睡;从任何意义上说,他都不可能听见这次交谈。然而就从第二天开始,多内先生的病情再次急转直下。我开了一些镇静止痛的药,但现在不管是谁也能看得出来,死神将会赢得这次较量,只是时间问题罢了。

那个时刻在一个星期之后到来了。塞扎尔负责值班,我打了个小盹。

——多内先生想让您来找我,爸爸,不是吗?

我骤然惊醒,看见病床上的老人久违地睁大了眼睛。

"艾德华。"

白胡子下传来的声音不算洪亮,但十分清晰。

"您感觉怎么样,多内先生?"

"不算坏,"首饰工匠平静地说出了最后的遗言,"记得要烧了我。"

一个初雪霁晴的日子,几乎所有人都参加了多内先生的葬礼,他的遗愿得到了执行。安妮庄园之上碧空如洗,几缕青烟正逐渐消散,斯布兰先生悄然来到我的身边。

"今天天气真好。"他说。

"确实……多内先生应该会喜欢吧。"

斯布兰先生向我使了个眼色。

"我听说卢卡的事情了,我很遗憾。"

"是啊……"

我随口答应着,和他一起稍稍远离了人群。自从三名佣兵被驱逐以来,斯布兰先生行事一直保持低调。包括安赫尔在内,相当一部分人认为校长先生对此事多少负有责任,他也没有试图为自己辩解。

"您打算出去找他吗?我的意思是,现在您不需要再担心多内先生了。"

"我不能那样做,"我摇摇头,"没有理由再次把其他人置于危险之中,那太自私了。"

"我很遗憾,"斯布兰先生重复了一遍,"您肯定那个僵尸就是卢卡吗?他真的就这样长大了?"

"那是我唯一能想到的解释。"

"如果僵尸还会长大,那么他们同样也会变老,不是吗?"

"理所当然——前提是您也同意,他们仍然活着,而不是被某种巫术操控的尸体。"

"您说得对,看起来之前是我错了,"斯布兰先生坦率承认,"那么根据您的推测,因为僵尸的心跳比人类快,所以僵尸会以相当于人类好几倍的速度成长。假设这个理论成立,僵尸的衰老过程是不是也会比人类快得多呢?"

"目前没有任何证据能支持这个观点,但在我看来,这是一个足够合理的推论。"

"然后他们会死亡吗?"斯布兰先生一针见血地追问道,"自然地,就像多内先生那样?"

"既然他们可以被杀死,我相信他们也会自然死亡。"

"那样的话就意味着,僵尸的寿命比人类短得多;或者应该这样说:人类在变成僵尸的瞬间,剩余的寿命便大大缩减了。"

"嗯,疾病就是干这个的。"

我苦涩地说。我知道斯布兰先生并无此意,但我无法不去想象变成了僵尸的莉莉孤独地衰老死亡的样子。

"但假如是这样的话,僵尸的数量就应该迅速减少才对。可是我们并没有观察到这种现象。"

"也许只是时间还不够久而已。"

"也许吧。"

斯布兰先生低下头,像是自言自语地说道:

"但也有可能……"

你还在算着现在安妮庄园有多少人吗?如果是的话,在接下来的春天,你得给这个数字再加上一了。

而且这次的"一",与半年前拉斯洛的回归,甚至新生命的诞生相比,都有着更加重要的意义。直到此时我们才得以初次确认,目前在安妮庄园以外,仍然还有其他人类存活着。

这本该是个振奋人心的消息，然而对于这名新加入的同伴，谁也无法展现出充分的热情。

因为这个男人的名字是多鲁·戈德阿努，渡林镇上曾经最臭名昭著的无赖。

事实上，戈德阿努选择了一个相当糟糕的季节闯进千树森林，差点儿就成了几头刚刚结束冬眠、正是饥肠辘辘的棕熊的早餐。但他不知怎么就是毫发无损地抵达了安妮庄园——好吧，他有些明显的一瘸一拐，不过比起从梭机村回到镇上时的我已经好得多了。

不消说，这则震撼的新闻立刻传遍了安妮庄园的每个角落。当戈德阿努的老对头尼克看见他的时候，毫不夸张地说，治安官的眼珠几乎当场迸了出来。

而下一瞬间，尼克又该怀疑自己的耳朵了。

"感谢上帝！"戈德阿努欣喜地喊道，"马里厄斯治安官，你们果然还活着！"

尼克绷着脸，跟僵尸似的一句话也说不出来。安赫尔上前一步，朗声道：

"我是安赫尔·哈瓦蒂，哈瓦蒂家族现任家主以及这座安妮庄园的主人。说出你的名字，旅行者。"

"我叫多鲁·戈德阿努，哈瓦蒂先生。愿上帝保佑您。"

"我不能说我从未听到过关于你的传闻，戈德阿努。恕我直言，你的名声似乎相当令人困扰。"

"您说得没错，"戈德阿努卑微地说，"过去的我就是个不折不扣的坏蛋,即使仁慈的主也不会宽恕如此罪孽深重之人。但上帝推迟了对我的审判,因为他尚有要引领我去完成的事。这是我现在仍然站在这里与您交谈的唯一原因。"

"那会是什么事?"

"也许那位上帝想给森林里的熊们找点儿乐子呗。"站在斯布兰先生身后的索林幸灾乐祸地打着岔,被安赫尔狠狠地瞪了一眼。

"我不能妄自猜测上帝的旨意,"戈德阿努回答道,"我只是遵循他的指引返回渡林镇而已。"

"首先你是什么时候离开渡林镇的?完整地说出你的故事,"安赫尔命令道,"之后我将决定你是否能留下来。"

"谨遵吩咐,先生。当罪人们开始互相撕咬的时候,我就在渡林镇上。那时候到处都是一片混乱,我唯一能做的就是跑得越远越好。不是夸口,我对镇上的每条大街小巷都了如指掌,要逃出去肯定不是难事。但那天发生了不可思议的事,就好像有个看不见的人在前面带路,我只是不知不觉地跟着他跑。当我回过神来,我发现自己已经钻进了死胡同,前面是教堂紧闭的大门,旁边的草坪上站着一个僵尸,还有更多的正从后面追上来……"

"哇噢,这一定就是指引了。"

索林还在阴阳怪气,但戈德阿努并没有受到干扰。

"就在我觉得死定了的时候,教堂的门突然打开了。佩莱特神父在门边向我挥手:'兄弟,快进来!'但他没有注意到草坪上的那个僵尸,我还没来得及发出警告,他就已经被扑倒了。'进去!把门关上!'他倒在地上大喊。这时从后面追来的僵尸已经能碰到我的衣袖了,我只能继续往前跑,从佩莱特神父和僵尸的身上跳了过去。我冲进教堂以后才敢回头,僵尸们把佩莱特神父团团围住,他已经说不出话来了。我知道我应该马上关门,可是我就是做不到,最后雅姐修女把我推到了一边,赶在僵尸扑过来之前把门关上了。

"您知道,我刚刚害死了佩莱特神父,但她甚至没有责怪我,只是跪在圣坛前祈祷。我忍不住问她为什么,修女说了一堆我听不明白的话,什么一切都是主的安排之类的。到了傍晚,周围的僵尸仍然没有散去,我很清楚就算外面还有人活着也不会冒险来救我们。我们透过教堂的窗户看见了南岸的大火,于是我说服了雅姐修女,只有逃出渡林镇才有一线生机。教堂里有一些整修用的圆木,我们用来扎了一只简单的小木筏。然后我打破了一扇面朝黑河的窗户,刚准备把木筏推下水,突然听见了一阵怪叫,数不清的僵尸正从寒霜桥的桥洞下面钻出来,像一群鸭子那样在我的面前漂过去,转眼间又消失在下游的黑暗中。

"就在那一瞬间,我似乎领悟了,雅姐修女所说的安排究竟是什么。神父和修女都是体面人,不像我,一直都被好人们追着跑。假如我没有来到教堂,他们恐怕不会想到通过黑河逃走,最后只会变成僵尸们的晚饭。而假如佩莱特神父没有牺牲,我们就会三个人一起扎木筏,当然也会更早一点儿完成。这样一来,当我们都登上木筏的时候,恰好就会和河里漂来的这群僵尸撞个正着。"

尼克和安赫尔、斯布兰先生和我各自面面相觑。戈德阿努的故事并非完全子虚乌有，至少我们都知道那天晚上黑河里确实曾经有僵尸漂过。然而，任何一个对戈德阿努有所了解的人都会告诉你，不管什么时候，怀疑从他嘴里冒出来的每个单词才是明智之举。

"后来发生了什么？"安赫尔追问道，"你去了哪里？"

"雅姐修女和我乘坐木筏顺流而下，天亮时已经穿过了千树森林。我们从那里靠岸步行，沿途采集野果充饥。我原本打算一路走去王都，但两天过后，我们遇上了一队骑士。"

"一队骑士？"安赫尔惊愕不已，甚至忘记了和戈德阿努打交道的原则。

"是的，先生。只是他们虽然穿着带有骑士团标志的盔甲，却并没有骑马，走路的样子也十分古怪。"

"你是说他们也是僵尸？"

"我们不敢靠近去看，但我猜是那样。我意识到贸然前往王都很可能并不是一个好主意，因为我们根本不知道那里发生了什么。我跟雅姐修女商量，她建议我们先去她曾经修习的修道院了解一下情况，那座修道院建在很高的山上，不会轻易遭到僵尸入侵。"

"她是对的吗？"

"噢，感谢上帝，是的。我们花了几乎两周才走到那儿。沿途不时都能看见游荡的僵尸，但山上的修道院安然无恙。之后我们一直住在那里，直到上帝决定再次派遣他的仆人。"

"所以这就是你打扮成这样的原因吗，嗯，戈德阿努？"尼克毫不掩饰语气里的敌意，"你又摇身一变成为修道士了吗？"

我也早就注意到了戈德阿努身上的僧袍和兜帽，尼克的诘问让他深深地垂下了头。

"我永远不会那样自称，治安官，我比谁都清楚自己没有资格。尽管如此，只要时刻心怀侍奉主的精神，是否经过修道士的宣誓仪式并没那么重要。至于我穿着这个，只是因为这是在修道院里唯一能拿到的衣服。当然，您完全有理由不相信我说的一切，我不会奢求您的信任。考虑到过去我的所作所为，那都是我应得的。"

尼克像盯着老鼠的猫一样盯着他，而戈德阿努始终没有抬起头来。

"好啦，"斯布兰先生打破了僵局，"雅妲修女还活着，这是个很好的消息，不是吗？请告诉我，戈德阿努先生，那所修道院里还有其他人吗？"

"当雅妲修女和我到达那儿时，修道院里共有五位修道士。我们被告知院长正在王都谒见大主教，另外四位修道士则去了附近的玫瑰山城办事。之后过了一个多月，仍然谁也没有回来。于是两位弟兄决定前往王都探寻院长的下落——我确实尝试过阻止，但他们坚持要去。而那就是我最后一次见到他们。"

"等一下，这所修道院只有修道士，没有修女吗？我以为雅妲修女曾经在那里修习过？"

"是的，先生。据说因为山路崎岖，修女们在好几年前已经全部搬到了另外一所修道院。就连雅妲修女事先都不知道这件事。"

"原来如此，"斯布兰先生点点头，"那么去玫瑰山城的四个人呢？他们后来回到修道院了吗？"

"没有，先生。很遗憾，僵尸是不认识回家的路的。"

索林悄悄地举起了手。

"你又想干什么？"安赫尔没好气地说。

"噢，没什么，哈瓦蒂先生。我就是想问问那位仆人，他说他被派遣出来的理由是什么？很显然，他并不知道任何对付僵尸的方法。"

"我无法洞察上帝的旨意，"戈德阿努说，"我只是执行我所得到的启示……"

索林刻意地发出刺耳的嗤笑，立刻便被斯布兰先生制止了。

"你这是在嘲笑自己，索林。现在我们知道了在安妮庄园以外还有幸存的人类，这件事本身就意义非凡。只是，戈德阿努先生，为什么你过了这么久才带来这个消息呢？"

"对不起，先生，因为我也不知道你们还留在这里。说实话，我以为渡林镇早已烧成了一片废墟，即使有人侥幸逃脱，也一定去了其他地方避难。那座以坚固著称的玫瑰山城就连一个人也没能逃出来，王都恐怕也是凶多吉少……"

"你刚才就提到过玫瑰山城的名字，"安赫尔说，"让我们弄清楚，你指的是蒙特大人的城堡吗？"

"是的，先生。玫瑰山城是距离修道院最近的城镇，虽然也起码得走上大半天就是了。"

"即使如此，你也不能断定没人逃出玫瑰山城，不是吗？"斯布兰先生摇了摇头,"你总不会挨家逐户查看过吧?退一步说,我们也一直不知道当时你逃出了渡林镇啊。"

"噢,若昂·平托修士是这么说的,就在他启程前往王都之前。虽然建筑在人迹罕至的山上,但对于玫瑰山城的居民来说,修道院是每个人都知道的地方。如果有任何人成功逃出来了,与其盲目地跑去其他城镇,他们更应该会到修道院来求救。但既然没有人到山上来过,那也就意味着一个人都没能逃出来。我觉得他说得有道理。"

"够了,别净扯这些有的没的,"尼克冷冷一哼,"既然你认为渡林镇无人生还,那为什么现在还要跑回来?"

"正如我所说的,治安官,我来这里是因为受到主的指引……"

"我警告你,戈德阿努,最好给我好好说人话。"

"因为最近离开渡林镇的人告诉我,现在还有许多人住在安妮庄园。他曾经是为哈瓦蒂先生效力的佣兵,名字叫布图。"

"什么?!"

在场的所有人几乎同时发出了惊呼,其中以拉斯洛的反应最为激烈。

"不可能!布图已经被咬了!我亲眼看见一群僵尸围住了他……"

"那么,你一定就是拉斯洛吧?"戈德阿努露出的一抹微笑,在那张令人厌恶的脸上显得格格不入,"感谢上帝,你也平安无事地回来了。不过,你其实并没有看见布图被咬的瞬间,对吧?"

"这……"

"当时,布图确实是在一处山坡上被僵尸包围了。他想着宁愿摔死也不要变成僵尸,于是在千钧一发之际跳下了山崖。"

"他还活着吗?"安赫尔皱眉道。

"多亏了崖下的灌木丛让他捡回了一条命,但他伤得很重。刚好路过的雅姐修女听见了他呼救的声音,找人把他带回了修道院。他说自己来自渡林镇,本来打算要去玫瑰山城。直到那时我才知道安妮庄园的情况。"

"那么说,"拉斯洛惊喜地说,"布图现在还在修道院吗?"

"是的,他应该也会很高兴听到你没事吧。"

"看来你说谎的本事退步了不少啊,戈德阿努。"

尼克往那些温暖的寒暄上毫不留情地浇下了一盆冷水。

"我不知道你是从哪里打听来的这些事情,干得不坏。不过这个家伙活着回到了安妮庄园,你应该没有想到吧?"

"马里厄斯治安官,"拉斯洛愕然道,"您是什么意思?"

"很明显,这个骗子以为你已经变成了僵尸,或者至少死在了什么地方,所以才敢大摇大摆地出现在这里。"

"我之前确实没想到拉斯洛会在安妮庄园,"戈德阿努承认,"但我所说的一切都是真的……"

"是吗?"尼克冷笑道,"他们几个离开安妮庄园是在去年秋天,之后没过多久我们就找到了拉斯洛。如果你说的是实话,那你差不多在半年前就应该遇见了布图,同时也应该知道了渡林镇的情况。并且按照你的说法,布图当时还受了重伤,而只有在渡林镇才能找到医生。无论是为了通报修道院的消息,还是请艾迪去替布图治疗,你都应该尽快赶来安妮庄园才对。你为什么等到现在才现身?"

"因为下雪了,治安官。"

"下雪?"

"修道院周围的山上,冬天会因为积雪而寸步难行。当我得知布莱亚兹医生还在渡林镇的时候,我确实打算立即前来求救,可是布图坚决不同意。他说他在安妮庄园做了不可原谅的事,没脸去见医生。"

尼克把牙齿咬得咯咯直响。显而易见,他对戈德阿努的这番说辞连半个字都没有相信,却苦于无法揭穿其中的谎言。

"那家伙,"安赫尔问,"布图的伤现在怎么样了?"

"在我看来,他并没有生命危险。否则的话,不管他自己怎么说,我也一定会早点儿来找医生的。不过,我想他以后可能无法再战斗了。"

安赫尔露出了十分复杂的表情,戈德阿努那双滑溜的小眼睛敏锐地捕捉到了这一点。

"布图对您没有怨恨,"他说,"他总是说自己是罪有应得。"

"让我们先来整理一下状况,"斯布兰先生道,"现在修道院里共有五个人:雅姐修女、布图以及三名修道士,没错吧?"

"是的,先生。"

"除了修道院和安妮庄园,你们还知道其他地方有幸存者吗?"

"不,先生。"

"你看上去气色还行，你们是如何获取食物的？"

"修道院的生活原本就是自给自足的，先生。山上开垦了一小块麦田，我们自己做面包和酿造啤酒。山涧里也能捉到鱼。唯一缺少的是盐，我只能瞅准机会到玫瑰山城去拿一点出来。"

"玫瑰山城？那里不是有很多僵尸吗？"

"我并不以此为荣，"戈德阿努苦笑道，"但马里厄斯治安官大概也还记得，我从以前就很擅长偷点什么东西。"

"我们这里有足够的盐，"安赫尔轻松地说，"你能拿走多少尽管拿。"

当然，如今黑河上早已看不见从远方海港驶来的运盐船。安赫尔慷慨的底气来自帽峰山上的一个矿洞——哈瓦蒂家族似乎很早就发现了这处盐矿，只是一直秘而不宣。

"非常感谢，哈瓦蒂先生，愿上帝保佑您，"戈德阿努深深鞠躬，"渡林镇的好人们，很高兴再次见到你们，愿上帝保佑你们所有人。"

"你这就要走了吗？"安赫尔诧异道。

"是的，先生。我受到主的指引回来渡林镇，如今这个任务已经完成。因此我必须尽快赶回修道院，以免令雅妲修女担心。"

"应该让他们也到渡林镇来，"斯布兰先生指出，"幸存的人类必须尽可能集中在一起。"

"您可不能把这个骗子的话当真。"尼克提醒道。

"这件事不妨从长计议，"安赫尔说，"戈德阿努，恐怕我不能说你在安妮庄园是受欢迎的客人——或在整个渡林镇。但如果你以这种状态走出去，我不认为你有多大的机会能从棕熊的利爪下逃脱。假如你所说的这一切都是真的，那确实是很有价值的信息。作为应有的礼节，要是你愿意的话，你可以在这里休息几天，等体力充分恢复了以后再回修道院。"

戈德阿努考虑了一会儿——当然，或许他只是在假装考虑而已——然后愉快地接受了。

"非常感谢，哈瓦蒂先生，"他重复道，并再次鞠了一躬，"假如您允许的话，在此期间请给我一些纸和笔。我想，您大概会想要一份从渡林镇前往修道院的地图吧？"

后来安赫尔得到了他的地图，以绝对无法承受的代价。

戈德阿努出现在安妮庄园的第二天，我在诊所被一些事务给耽搁了。初春的白昼依然短暂，当我终于准备好结束一天的时候，夜色已经彻底笼罩了大地。我正要伸手掐灭案头的油灯，屋外忽然爆发了一阵激烈的骚动。凌乱的脚步声和惊恐的尖叫声此起彼伏，一片混乱不堪的嘈杂之中，隐约可以听清楚一两句高亢的呼喊：

"下水道！"

"这边！快！"

塞扎尔在中午过后就已经回去了，这会儿诊所里只有我一个人。我抄起一根长棍推门而出，从窗户透出的灯光和几支摇曳的火把勉强点亮了黑夜，出现在眼前的却是完全无法理解的一幕。

——公平地说，僵尸也是穿着衣服的。

我不由得想起曾经对克丽丝说过的这句玩笑话。就在那里,一个失魂落魄、只穿着衬衣和鞋子、下身和双腿则完全赤裸的男人,正迈着摇摇晃晃的滑稽步伐向我走来。

尽管周围的光线十分昏暗,我还是一下子就认出了那张英俊的脸庞。

"斯……斯布兰先生……"

我的声音不受控制地颤抖着,对方却对自己的名字置若罔闻。我盯着衣衫不整的校长先生,正犹豫该让手中的棍子派上用场、还是要尽快躲进下水道时,远处的黑暗中有人扯着嗓子大叫:

"医生!小心背后!"

我无暇分辨那是不是安赫尔的声音,便下意识地回头看去。只见另一个人影正在接近,行走的姿势也同样摇摇晃晃,却俨然已经把我包围了起来。与斯布兰先生相反的是,这个人浑身上下被僧袍和兜帽包裹得严严实实,因此我看不见他的脸,但那身装扮……

有东西碰上了我的后颈,似乎是一只手,无疑是属于斯布兰先生的。我心下顿时一凉,好像已经可以感觉到两排淌着唾液的牙齿正在撕裂那里的皮肤。这里的变故过于离奇,震惊之下,我甚至没有想过要去躲开。

尖锐的破空之声呼啸而过,那只手随即软绵绵地垂了下去。斯布兰先生双膝跪地,向前扑倒在我的脚边,一支箭斜插在他的后背,白色的衬衣迅速泛起了一圈暗红。

"医生!趴下!"

远处的安赫尔焦急地叫唤着。然而我却动弹不得,恰好挡住了下一支箭射出来的角度。那个披着僧袍的人影现在距我只有一步之遥,兜帽下面一片漆黑,仿佛那是没有实体的一个幽灵。

　　嘴唇在不住地哆嗦着,但也有可能只是我在喃喃自语:

　　"为什么……"

　　理所当然,不会有任何回答。安赫尔还在朝这边发力狂奔,但他注定是赶不及的了。

　　"艾迪——!!!"

　　伴随着这声响彻天际的怒吼,尼克从两幢房子之间疾冲而出。他的手中拖着一柄寒光闪动的长剑,浓稠的暗红色液体正从剑刃上滴滴滑落。

　　戴兜帽的人影似乎完全看不见正挺剑袭来的尼克,只听噗嗤一声,刺进僧袍的长剑直没至柄。人影发出了一声闷哼,随后便颓然倒地。尼克松手撤剑,不由分说地拽着我的胳膊远远退开,在血流得遍地都是之前。

日出，日落，然后又是日出

　　直到破晓时分，除了躺在母亲怀里的小卢卡·巴坎涅以外，安妮庄园内再也无人能够入睡。清晨的第一抹阳光照亮了地上并排放着的三具尸体，他们仍然呈现出僵尸化的特征。安赫尔脱下自己的斗篷披在斯布兰先生身上，为老师保留了最后的一丝尊严。尼克捡起一根树枝挑开兜帽，里面果然露出了戈德阿努那张扭曲的脸。

　　第三具尸体是一个模样陌生的男人（男性僵尸），其嘴角还残留着少量的血迹。应当说这也是意料之中的事情——如果没有僵尸从外部入侵，斯布兰先生和戈德阿努自然不会感染。盘结的长发和胡须挡住了男人的大半张脸，我总觉得好像在哪儿见过他，却始终想不起来。

　　经过清点人数，确认渡林镇的居民中没有其他牺牲者，这得益于许多人及时躲进了下水道。之后尼克和安赫尔带领人们彻夜搜查，也没有发现其他僵尸侵入的迹象。看起来，安妮庄园至少暂时是安全了，然而最关键的问题并未得到解决。

　　<u>这个僵尸，到底是从哪里进来的？</u>

　　东边通往微风桥的拱门，西边通往千树森林的侧门，全部都好好地锁着。迷雾桥当然也不可能自行修复。事实上，谁也没有真正目击了僵尸在安妮庄园内的行动。大部分人都是一听到有人发出

警告，便立即钻进了最近的下水道口。之前的避难演习看来并没有白费。

"哦哦，我看见过那家伙，"巴坎涅先生说，"我们带着卢卡走不了多快，差一点儿就被追上了，幸亏马里厄斯治安官及时赶到……"

尼克垂着头没有回答。背后的晨曦逐渐明亮，却让他的脸陷入了更深的黑暗之中。即使对方是僵尸，不得不在一个晚上连杀两人也是难以承受的事情。

从下水道回到地面的人们在尸体旁默默地围成了一圈。索林悲恸地跪在斯布兰先生的身边。塞茜丽娅以及另外几个孩子回避了这令人不安的一幕。但塞扎尔留了下来，日后要成为医生的人看不了尸体可不行。

"我说，"帕杜里打了一个巨大的哈欠，"我们还在等什么？赶紧把这些僵尸给烧掉啊。"

眼噙泪水的索林对着木匠怒目而视，但说不出反驳的话来。

"没必要那么着急，帕杜里先生，"倒是克丽丝道，"如果不搞清楚这个僵尸是怎么跑进来的，危险就永远也没法解除。"

"怎么搞得清楚，反正谁也没有看见不是吗？"帕杜里不以为然地说，"都已经折腾一整晚了，赶紧回去睡觉不好吗……"

"不对，我想应该有人看见了的。"

"为什么你会这么说，克丽丝？"尼克问道。

"这个僵尸咬了斯布兰先生，没错吧？"

"嗯，显然如此。"

"可是，你们看，斯布兰先生并没有穿裤子。"

"你在胡说些什么？"索林像一只刺猬那样蜷起身子，嘶哑的声音里充满了敌意。

"无意冒犯，我只是指出作为一名裁缝无法忽略的事实，"克丽丝平静地说，"你也希望知道斯布兰先生身上究竟发生了什么事吧？"

"现在不是拐弯抹角的时候，克丽丝，"尼克显得不太耐烦，"如果你有什么想法，还是直接说出来吧。"

"我正有此意。现在斯布兰先生没有穿裤子，那就意味着，他被僵尸攻击的时候也没有穿裤子。"

"所以当时斯布兰先生正准备要去沐浴吗？"

克丽丝毫不掩饰地露出了鄙夷的神情。

"我想是你说不要拐弯抹角的，尼克，难不成你会穿着鞋子沐浴吗？不要再在这里假装清纯了，拜托，就连塞扎尔都明白我在说什么。"

我的年轻弟子狼狈地转开了视线。绯红的朝霞映照在他脸上，就好像诱惑了亚当和夏娃的那个苹果。

"啊，知道了，知道了，"尼克咕哝道，"真是的，你一个淑女就不能更矜持一些嘛……"

尽管嘴上不依不饶，但尼克果断地走向了一直无声啜泣着的伊琳卡夫人。她的背影显得如此脆弱，仿佛被风一吹都有可能折断，只是在侍女薇拉的搀扶之下才不至于摔倒。

"请原谅我的失礼，夫人，"他以十足的官方口吻说道，"当斯布兰先生不幸遭到僵尸攻击时,您是否正和他在一起?"

伊琳卡夫人示意让薇拉退开,自行整理了一下略微有些凌乱的鬓发,然后庄重地摇了摇头。

"不,我没有。"

不等任何人提出异议,她又继续说道:

"不过,您终究还是会发现这件事的……薇拉,请把你所知道的一切都告诉马里厄斯治安官吧。"

"什么?"

"当时和维克托在一起的人不是我,而是薇拉。"

不仅仅是尼克,伊琳卡夫人的这句话让在场的每个人都目瞪口呆。其中最不知所措的自然还是薇拉本人。

"夫……夫人……"

突然被扔到马车轮子底下,可怜的侍女似乎快要哭出来了。

"很抱歉让你经历这些,薇拉,但你没有什么好羞愧的。只要如实回答治安官的问题就好,可以吗?"

"所以……"尼克难以置信地问,"**你昨晚和斯布兰先生在一起?**"

薇拉的目光里分明透露着畏缩,但还是轻轻点了点头。

"那么,你见过这个僵尸吗?"

薇拉再次点头,随后她像下定了决心似的开口道:

"我想……它是从帽峰山来的……"

"你怎么知道的?"尼克的语气顿时变得严厉起来,"你看见僵尸从山上下来了吗?"

迄今为止，我们从来没有在帽峰山上发现过僵尸的踪迹。假如这是事实，整个安妮庄园的防御体系都会受到极其严峻的挑战。

"我……我……"

泪水在薇拉那双瞪得大大的眼睛里面打着转，好不容易才鼓起来的一点儿勇气顷刻又烟消云散了。

"你在干什么？"克丽丝不满地朝尼克嗔道，"你只是在吓坏这个女孩。"

"马里厄斯治安官当然不是故意的，"伊琳卡夫人柔声安慰她的侍女，"你的回答与整个安妮庄园，甚至是全人类的安危息息相关，薇拉。假如维克托能和我们站在一起的话，他一定会这样说吧……"

"对不起，薇拉，"尼克也冷静下来道歉，但并未轻易放弃追问，"你真的看见这个僵尸从帽峰山上下来了吗？"

薇拉看上去总算自在了一点儿，然后她摇了摇头。

"我没有看见，只是……"

"只是？"

尼克一个劲儿地鼓励她继续说下去，薇拉却三番四次欲言又止。克丽丝叹了一口气，把询问的任务从不解风情的治安官手里接管了过来。

"亲爱的，请告诉我当时你们在**哪里**——你知道的，当斯布兰先生被僵尸袭击的时候？"

"在……马厩，因为不会有人到那里去……"

薇拉红着脸，以几不可闻的声音说。

"我明白了,"克丽丝点头表示理解,"因为马厩靠近帽峰山,所以你判断僵尸是从山上来的,对吗?"

"是……"

"好的,那么**之后**发生了什么?"

"他……斯布兰先生要我尽快回来警告所有人,自己却跑了出去把僵尸引开……"

"为什么?"尼克痛苦地说,"你们明明可以两个人一起逃走的……"

"安静一点,尼克,"克丽丝把右手食指放在嘴唇上,"现在问问题的是我。"

以现在斯布兰先生的模样来看,恐怕很难认为当时薇拉是处于穿戴整齐的状态。倘若两个人一起逃走,不免就会让她在人们面前难堪,而任何一位正派的绅士都会阻止这样的事情发生。所以斯布兰先生宁愿冒险引开僵尸,给薇拉争取穿好衣服的时间(注意他对薇拉说的是"尽快"而不是"马上")。克丽丝察觉到了这一点,她不希望挖出更多不合时宜的细节,所以才制止了口没遮拦的尼克继续说下去。

然而她几乎立刻就知道了,她应该担心的人绝非只有尼克一个人。

偷偷溜进马厩的好姑娘

去见她的种马校长

校长先生给她脱衣裳

采下花蕾水汪汪……

帕杜里哼着猥琐的词句，竟径自半念半唱起来。假如他不当木匠，或许也能靠在妓院门外唱几首下流的打油诗来讨赏谋生。

不知打哪儿来了个阿僵

校长像枚土豆摇又晃

背后露着一个光

一个光腚没处藏……

沉浸于深深的悲伤中，索林一开始并没有留意他在念些什么。但当周围的人们纷纷露出鄙夷的眼神时，索林也从地上一跃而起，二话不说就朝帕杜里扑去。

"混蛋……放开我！！"

不出意外，早有准备的尼克一把就将索林拦了下来。

"没关系的，治安官，"帕杜里还在不遗余力地挑衅着，"让我看看你有什么能耐，小鬼头？用你的弹弓向我射粪团子吗？"

"你给我闭嘴！"尼克一边推开索林，一边骂道，"起码你应该对死者放尊重点儿……"

不消说，现在几乎所有人的注意力都集中在这场闹剧上。因此如果有任何例外的话，便会显得十分突兀。

塞扎尔目不转睛地盯着地上的尸体，完全没有理会那边发生了什么。

"怎么了？"我问他。

"您看，这个僵尸的手腕……"

我顺着他指的方向望去。果然，就在僵尸双手的手腕部分，如枯叶一般的皮肤上,各有一圈颜色格外深的痕迹。

"医生,您觉得这是不是……"

"是的,"我点点头,"这看起来很像是捆绑的痕迹。"

"还有他的后背形状也很奇怪。"

"哦,那个嘛……"

僵尸的后背确实有不自然的隆起。我正准备给塞扎尔解释那是什么,却突然想起了一件事——

"巴坎涅先生!!"

我的声音或许太大了一点儿。结果不仅巴坎涅先生吓了一跳,就连帕杜里和索林也暂停了争吵,一起向我看来。

"有什么我能效劳的吗,医生?"

"您昨晚看见的那个僵尸,他——是不是有点驼背?"

"喔!"杂货商双手一拍,"您这么一提,是的!驼背,没错儿。"

"谢谢您,巴坎涅先生,"我转而向帕杜里招呼道,"帕杜里先生,我想您应该过来仔细看看这个僵尸的脸。"

木匠满脸狐疑地照做了。不久之后,他惊讶地叫了起来:

"天哪,这不是托普尔吗?"

"托普尔到底是谁?"尼克焦躁地问。

"我记得您曾经告诉我他是个伐木工,"我说,"对吗?"

帕杜里显得有些心虚,不太情愿地点了点头。作为僵尸,和在迷雾桥上隔河对峙的那个晚上相比,托普尔的样子明显衰老了不少。他的脸上已经长出了深刻的皱纹,头发和胡子里面都掺杂了银丝，唯一不变的就只有驼背的特征。

"等一下，"索林怒目圆睁，通红的双眸仿佛要喷出火来，"你这混蛋……**认识**这个僵尸？！"

"那……那又怎么样？你该不会想说是我把他叫来这里的吧？"

帕杜里反唇相讥，但气势已经大不如前。塞扎尔向我投来一个征求的眼神，我鼓励他要自信地把自己的发现说出来。

"他……托普尔先生，他的双手手腕上都有被捆绑过的痕迹。"

这个声明让许多人遽然变色。

"有人抓住了他并把他一路带来安妮庄园，"克丽丝直接说出了人们心里的怀疑，"这个人捆住了他的双手，以免自己在途中受到攻击；当他们来到马厩附近，这个人又解放了他。"

"那意味着我们中间很可能有一个卑鄙的谋杀犯，目标就是薇拉和斯布兰先生，"安赫尔皱眉道，"但即使如此，比起僵尸能够自行翻越帽峰山来，这样反倒令人安心一些。"

"别急着下结论，伙计们，"尼克谨慎地说，"毕竟我们对僵尸还不算完全了解，这样的痕迹也可能是其他原因造成的，对吗，艾迪？"

我正要表示赞同，但索林已经指着帕杜里叫了起来：

"就是这个混蛋干的！！是他害死了老师！！"

"简直就是笑话，"帕杜里生硬地挤出一个难看的笑容，"你有什么证据证明是我把僵尸带进来的？就因为我以前认识托普尔吗？"

"请原谅我这么说，帕杜里先生，但很明显您有谋杀斯布兰先生的动机。"

说话的人是甚少主动发言的巴坎涅先生,这让帕杜里感到十分沮丧。

"我曾经冒犯过你还是怎样?"

"从来没有的事,"巴坎涅先生和气地说,就像在自家的店里商谈一笔简单的生意,"然而,这位托普尔先生昨晚让卢卡遇到了危险。假如是您把他放进来了的话,我可不能坐视不理。"

"我没有那么干。"

"我并没有说一定是您干的——无论如何,调查是属于马里厄斯治安官的工作。但既然您有最明显的动机,被怀疑也是没有办法的事,您不同意吗?"

巴坎涅先生说完,意味深长地瞥了伊琳卡夫人一眼。他对帕杜里的指控显然还保留了余地,但在索林看来,这似乎代表着人们难得地站在了自己一边。

"就是这样!每个人都知道这家伙对哈瓦蒂夫人怀有非分之想……"

"喂,注意你的言辞!"

安赫尔立刻大声呵斥。但索林充耳不闻,公然地指向了伊琳卡夫人。

"为了得到她,他一心想要除掉老师这个障碍,甚至不惜把僵尸弄进来。"

帕杜里的脸因为恼怒而涨得通红。

"你这个白痴!要是那样的话,我早就已经动手了!"

"没错,"巴坎涅先生表示同意,"帕杜里先生应该不会为了一己私欲就做出这种丧心病狂的事情。"

索林感觉自己被耍了一道,又再次摆出竖起棘刺般的防御姿态。巴坎涅先生则继续说道:

"然而,斯布兰先生昨晚却是和薇拉在一起。那大概并非他们共度的第一个夜晚。在帕杜里先生看来,这无疑是对哈瓦蒂夫人的背叛,是不可饶恕的罪行,必须受到最严厉的惩罚——他们两个人都是。我认为,这才是让帕杜里先生下定决心行凶的动机。"

"可是……这不是很奇怪吗?"

巴坎涅太太蹑手蹑脚地走到丈夫身边,说话的声音更是几不可闻,生怕吵醒了怀里那位熟睡的小天使。

"假设是帕杜里先生把僵尸带进来的,刚才他就不会再对斯布兰先生做那些不敬的事了,因为那样只会招人怀疑啊。"

"不见得,"巴坎涅先生解释道,"凶手——无论是谁——事先知道他们会在马厩幽会,这是重点。因为马厩靠近帽峰山,于是凶手想到了利用僵尸袭击,把整件事伪装成一起**意外**。事实上,直到年轻的塞扎尔指出那些痕迹,谁都没有想过僵尸是被人抓住了以后带进来的。也就是说,当时并没有怀疑任何人的必要。而帕杜里先生的行为恰好表明了他对被害人的感情。"

"啊啊!我是看不惯那个道貌岸然的家伙,这一点我承认!"

帕杜里狠狠地跺着脚,巴坎涅太太连忙捂住了小卢卡的耳朵后退了几步。

"但我根本不知道他们在马厩!我连他搞上了这姑娘都不知道!"

"您声称自己不知道吗?唔,我得说我有点惊讶呢。"

"你竟敢……"

"您看,您唱的那首歌固然十分无礼,但那样的押韵并不像是即兴而作,对吗?很显然,哈瓦蒂夫人早就知道了薇拉和斯布兰先生之间的关系,要是她把这个秘密告诉了您……"

"巴坎涅先生,"安赫尔局促地说,"我希望您不是在暗示伊琳卡夫人与此事有关。"

"我们很可能是在谈论一起谋杀案,哈瓦蒂先生,"巴坎涅先生正色道,"不仅如此,它已经危及了所有人的安全。我不认为任何人拥有从嫌疑人名单中豁免的特权。恕我直言,哈瓦蒂夫人有充分的理由对马厩里的风流韵事感到沮丧,那可以轻易地转变成杀意——当然,我想哈瓦蒂夫人应该不会亲自去抓僵尸,但她完全有可能曾经向人倾诉内心的苦闷,譬如说帕杜里先生。"

安赫尔的脸上青一阵白一阵的,下意识地捏紧了左手食指上的戒指。即使到了现在他还在拼命守护着这枚大树和河流的家徽,似乎已经无法逃过光芒消逝后被人遗忘的命运。

"无意冒犯,哈瓦蒂夫人,"克丽丝利用同为女性的立场劝说道,"您似乎知道一些我们还不了解的信息。我明白那或许很难启齿,但为了消除所有这些不必要的猜疑,还是请您尽快说明一下比较好吧。"

"没关系的,奥约格小姐,"伊琳卡夫人依然保持着一抹令人心疼的微笑,"我可以向上帝起誓,我从未向帕杜里先生——或其他任何人——提起过维克托和薇拉的事情。"

"但您确实知道,斯布兰先生昨天晚上是和薇拉在一起。"

"是的,我知道——因为是我请求她这样做的。"

如果这是她刻意营造的戏剧效果,那么伊琳卡夫人应该会满意地发现,底下的观众们现在再次惊讶地瞪大了眼睛。当看不见的帷幕徐徐拉开,站在她身旁的年轻女孩不过是点缀色彩的配角,目光汇聚的舞台中央,从来都是只属于她一个人的。

"难道说……您是打算让薇拉怀孕?"

"我刚才就在想,奥约格小姐,如果是您的话或许能理解。一直以来维克托都被误解和不公平地指责,但我坚信他是正确的。事到如今,如果我们还要拘泥于一成不变的伦理,与此同时僵尸却在不断繁殖,恢复人类世界的希望就会变得越来越渺茫……"

人群中更是一片哗然。"请……请等一下,"尼克说出大家的疑问,"我从来没听说过僵尸还能繁殖的事。"

"根据布莱亚兹医生对于僵尸特性的研究,维克托作出了进一步的推论。"

伊琳卡夫人的回答流利而充满自信,毫无疑问,她正在出色地扮演着一个女学者的角色。

"总的来说,僵尸会以比人类更快的速度成长,同时也会比人类更快衰老,这意味着僵尸的寿命——如果可以这样说的话——要远远短于人类。既然如此,经过一段时间以后,应该可以观察到僵尸的数量有一些减少才对。但遗憾的是，实际上这样的情况并没有发生。关于这一点大致有两种解释，一是僵尸首先以渡林镇为中心出现，之后不断扩散，让更多的人类受到感染变成僵尸；这些'新'僵尸又重新聚集到渡林镇附近，于是在我们看来，就会觉得僵尸的数量没有明显的变化。"

"但事实并非如此，"安赫尔反驳道，"梭机村的村民变成僵尸是布莱亚兹医生亲眼所见；而各种迹象都表明了，在贻贝村、玫瑰山城甚至王都，僵尸差不多都出现在相同的时间。"

"你说得很对，亲爱的，"伊琳卡夫人赞许地看着她的继子，"那样的话，留给我们的就只剩下另一种解释：<u>僵尸可以自然繁殖，其后代仍然是僵尸</u>。这些小僵尸在很短的时间内就已经成长起来，从而使他们的数量保持不变。"

我回想起在多内先生的葬礼当天，与斯布兰先生的那次交谈。最后他欲言又止的，大概就是这件事吧。假如当时他决定询问我的看法，我会告诉他他很可能是对的——没有任何证据表明人类在被感染以后会失去生殖能力，而胎儿和母体间有大量体液交换，所以由僵尸诞下的婴儿必定也是僵尸。

"我看得出来，维克托对此非常担忧，可是我却无能为力。几乎没有人愿意听取他的意见，仁慈的上帝也始终没有在我的体内赐下祝福。别无选择之下，我只能求助于薇拉。"

薇拉一言不发地垂着头。她也不是渡林镇人，而是作为伊琳卡夫人的侍女一路跟随她来到安妮庄园（不难想象一个剧场女演员收留无依孤女的故事），对于女主人的忠心毋庸置疑。

"我不确定您是否意识到了这一点，哈瓦蒂夫人，"克丽丝的嘴唇这会儿歪得有些明显，"基于您的证词，您就是**唯一**知道昨天晚上他们在马厩的人。"

"那会让我成为最大的嫌疑人，对吗？"伊琳卡夫人苦笑道，"这么说也许您不相信，但直到刚才薇拉提起来之前，我对马厩一无所知。"

凶手必定事先知道两人在马厩里幽会，这是巴坎涅先生那番推理可能成立的前提条件。否则的话，即使大费周章地抓来了僵尸，也无法保证让他攻击特定的目标。然而不仅帕杜里，现在就连伊琳卡夫人都否认了自己知道这一点。

"是真的……"薇拉低声说，"夫人从来没有问过我……"

"抱歉，薇拉。明明是我把你牵扯进来的，但我就是不能忍受听见你们之间的那些细节……"

克丽丝与尼克迅速交换了一个眼神。这些全部都是表演吗？薇拉不可能拒绝女主人的任何要求，包括说谎。

"你们都被骗了，女士们，"帕杜里愤愤不平地说，"那个好色之徒只是为了满足自己的欲望……"

"哇哈哈哈哈哈哈——"

伊琳卡夫人樱唇微张，似乎想要为斯布兰先生辩护；但她还没来得及开口，就被突然一串歇斯底里的狂笑吓了一跳。

"有什么好笑的？"

帕杜里怒喝道，索林却已经笑得直不起腰。

"这实在太滑稽了……被称为好色之徒，一个甚至不喜欢女人的男人……"

"什么？"

"老师从来都不喜欢女人，你这个该死的白痴，他喜欢的是**男人**！"

伊琳卡夫人顿时脸色煞白，先前的那份从容彻底消失不见了。

"你……你说的是真的吗？"

"啊啊，是的！"索林的眼里闪耀着复仇般的光芒，"老师唯一爱过的人只有布莱亚兹先生——不是你，医生，是你的哥哥艾米尔先生。他们本来可以幸福地生活在一起的，但他们也很清楚一旦走漏了风声，教会就绝对不可能放过他们。所以他们不得不分开，老师回到渡林镇而布莱亚兹先生留在了王都。现在明白了吗，白痴们？不管你们怎么看待他，这个男人所做的每件事都是为了人类，他牺牲了自己的一切，最后却被一个嫉妒的懦夫残忍地谋杀了。"

伊琳卡夫人宛如一尊雕塑那样倒在了地上。我连忙走过去，捏碎一片薄荷叶涂在她的鼻子周围。

形势发生了急剧的变化。现在索林牢牢地占据着上风，而帕杜里就像是他雕刻出来的一只木头公鸡。

"我……我没有做过，我真的不知道他们在马厩……"

"说谎。"

"就算不是从哈瓦蒂夫人那里听说的，"巴坎涅先生也附和道，"您也有可能偶然碰见了薇拉和斯布兰先生……"

眼看人们就要把帕杜里生吞活剥,尼克非常及时地站了出来。

"他有可能碰见了,也有可能没碰见。巴坎涅先生,我们不能仅仅因为'可能'就给别人定罪。"

"可是,治安官,帕杜里先生有很明显的动机……"

"同样的,我们也不能因为'有动机'就去给人定罪,帕杜里也并不是唯一一个持有动机的人。拉斯洛曾经因为薇拉被逐出安妮庄园,他或许仍然怀恨在心;哈瓦蒂家族的尊严被损害了,那也可以成为安赫尔的动机。还有哈瓦蒂夫人,她说的是真话呢,还是只是为了隐瞒动机的表演?我可以继续说下去,但这样只会没完没了。你们之所以只怀疑帕杜里,不是因为他有动机,而是因为他唱了那首下流的歌。"

"不仅如此,"安赫尔指出,"帕杜里确实认识那个僵尸。"

"我想那只是一个不幸的巧合。试想一下,假如帕杜里能召唤他前来,那就完全没必要再绑住他的手腕;假如不能,那他更加没有理由去抓一个自己以前认识的僵尸。艾迪曾经见过这个砍树的家伙,没人会愚蠢到故意引来怀疑。"

"尼克,"克丽丝说,"接下来我们应该怎么办?"

"大家都已经度过了一个漫长的夜晚,让我们烧掉这些尸体,然后回去好好休息——当然,必须有人醒着负责警戒,我来站第一班岗。"

"老师是被**谋杀**的!"索林激烈反对,"难道就这样放任凶手逃脱吗?"

"说到底,那也只是另一种猜测罢了,"尼克闭上眼睛摇了摇头,"那个痕迹一定是被捆绑留下的吗?就算是,不可能是他自己,或者是其他僵尸造成的呢?我们从一开始就在担心僵尸会不会越过帽峰山,虽然一直没发生过这种事,但风险始终都是存在的。我明白这对你来说会很难接受,索林,但昨晚发生的事情可能就是一场悲惨的意外而已。"

小卢卡在巴坎涅太太的怀中悠悠醒转。大概是因为肚子饿了,他毫不犹豫地哇哇大哭起来。

凝重的气氛在嘹亮的哭声中逐渐消融。倦意趁机爬上了人们的脸庞,辘辘饥肠遥相呼应,开始了一场盛大的奏鸣。

我错误地站在了下风处,被从尸体身上冒出的浓烟刺得眼睛生痛。其后回到房间,我几乎是倒头便睡,直到克丽丝跑来把我叫醒。

窗外残阳如血,在克丽丝的脚边留下了一道长长的影子。我花了好一会儿才意识到现在已经是黄昏。正当我纳闷为什么会在这种奇怪的时间睡着时,记忆开始回归。

"轮到我负责警戒了吗?"

"不,"克丽丝摇摇头,"我有话想和你说。跟我来吧。"

于是我跟着她一起找到了尼克。尼克看上去好像一直没有睡过。

"我想我知道凶手是谁了。"

克丽丝直接作出惊人的宣言。

"让我先确认一件事,"尼克扬了扬眉毛,"你说的'凶手',是指把那个驼背的砍树僵尸——他的名字是什么来着……"

"托普尔。"我说。

"对,托普尔——是指把他抓住带进安妮庄园,导致斯布兰先生和戈德阿努被咬的某个人没错吧?"

"完全正确。"

"你有什么证据吗?"

"可能没有。但我有充分的理由认定这个人就是凶手,所以我觉得有必要先让你们听一听我的想法。"

"好吧,那么凶手是谁?"

"如果你们不介意的话,"克丽丝这时却又卖了个关子,"我想换个地方再开始说。"

尼克和我对望了一眼。在确认我也不知道克丽丝葫芦里卖的什么药以后,他无奈地叹了一口气。

"天马上就要黑了,可别告诉我还要再爬个山什么的。"

"啊,"克丽丝盈盈一笑,"那真是令人怀念的一天。"

"今天你还打算跟在后面先偷听一会儿吗?"尼克板着脸说。

"哼,这次轮到你们跟着我了,我保证不会让你们走太远的,"她顿了顿,又补充了一句,"我也可以保证,接下来的讨论,绝对不会像尤里鸟的案子那样毫无成果。"

承诺的前半部分很快就兑现了,克丽丝带我们去的目的地不过是迷雾桥而已。通往桥上小屋的门上挂满了蜘蛛网,似乎那天晚上我和帕杜里离开以后,就再没有人到里面去过。克丽丝尝试用一只手抬起门闩,但并未成功,最后还是尼克走过去把门打开了。

屋内立即散发出一股异常难闻的气味。

"天,这一定是讨论案件最糟糕的地方了。"尼克捏着鼻子评论道。

"别像个小姑娘似的,"克丽丝嗔道,"进来坐下吧。"

坐哪儿?尼克无声地朝我比着嘴型。

小屋的地上早已铺了厚厚一层灰尘,克丽丝似乎也意识到这会弄脏她漂亮的裙子。帕杜里辛辛苦苦搬来的几块木板倒是好好地靠在墙边,并没有发霉或虫蛀的迹象。于是我把它们拿下来,在地上搭成了一张矮脚长板凳。

"谢谢,艾德。我们开始吧。"

"终于……"尼克长舒一口气,"所以你说的凶手是谁?"

"别着急,我的推理其实很简单。在说凶手是谁之前,我们得先搞清楚真正的**被害者**是谁。"

"维克托·斯布兰和多鲁·戈德阿努,你到底想说什么?"

"我想说的是,在这两个人当中,谁才是凶手真正的目标?"

"等一下,"我指出第三个选项,"凶手的目标也有可能是薇拉,只是斯布兰先生保护了她。"

"嗯,没错,"克丽丝看起来对此并不在意,"好吧,在这三个人中,凶手的真正目标是哪一个?"

"是戈德阿努呗。"

尼克不假思索地回答道。

"为什么?"

"在艾迪提到薇拉之前，你根本就没有想起她来，所以她马上被排除了，"尼克耸了耸肩，"另外，今天早上的所有讨论，都是以凶手的动机是杀害斯布兰先生作为前提。既然你说是'真正的被害者'，那肯定也不是斯布兰先生。"

"也就是说……"克丽丝像一只猫那样眯缝起眼睛，"是瞎猜的？"

尼克少有地未作反驳。"为什么不让我们听听你的理由呢？"

"好吧。我的理由是，因为凶手选择了僵尸作为**凶器**。假如凶手的目标是薇拉或斯布兰先生，僵尸并不是一种可靠的武器。"

"你在说什么呢，克丽丝？"我不由得皱起了眉，"斯布兰先生明明就是被僵尸咬了啊。"

"从事后来看确实是这样。但斯布兰先生之所以被咬，只是因为他为薇拉引开了僵尸。凶手不太可能预料得到这个结果。正如尼克所指出的那样，他们本来可以一起逃走的。凶手甘冒极大的风险抓来僵尸，当然不会满足于只让他们受到一点惊吓。"

"可是，凶手让僵尸袭击了马厩也是事实啊。"

"不，那并不在凶手的计划里。你甚至可以说那只是一次悲惨的意外，"克丽丝再次引用了尼克的话，"但正是由于这次意外，反而模糊了凶手真正的目标。"

"戈德阿努吗？"

"没错。只有当目标是戈德阿努的时候，凶手不惜抓来僵尸的奇怪举动才会变得合理。"

"为什么？"

231

克丽丝失望地摇了摇头。

"你可是最不该问这个问题的人啊,艾德。很明显,戈德阿努在千树森林受了伤,体力也并未恢复。这使他难以逃脱僵尸的袭击。更重要的是,和安妮庄园里的其他人相比,戈德阿努还有一个致命的弱点。"

"弱点?"

"那家伙没有经历过避难演习,"尼克替克丽丝回答道,"他不知道在僵尸入侵的时候可以躲进下水道去。"

"正是这样。所以凶手想到了这个计划:首先抓来僵尸,在安妮庄园内制造骚动;当其他人都躲进下水道避难以后,戈德阿努就会成为僵尸唯一的目标。"

"那么,僵尸为什么又会跑到马厩去了呢?"

"因为凶手带着抓来的僵尸翻越了帽峰山,但在进入安妮庄园以后,万一被人看见就不妙了。于是凶手解开了绑住僵尸的绳子,让僵尸恢复自由行动。在凶手的计划中,僵尸应该会被灯光和人类活动的声音吸引,从而自行前往人们聚集的区域。当然,为了不使僵尸对目标产生混淆,凶手自己也迅速躲了起来。问题在于,当僵尸从帽峰山往这边走的时候,马厩就在必经之路上。"

"啊!"我失声惊呼,"所以僵尸在途中改变了目标……"

"是的。斯布兰先生和薇拉当时就在马厩里面,但凶手对此一无所知,结果造成了无可挽回的悲剧,"克丽丝垂下了视线,"愿他得到安息。"

232

我们都花了一些时间去缅怀这位注定不为世俗所容、却为人类的存续牺牲了一切的教师和学者。最后一束阳光穿过小屋西侧的窗户，就像通往救赎的光柱，呼唤着那些比灰尘更加轻微的灵魂。

光柱消失的同时，我提出了一点质疑：

"但是，也不能断言凶手的目标就是戈德阿努吧。凶手的目的有可能只是在安妮庄园里制造混乱，不管是谁被僵尸咬了，对于凶手来说都是一样的。"

"不对，"克丽丝坚定地说，"凶手的目标只有戈德阿努一个，这一点非常清楚。"

"为什么你能这么肯定呢？"

"因为我已经知道了凶手是谁。这个人绝不可能在安妮庄园制造混乱，更不可能随便牺牲无辜的人。"

"那很有趣，可你是怎么知道的呢？"尼克说，"要知道对戈德阿努怀恨在心的人，至少也是斯布兰先生的十倍以上啊。"

"我知道，如果真要追究起来，搞不好我自己也会在嫌疑人名单内。但你说过的，尼克，我们不能因为'有动机'就去给人定罪。所以我接下来要说的和动机无关。设计杀害戈德阿努的凶手，做了一件非常不合理的事，正是这件事暴露了凶手的身份。"

"不合理的事？是什么？"

"就是凶手带着抓来的僵尸，翻越帽峰山的这件事。"

我突然明白克丽丝要说什么了。

"不，等一下……"

喉咙里发出一声惊骇的惨叫。我伸出手去,想要把她拉住,但克丽丝已经站了起来。这次她成功抬起了另一扇门的门闩,然后一把将门拉开。

从南岸伸出一截长满青苔的断桥。

"就在这座迷雾桥崩塌的第二天早上,帕杜里先生曾经提出过一个消灭僵尸的方案——在这间小屋和断桥之间搭上一块木板,等僵尸走到上面以后再把木板抽走,这样僵尸就会掉进黑河。

"那么,如果不抽走木板的话,僵尸就会继续走到小屋里面来。只要凶手埋伏在这里,应该不难抓到一个僵尸。之后在适合的时机,再把僵尸从桥的另一边放出去就可以了。凶手的目标不是马厩里的两个人,却还是舍近求远、不辞辛劳地来回翻越帽峰山。这是非常不合理的事情。

"除非,在凶手看来,<u>除了翻越帽峰山以外别无选择。</u>也就是说,<u>凶手必定是一个不知道迷雾桥状况的人。</u>"

"拜托,克丽丝,请不要再说下去了……"

我还在苦苦哀求,但克丽丝并没有手下留情。

"那天早上,几乎所有人都聚集在宴会厅,每个人都听见了帕杜里在迷雾桥设下陷阱的想法。假如这些人之中有凶手,先不说是否真的从断桥上引来僵尸,至少也应该来迷雾桥验证一下这个方案的可行性。但是刚才我们进来的时候,门上的蜘蛛网和地上的灰尘都表明了最近根本没人进过这间屋子。所以,那天早上在宴会厅的人都不可能是凶手。而当时不在那里,并且直到昨天晚上还活着的人一共有四个，凶手只能是这四个人里面的一个。

"第一个人自然是戈德阿努，当时他已经乘坐木筏离开了渡林镇。但戈德阿努不可能是谋杀自己的凶手，所以把他排除。

"第二个人的名字是卢卡·巴坎涅，因为那时他还没有出生。但现在还是婴儿的卢卡也不可能是凶手，所以把他排除。

"第三个人是拉斯洛。他和霍扎当时正在小母马河一带巡逻，因此没有听到帕杜里的讲话。但前一天晚上来到这里的，除了艾德和帕杜里以外，拉斯洛也是其中一员。他不但见过倒塌后的迷雾桥，也知道帕杜里搬来了这些木板，所以他不可能是凶手。

"最后一个人是马里厄斯治安官。当帕杜里先生提到迷雾桥的时候，他应该正在帽峰山上赶往安妮庄园。然而，即使站在翡翠池边，也无法看见这座桥的样子。因此后来当他听说'迷雾桥倒塌了'的消息时，便理所当然地认为，迷雾桥已经彻底不能通行。在安妮庄园的这些日子里，治安官一直很忙，也没有必要特地去查看一座已经倒掉的桥。所以他并不知道，只要摆上一块现成的木板，就可以把僵尸引到这边来。

"凶手就是你，尼克。"

第二天早上，我们在尼克的房间里找到了下面这封信。房间的主人却不知所踪。

压在信纸上面，使它不会被风吹跑的，是半块中间穿了一个孔的银币。

致我的挚友艾德华：

伙计，我们得在这里分道扬镳了。

不要试着来找我，好吧？当然，你也是找不到的，你从小玩捉迷藏就弱爆了。而且，没有人会希望身边有个杀人犯。我害死了斯布兰先生，为了这里的人们着想，我不能继续留在安妮庄园。你应该可以理解吧。

戈德阿努？

即使再来一千次，我还是会做同样的事。

抱歉，艾迪，我骗了你这么久。但当初你赢走了莉莉而伤透了我的心，我们可以算扯平了吗？

这枚银币，是我在诊所的地板上找到的，当你在病房里替克丽丝检查伤口的时候。我把它藏了起来，因为我知道如果被你看到了你会有什么反应。

你把它交给了戈德阿努。

所以戈德阿努曾经到过诊所，并且拿出过银币。那无赖的如意算盘大概是声称你给了他一枚破损的银币，然后要求莉莉把它兑换成完整的。真是白痴，竟然以为自己可以敲诈红头发的莉莉。我希望她狠狠地修理了他一顿。

可是，后来银币掉在了地上。

戈德阿努宁死都不会丢掉钱币。

在他手持银币、跟莉莉交涉的时候，一定发生了非常可怕的事。

僵尸出现了。

莉莉自己对付个把僵尸没有任何问题。我们都会同意这一点。就算要分神照顾葆拉,至少也可以全身而退。

前提是没有其他障碍。

那时候我认为戈德阿努没能逃掉,否则他一定不会放弃那枚银币。但莉莉不可能见死不救。我开始觉得悲观,那是否使她失去了脱身的机会。

更糟糕的是,万一让你发现了银币。

你一定会不停埋怨自己。如果你没有把它交给戈德阿努,戈德阿努就不会去诊所。如果戈德阿努没有去诊所,莉莉他们就能顺利地离开。你会声称一切都是你的错,然后放弃掉一切。

我不能让你这样做。渡林镇的人们不能失去他们的医生,我不能再失去另一个朋友。

所以我对你撒谎了。

下水道是我随口胡诌的,我根本不知道那里真的可以当作避难所。除了银币,在我站起来之前,我还从诊所的地上捡起了一根莉莉的红发。

你完全被骗了啊,我可怜的老艾迪。

我曾经认为,我永远都不会把真相告诉你。直到戈德阿努那张该死的脸又出现在我的眼前。

有那么一瞬间,我幻想莉莉是不是也一起逃了出来。但那混蛋对于他去过诊所的事只字不提。于是我终于想明白了,那里究竟发生了什么。

戈德阿努为了让自己逃走,故意把葆拉推向了僵尸。

莉莉只来得及拉住她的袖子。

剩下的事,大概就跟克丽丝说的差不多吧。

我不在乎修道院的故事是不是真的。但我绝对不能让那混蛋活着离开安妮庄园。

哦,有一件事克丽丝弄错了。就算是用来对付戈德阿努,僵尸也绝对不是什么可靠的武器。但是,一剑划开他的脖子,也未免太便宜那混蛋了。无论如何,我都想让他尝一尝,莉莉和葆拉曾经感受过的恐怖和绝望。

不,僵尸根本一点儿都靠不住。发现斯布兰先生被咬了的时候,我简直要崩溃了。我只能把僵尸杀掉,在他咬到更多人之前。

但也许我不该抱怨的。他最终还是咬到了戈德阿努。这样一来,莉莉大概也会满意的吧。

我将在第一缕曙光降临时启程。请带领人类活下去吧,艾迪,这是我欠斯布兰先生的。

别了,我亲爱的朋友。

尼克

又及:请不要怨恨克丽丝。她不就是找到了你没能看清的真相嘛,这有什么大不了的。

再及:她有时候会让我想起莉莉。我敢打赌你也曾经有过同样的感觉。

等你回来后

假如你是我,你会听从那个自以为是的白痴的指示,放弃去找他吗?

这就对了,我也不会。顺带一提,<u>我捉迷藏从来都没有弱过。</u>

"我想,马里厄斯治安官有可能去了贻贝村。"

我收拾行囊的时候,塞扎尔在旁边说道。

"为什么?"

"虽然他离开了安妮庄园,马里厄斯治安官还是需要一个居住的地方吧?我觉得他应该不会去戈德阿努先生说的那所修道院。"

"我觉得他根本从未相信过有这么一所修道院。"

"贻贝村的居民都不见了,那里也没有僵尸。马里厄斯治安官正好可以利用那些空着的房屋。我记得他不止一次提到过,如果以贻贝村为补给点,就可以在东边的森林打猎了。"

说得好像人类可以吃光森林西边的野兽似的。不过,我暗忖,也许值得到贻贝村去看看。

"我会和您一起去,医生。"

"不,你不会。"

"为什么?我跟随狩猎队到外面去过好多次了,我还会使用弓箭。我可以派上用场的。"

我本来可以说些冠冕堂皇的话,譬如安妮庄园需要一个医生,所以你和我至少得有一个人留在这里,诸如此类。但我没有。

"你只是来监视我的吧?"

"什么?"

"你怕我——不,**有人**怕我出去了就不会再回来,所以派你来跟着我吧?"

"不是的,医生……"

"别想了,我不会带上你的。"

"您是在生奥约格小姐的气吗?因为她揭发了马里厄斯治安官。"

"闭嘴,塞扎尔,"我粗暴地说,"这不关你的事。"

"她又没有做错什么。"塞扎尔并未闭嘴。

她错了,我无声地吼道,大错特错。

"总之,没有人可以跟我一起……"

"那可不行,医生。"

伴随着无礼的声音,一个我十分不想看见的人闯了进来。

"斯布兰先生没教会你怎么敲门吗,索林?"

"没人教会你的朋友不可以把僵尸放进来吗,医生?"

索林挥出一记强有力的回击。我顿时蔫了大半。

"你想干什么,索林?"

"我知道你准备去找你的朋友,我得和你一起去。"

"我不这么认为……"

"也许我没说清楚，医生，"索林再次打断了我的话，"这不是请求也不是谈判。我有权跟害死老师的犯人见上一面。他本应看着我的眼睛，告诉我为什么要这么干。但杀人犯治安官只是留下一封懦夫的信就逃跑了。现在你是最有可能知道他在哪里的人，所以想都别想甩掉我。"

"如果见到了他你又想怎么样？让那家伙偿命吗？"

"其实我还没想好，但谢谢你给了我这个提示。"

"随便你好了。"

我意识到自己完全没有争辩的欲望。懦夫的信——我忿忿不平地想，那甚至可能没有说错。既然欠了斯布兰先生的人是你，为什么我非要负起让人类活下去的责任不可呢？

"请让我也一起去吧，医生，我发誓不是去监视您的。"

"你不需要监视，"我斩钉截铁地说，"你的妹妹还在这里。谁都知道只要你跟着我，我就一定会带你回来。"

"难道您真的打算不再回来了吗？"塞扎尔紧张地问。

"不，但我不喜欢被人剥夺了这个选择。"

塞扎尔难过地低下了头。这样一来他大概就会放弃了吧——正当我这么想的时候，索林突然得寸进尺地说：

"仔细想想……我觉得应该让这孩子也一起来。"

"我已经不是孩子了，"塞扎尔不服气地说，"我甚至都没有弹弓。"

"嘴皮子倒挺不错的。我怎么不记得你在上课时有这能说会道？"

"塞扎尔跟这件事没有任何关系，"我有些生气了，"我绝对不会允许你把他拉进来。"

"如果我愿意带着他，他也愿意跟我一起去的话，医生，我真看不出来你能做什么。"

"这对你又有什么好处？"

"只是当个保险，"索林抿了抿本来就很薄的嘴唇，"我需要一个证人，以免你和你的朋友合谋把我杀了灭口，然后把脏水泼到僵尸身上。"

"他们怎么可能干那种事？"塞扎尔愕然道。

"你最好希望不可能，**孩子**。不然谁也保证不了他们会不会把你和我一起干掉……"

教人尤为恼火的是，索林看起来并非像往常那样只是在胡搅蛮缠，而是真心觉得尼克有可能会杀了他们。

经过那个晚上以后，安妮庄园的气氛变得彻底不一样了。本应保护他们的治安官竟是把僵尸放进来的罪魁祸首，不管出于什么原因，人们都无法原谅这样的背叛。尼克早已准确地预见到了自己的处境，而甘冒大不韪，要去把他找回来的人自然也不会受到多少欢迎。就连巴坎涅一家也有意无意地躲着我。

只有安赫尔的态度还算友善。"如果我知道戈德阿努对葆拉小姐干了什么，"他恨恨地说，"我早就亲手把他扔到一群僵尸里面去了。"可惜在哈瓦蒂家族的光环褪去，安妮庄园的主人身份也接近名存实亡的当下，安赫尔所能做的事情其实相当有限。

因此当安赫尔说服拉斯洛加入我们,以便万一遇上危险,至少也有个人懂得怎么用剑的时候,我实在难以开口拒绝这份好意。

从渡林镇到贻贝村的距离跟到梭机村差不多,但首先还要翻过帽峰山,所以单程路上预计就得花上整整两天。这是塞茜丽娅第一次和哥哥分开那么久,告别的时候,她几乎就要掉下泪来。塞扎尔笑着拍了拍她的头,又给了她一个大大的拥抱,她才不情愿地一步一步退回到克丽丝身边。

然后,不可避免地,我和她的视线相交。

或许我应该对克丽丝说些什么,一句简单的道别就行了。可是……

"没关系的,艾德,你什么都不用说。我知道你还是很难过。"

克丽丝先开口道。我却更不知道该如何回答了。我默默地转过了身,背后又传来她的声音:

"等你回来后,我们可以谈一谈吗?"

贻贝村既不在海边也不靠近任何一条河流,当然也不可能捕捉到贻贝。它的名字来自村庄中央一块很像打开的贻贝壳的岩石。

一只高大的雄性赤鹿正倨傲地站立在岩石上,俨然它就是这个村子的主人。当四名人类不速之客闯进来的时候,它耸起巨大的鹿角,发出警告的嘶鸣。

围绕着贻贝石的原本是村里的钟楼广场,那座本来就不怎么结实的木造钟楼现在已经倒塌。腐烂的木头上又新长出来了许多蘑菇，野草丛生的地上盛开着五颜六色的矢车菊和石南。几只雌鹿带着幼崽漫步其间，悠闲地嚼着春天的嫩草。

任何一名愤世嫉俗者都会对这幅夕阳底下的温馨画面大倒胃口。于是索林捡起一枚小石子，用弹弓打向那只几乎完全被铜绿覆盖、简直要跟草地混为一体的铜钟。铜钟勉强发出一声有气无力的钝响，但足以吓得幼鹿们瑟缩着钻回到母亲的身体下方。

雄鹿意识到这些人并不打算轻易撤出它的领地。它踌躇了一阵，然后缓缓地从岩石上走下来，带领鹿群消失在森林的阴影之中。

贻贝村现在属于我们的了。在茫茫暮色之下，这座废弃的村庄显得十分瘆人。

没有几幢房子是完好无缺的。有些整面墙壁都已经彻底倾侧，另外一些屋顶上破了巨大的洞。街道和院子里都长出了半人高的杂草，茑萝和常春藤把门窗和篱笆缠得喘不过气来。那些聒噪的渡鸦来回折腾，几乎每个许久没有炊烟冒出的烟囱里都有它们筑起的巢。无论怎么看，这里都不像是有人居住的样子。

"怎么回事啊，小家伙？"索林冲塞扎尔抱怨，"你不是说杀人犯治安官会来这个村子的吗？"

"马里厄斯治安官很可能不想见我们，"塞扎尔不服气地说，"就算他之前还在这里，听见那下钟声以后也会立刻躲起来了。"

"也许他去打猎了，要不了多久就会回来的。"

拉斯洛大概只是想打个圆场，但这反而惹火了索林。

"难道刚才你没有看见那几只鹿吗？"

"马上就要天黑了，"我说，"我们先找个地方过夜，明天再来搜索。如果尼克曾经在这里停留过，肯定会留下一些痕迹的。"

说到搜索，眼尖的弹弓射手突然扬起头来，似乎发现了什么。

"没有这个必要。"

扔下这句没头没脑的话，索林便斜着跑了出去。我连忙随后跟上，差点儿就掉进了被杂草淹没的一口井里。

"看这个，医生。"

握在索林手里的是井口辘轳上缠着的绳子。绳子的末端早已朽断，用来装水的木桶更是不知所踪。

"我刚才看过了，井里还有水。这附近没有可以用来打水的河流，如果有人打算要在这条村子住上一段日子的话，那他就会首先把水井修好。"

我不得不承认索林说得有道理。

"我不知道尼克有没有住在这里，但我知道我们起码得住一晚上。现在我们身上还有足够的水，但我们需要在天彻底黑下来之前找到一幢不会半夜里塌下来把我们全砸死的房子，所以现在分头行动吧……"我想了想，又补充了一句，"注意大门必须是往外拉开的。"

运气似乎还不算太糟糕，拉斯洛很快就找到了一幢符合条件的房子。房子一共两层，大门虽然无法上锁，不过是朝外打开的，窗户和天花板上都没有明显的破洞；吱呀作响的楼梯让我想起了梭机村的磨坊,但我们没必要使用二楼,所以那也不成问题。

我让拉斯洛去叫索林,我则在村子的另一头找到了塞扎尔。他正站在一幢更大的房子门前发呆。

"快过来吧,拉斯洛给我们找到过夜的地方了。"

"好……"

塞扎尔随口答应了一声,但并未动弹。

"比这里好,"我催促道,"我们不需要这么大的房子。"

"不是的,医生,"塞扎尔回过神来,"我感觉这里有些奇怪。"

"嗯?"

"您看,只有这幢房子的门是锁上了的。"

塞扎尔说着,手握锈迹斑斑的门把用力推拉了几下。果然,门只是轻微有点儿摇晃,但无法打开。

"原本住在这里的村民在离开前把门锁上了呗,这有什么好奇怪的?"

"我记得马里厄斯治安官曾经说过,他最早到贻贝村来调查的时候,把每幢房子的每个房间都检查了一遍。如果当时这里就有一幢上了锁的房子,那他是怎么进到里面去的?"

我不由得一愣。不过我很快就找到了答案。

"翻窗户啊,"我指着那几扇爬满了常春藤的窗户,"尼克第一次来这里的时候,这些藤蔓还没有把窗户完全封死吧。"

"真的吗?"塞扎尔看上去仍未释怀,"万一屋里有僵尸,这样慢吞吞地翻窗户不是很危险吗?在那种紧急状况下,直接把门撞破也不会有问题吧？"

"那你的意思是……"

"我在想，这扇门，会不会是最近才被马里厄斯治安官锁上的呢？"

拨开杂草，我在院子里面绕了一圈。空中已经升起了一轮圆月。沐浴着银辉的房子比坟墓还要安静。

"我不认为那家伙在里面。"

我得出了显而易见的结论，塞扎尔也点头同意。但尼克信上那行刺眼的"你从小玩捉迷藏就弱爆了"却阴魂不散地在脑中萦绕。

"天亮以后，"我对塞扎尔说，又像是在自言自语，"现在已经太晚了，我们等天亮以后再来。"

不过，我忘记了一个基本的前提——我们首先得能够平安迎来天亮才行。

是夜拉斯洛首先担任警戒。我和塞扎尔分别在门厅两侧靠着墙半卧休息，索林则一个人远远地躺到了里头。不知道过了多长时间，我被一阵窸窸窣窣的声音惊醒。我挣扎着睁开眼睛，却见皎洁的月光之下，一个僵尸正蹲在仍然沉睡着的塞扎尔身边。

门厅里没有窗户，月光不应该照得进来才对——我下意识瞥向本应由拉斯洛把守着的大门。门现在是完全敞开的，那个该死的佣兵就倒在旁边打着呼噜。

这时我早已在心里把安赫尔骂了一百万遍，但那也于事无补。

而且明明知道拉斯洛靠不住，却还是决定带上这家伙的我同样难辞其咎。已经没有任何办法能阻止僵尸在塞扎尔的脖子上咬一口了，就在我绝望地想着的时候，突然响起了"噌"的一声——

寒光闪现，僵尸手里竟多了一柄明晃晃的长剑！

塞扎尔被利刃出鞘的声音吵醒。他半睁惺忪的睡眼，恰好看见僵尸把长剑捅向自己的胸口——

嗖——啪！

只见锋芒流动，那剑身忽地一歪，堪堪刺在了塞扎尔的胁下。塞扎尔甚至还没来得及发出惨叫，紧接着又是"嗖"的一声，一枚黑黝黝的鹅卵石不偏不倚地击中了僵尸的鼻梁。那僵尸吃痛，手中长剑便"哐当"掉落在地上。

这时在月光下，我总算看清楚了这个僵尸的模样。他又矮又瘦，大约只跟塞茜丽娅或帕杜里差不多高，看起来还只是个少年。塞扎尔的处境仍然非常危险，必须马上杀掉他——我作出了理性的判断，从地上一跃而起。

捂着鼻子的僵尸少年似乎注意到了我的行动，阴恻恻的一张脸显得更加狰狞。正当我以为他即将要向我扑过来时，他却忽然一个转身，就在拉斯洛的脚边逃了出去。我怔怔地站了一会儿，俯身从地上捡起长剑，这才胆战心惊地走到门边张望。门外夜凉如水，那僵尸少年早已消失得无影无踪。

拉斯洛在我脚下伸了个懒腰，似乎刚刚从梦中醒来。

"发……发生什么事了？"

我强忍住想要一剑戳死他的冲动,告诉他刚刚有僵尸进来了。拉斯洛顿时神色大变,慌慌张张想要拔剑,却发现一直放在身边的长剑不知去向。

"是这一把吗?"我把手中的剑递给他。

"啊,是的!为什么会在您这里?"

"被僵尸拿走了。"

我不再理会他,回过头去查看塞扎尔的伤势。房子深处的黑暗中有人长舒了一口气,之后索林握着弹弓走了出来。

"是你……"

塞扎尔露出了难以置信的表情——只是难以置信,而不是痛苦——我放下心来,这说明他并没有受多重的伤(检查后发现只是左腋下划了一道很浅的口子,简单包扎后便无大碍)。

"不用谢,"索林故作轻松地说,"看来弹弓也没有太糟糕吧?"

看得出来塞扎尔不愿意承认这一点,但也不能否认是索林救了自己一命。

"比拉斯洛的剑有用吧……"最后他小声嘀咕道。

"有趣的是,那倒未必是真的,"索林恢复了往常那种玩世不恭的姿态,"说起来,你或许想要感谢哈瓦蒂大人——如果他没有派来拉斯洛,搞不好你现在已经完蛋了。"

这番断言甚至让拉斯洛本人都惊呆了。

"你们想,要不是这个废物,僵尸就拿不到那柄剑;要不是僵尸拔出了剑,我也无法对剑身上的反光瞄准。你的运气不错嘛,孩子，就连僵尸都不愿意咬你一口……"

至少有一点索林没有说错，这个僵尸少年的行为实在太不寻常了。于是我向三人询问：

"你们有谁把门打开了吗？"

塞扎尔和索林不约而同地把怀疑的目光投向了拉斯洛，后者急忙连连摆手："不，我没有。"

"除了你还有谁？一定是你睡着时把门踹开了。"

"可……可能是僵尸干的吧……"

"你是傻子吗？"索林嗤之以鼻，"就连巴坎涅家的婴儿都知道僵尸不能拉开一扇门。"

"也许不能这么武断，"我沉吟道，"假如拉斯洛确实没有打开门，那就不能排除是僵尸的可能性。"

"喂喂，医生，你打算要推翻自己的理论吗？"

"我可以负责任地说，迄今为止我们遇上的所有僵尸，都不知道如何拉开门。但刚才那个……他不太一样，他是特别的。"

"怎么个特别法？"

"你应该也看见了，索林，他拔出了剑。既然他能把剑身从剑鞘里拉出来，那或许也能把门从门框里拉开。"

"其他僵尸也能拔剑啊！那时候那个什么队长……"

"德拉甘队长。"塞扎尔说。

"对。他不是在微风桥上拔出了剑，还干掉了两个佣兵吗？"

"并没有，"我摇摇头，"德拉甘队长的剑在他到达微风桥之前就已经拔出来了，在他变成僵尸之前。他可以用剑战斗，不一定代表他能拔剑。不仅如此，在打倒莫托奇兄弟以后，德拉甘队长也没有割断他们的喉咙，而是咬了他们。"

但僵尸少年却采取了截然相反的行动。

"那意味着什么呢？"索林疑惑地看着塞扎尔，"你的味道太糟糕了？"

我有一些不成熟的想法，但我判断现在还不是说出来的时候。

惊魂一夜过后，天边晨曦初现，头顶上的蓝色开始逐渐变淡。

"我要去昨天的那幢房子。"我宣布。

"什么房子？"

在听说尼克可能住在那里以后，索林便带头冲了出去。房子的大门仍然是锁着的。索林被惹怒了，二话不说便一肩膀撞了上去，弄下来许多枯叶和灰尘。

然而这扇门比想象中还要坚固。

"你介意让一让吗？"

索林气哼哼地走到一旁。我和拉斯洛一人一边，反复撞了好几遍后，终于让整块门板往屋内轰然倒下。

我拦住了想立刻闯进去的索林，告诫每个人提高警惕，慢慢鱼贯而入。房子内部似乎并没有什么特别之处，可以肯定尼克并不在这里。就在我刚要松一口气的时候，塞扎尔发现了一样东西。

"那是水井的桶吗？"

我们顺着他指的方向望去。只见地上放着一只硕大的木桶，提

251

手上还绑着一小截断掉了的绳子。看样子跟井口辘轳上的绳子曾经是同一根。

"为什么它会在这里?"拉斯洛问。

即便是拉斯洛自己,也很快就找到了答案。木桶正上方的天花板上破了一个小洞,下雨的时候,雨水就会顺着这个洞滴进桶里。

"哼,原来杀人犯治安官是这么喝到水的吗……"

索林说着,朝木桶走过去——

"不要碰它!"

我厉声警告,把索林吓得跳了起来。

"什么!"

"那只桶不是尼克搬到这里来的——不,那不是**人类**搬到这里来的。"

"你想要包庇你的朋友吗,医生?"

"仔细想想吧。正如你昨天亲眼看见的,井里面现在还有水。如果是尼克的话,他只需要修好水井就行了,完全没有把桶搬来这里的必要。"

看起来索林总算冷静了一点儿。

"你是说是僵尸干的?"

"我认为那是有可能的。僵尸的唾液具有极强的传染性,如果有僵尸在那只桶里喝过水的话,它就非常危险。所以请千万不要靠近。"

拉斯洛闻言立刻远远躲开,索林鄙视地瞪了他一眼。

"僵尸没有智慧，他们怎么会想到用这个方法取水？"

"就连森林里的一些野兽也会储存水和食物，僵尸当然更加不在话下。不要忘记，僵尸曾经也是人类。可能他们的智力退化了，无法进行太复杂的思考，例如利用辘轳从水井里面打水。但像用容器接取雨水这种事，僵尸能做到也完全不足为奇。"

"可不仅仅是这种程度，"索林就像斯布兰先生那样反驳道，"假如只是接取雨水，直接把桶放在井边就可以了，不是吗？之所以特地搬来这里，是因为放在室外的话，好不容易得到的水就会被鹿喝掉，不是吗？难道僵尸还能想到这些，甚至把房子的门锁上吗？"

"嗯……"

我不得不把我的怀疑说出来，否则恐怕难以说服索林。

"我想，僵尸的智力或许恢复了一些。"

"恢复？怎么恢复？"

"通过繁殖。"

"什么？"

"斯布兰先生是对的，僵尸可以繁殖。如果我没有猜错的话，昨晚闯进来的那个少年就是第二代僵尸。虽然和正常人类比还是有很大差距，但他并不像最初的僵尸那样几乎丧失了所有智力。这就是为什么他可以拉开门，也可以拔出剑，甚至还会在局势不利的情形下逃走——其他僵尸从来没有过这样的行为。假如他能锁上一扇门，我也不会感到过分惊讶。"

"他愚蠢到去拔剑而不是咬塞扎尔,你还管这叫智力恢复?"

那个最可怕的假设,我无论如何也说不出口。

"他没有把你的弹弓计算在内,我们都没有,"我避重就轻地说,"走吧。让我们尽快离开这里。"

"放松点,医生,"索林得意忘形起来了,"那小僵尸敢来的话,我也不介意再赏他几颗石头。"

"我不担心这里的僵尸,"我忧心忡忡地说,"但我们得马上返回安妮庄园。我有种不祥的预感。"

如果我可以给你一条忠告的话,那就是千万不要有什么不祥的预感。永远不要。相信我,任何不祥的预感最终都会变成现实,而且通常会比你担心的更早发生。

从贻贝村到渡林镇,一路都是广阔茂密的千树森林。路上索林随手捡了几颗石子,用弹弓打来了两只野兔,这让把带来的箭都射完了、却仍然颗粒无收的塞扎尔嫉妒不已。

眼看快要走出森林,塞扎尔终于忍不住放下面子,向索林讨教射击的技巧。"并没有什么窍门,"索林难得认真地回答,"只是练习得足够久,后来不知怎么就打得准了。"塞扎尔连忙追问道:"那是要练多久呢?"索林瞥了他一眼,说:"你的话,大约一个世纪吧……"

僵尸就是在这个时候出现的。他们与树木的阴影融为一体,但若不是索林与塞扎尔交谈分了神,或许应该更早一点儿察觉到才对。总而言之，我们在不知不觉间走进了一个包围圈。

就算我不说你也能想象得到，这让拉斯洛吓得面无人色；他猝不及防地跑了起来，对索林的呼斥怒喝置若罔闻。分散落单的后果不堪设想，"把他弄回来！"我大喊道，和塞扎尔一起追上去。索林尽管相当不情愿，但还是跟了过来。拉斯洛跑得并不慢，我们一时半会儿竟没能赶上他。

奇怪的是，明明僵尸正从四面八方拥来，但拉斯洛的前进方向上必定会出现那么一两处空隙，让他（以及跟在后面的我们几个）总能有惊无险地避开。几次成功突围之后，就连索林也不自觉地紧紧跟在拉斯洛身边。我忽然意识到了一个事实：拉斯洛被僵尸追赶的次数比任何人都多，而他每次都能逃掉。

我突发奇想，这个拉斯洛，搞不好是个<u>逃跑的天才</u>也不一定。

前方豁然开朗，我们在天才的带领下转出了森林。这里是渡林镇北岸的一角：旁边是早已没有船停靠的码头，之后是寒霜桥和教堂的尖顶。不远处有一个下水道出入口，塞扎尔和索林立即试图冲过去，但我制止了他们。

"拉斯洛，"我决定把最后的赌注押在天才的身上，"去微风桥。"

就算赌输了也无所谓吧。我失去了我的家人，我最好的朋友不知去向。不仅如此，我还知道安妮庄园、人类赖以生存的庇护所，此刻已经被攻破了。

所以我们才会遇上这些僵尸。

原本他们都聚集在黑河和小母马河一带，对安妮庄园里的人类

255

虎视眈眈。人们也早已对此习以为常。但一旦这个诱饵不存在了，僵尸便只会漫无目的地到处游荡，直到又有几个人从森林里自投罗网。

拉斯洛没有让我失望——就连我自己也感到不可思议——在北岸七绕八转以后，我们顺利来到了微风桥。和我预料中的一样，微风桥并不像往日那样挤满了僵尸。事实上，桥上现在就只有两个僵尸——巴坎涅先生和巴坎涅太太。

微风桥对面是安妮庄园的拱门。大树和河流的雕刻已经有些风化褪色，底下的铁闸不遮不掩地大开着。

"为什么……会这样……"塞扎尔无法控制声音里的颤抖。索林把他拽到一旁，避开了正要扑向他的巴坎涅先生。

安妮庄园的惨状逐渐展现在我的眼前。我不打算在这里对此详加描述。你肯定不会享受的，而且也毫无意义。

需要特别说明的只有一点：并非所有人都变成了僵尸，有些人只是死了。

伊琳卡夫人倒卧在下水道的角落，她的右手紧握一把短柄匕首，深深地插进了自己的胸口。对她来说，变成一个光芒黯淡、失去吸引力的僵尸，显然是远远比死亡更加不可接受的事情。帕杜里跪在离她几步远的地方，上半身斜斜地倚着墙壁，竟然还没有完全倒下。木匠的颈部和胸口受了好几处致命伤，锤子掉落在长满老茧的手边，他忠实地守护着伊琳卡夫人，直到最后一刻。

还有薇拉——

够了,让我们把重点放在幸存者身上吧。

我们首先找到的是塞茜丽娅。后来塞扎尔坚称,从下水道出来以后便听见了她的求救声;但不管怎么想,那都是不可能的——塞茜丽娅正藏在西边森林里一棵高大的山毛榉树上,与我们其实还隔着相当远的距离。更不用说塞茜丽娅害怕招来僵尸,根本不敢发出任何声音。因此只能认为那是在危急关头,血脉相通的兄妹之间某种奇妙的联系。

令人稍感宽慰的是,塞茜丽娅看起来并没有受伤。当我们把她从树上救下来以后,她"哇"一声便抱着哥哥大哭起来。但塞扎尔立刻把她推开了。

"不要哭,塞茜,你不可以哭。究竟发生什么事了?"

塞茜丽娅一边拼命抽着鼻子,一边不住地摇头,像一只被大雨淋得湿透的小猫,甩出来无数晶莹的水珠。

其实塞扎尔大可不必对妹妹这么无情。她那断断续续、泣不成声的讲述也只不过是证实了我的猜想:许多僵尸突然闯入安妮庄园,人们随即躲进下水道避难……然而僵尸并没有被挡在活板门外。

利用下水道的理论基础是僵尸不能拉开一扇门。一旦这个基础崩塌了,只要存在一个能拉开活板门的僵尸,进入下水道就无异于作茧自缚。

"奥约格小姐在哪里?她没有和你在一起吗?"塞扎尔绝望地追问道。

"我们……从……一开始……就走散了……"

夹杂着停不下来的呜咽，塞茜丽娅几乎一字一顿地说。

"奥约格小姐……担心……巴坎涅一家……还有那个小婴儿……所以她去了……那边……"

如果我可以给你另一条忠告的话，<u>不要等</u>。做你应该做的事，当你还有机会的时候，马上去做。如果你希望解开和朋友之间的误会，马上去做。如果你想告诉某人你很在乎他们，马上去做。在开始等待的瞬间，你可能就已经永远失去他们了。

"你是怎么逃出来的？"

塞扎尔陷在悲伤中无法自拔，发问的是索林。

塞茜丽娅回答说是安赫尔救了她。安赫尔打开了西面的侧门，他们一起逃进了千树森林，但也有好几个僵尸追了上来。

"那他现在在哪里？"

塞茜丽娅哭得更厉害了。眼看着僵尸就要追上他们了，情急之下，安赫尔把她推到了树上。就在他自己也准备爬上来的时候，一个僵尸在树下咬中了他的小腿。安赫尔随即摔了下去，塞茜丽娅看见他痛苦地滚到了另一棵树边，之后就再也没有……

扑通。

一个像是石头掉落水里的声音打断了塞茜丽娅的叙述。附近可能还有僵尸，现在并不是闲聊的时候。

我让塞扎尔陪着他的妹妹。拉斯洛也留了下来。我和索林循声寻去，不久后树林间出现了一小块平坦的空地，空地中央是一个开着一圈黄菖蒲的水塘,这大概解释了刚才的那下水声。

安赫尔·哈瓦蒂软绵绵地趴在水塘边上,整个下半身都泡在了水里,看起来生气全无。我急忙赶到他的身边,湿漉漉的金发之下,安赫尔的脸色苍白得近乎透明,这与已知的僵尸特征截然相反。我量了量他的脉搏,心跳非常微弱,但无疑还是属于人类的心跳。

我叫来索林,一起把安赫尔拉到了岸上。他的裤子正呈现出一种不自然的隆起。当我从药箱里取出剪刀把裤腿剪开以后,索林顿时吓得连声尖叫,倒退着跌坐在地上。

宛如秋雨后地上腐烂的落叶,密密麻麻地爬满了安赫尔双腿的,全都是吸饱了血以后,身体膨胀了好几倍的蚂蟥。

至暗时刻

我不知道你是否对蚂蟥有所了解。这种恶魔般的生物通常在春夏时节出现，栖息于湖泊、池塘或平缓的溪流中。它们的头部长着强有力的吸盘，吸盘中央是一张非常可怕的嘴，比刀子还要锋利的牙齿可以轻易切开猎物的皮肤。蚂蟥会紧紧吸附在那些不够谨慎地闯入它们领地的人或动物身上，贪婪地吸取猎物的血液，直至自身膨胀成原来的两三倍大。

每年夏天，因为被蚂蟥咬伤而来求医的患者并不罕见。治疗的重点在于不能直接把蚂蟥拔下来，否则蚂蟥很容易断成两截，留在皮肤内的吸盘继而会引发感染（有些患者来到诊所时已经自行拔断了蚂蟥，我便不得不用刀子割开伤口剜除吸盘）。正确的处理方法是往蚂蟥身上撒少量的盐，使它们自行脱落。即使如此，被蚂蟥咬伤的伤口也会继续流血，需要整整一个月才能痊愈。

我现在身上没有盐，不过蜂蜜或薄荷也能发挥类似的作用。问题在于，我从未遇到过一个同时被**那么多**蚂蟥咬伤的病人。

塞扎尔也来帮忙，我和他各自处理一条腿。即使如此，仅仅是把蚂蟥弄掉就耗费了不少时间。安赫尔双腿的模样惨不忍睹，我不想去深入那些很可能会令你感到不适的细节，但以下这一点非常重要：在右小腿靠近脚踝的位置，有一处与众不同的伤口，明显呈现出人类牙齿的形状。

"塞茜丽娅,你看见安赫尔被咬到的是哪条腿?"

塞茜丽娅在刚走进林间空地的时候发出了和索林一样的尖叫,之后她再也不敢看一眼安赫尔或那些蚂蟥。她想了想说:"右腿。"

"你确定,咬他的那个真的是僵尸?"

"不是僵尸怎么会咬人呢?"塞茜丽娅困惑地说。

我没有回答,低下头专心包扎那些伤口。血水几乎是在绷带缠上去的瞬间便又渗了出来。安赫尔仍然昏迷不醒,并且开始发烧。

可以做的一切都已经做了,剩下的就只有祈祷。围在我身旁的是一张张疲惫不堪的脸:塞扎尔、塞茜丽娅、索林、拉斯洛,以及随时都有可能彻底停止呼吸的安赫尔。食物已经耗尽,药物也严重不足,到处危机四伏,更失去了唯一的容身之所。毫不夸张地说,这是真正的穷途末路。

但我反而没有了放弃的想法。

"各位,"我举起从安赫尔身上掉出来的地图,"我们去修道院吧。"

母亲遭到教会诬陷的索林宁死也不愿意踏入修道院一步,这也是人之常情。但若没有那把弹弓,只依靠拉斯洛和塞扎尔的弓箭(其实现在连箭都没有了),我们都得饿死在路上。于是我说:

"既然尼克不在贻贝村,那他可能去了修道院也不一定。"

塞扎尔对于前往修道院的计划也心存疑虑,不过是基于不同的理由。

"您认为这张地图是真的吗?戈德阿努说的是实话吗?"

"嗯,一定是真的。"

"为什么您会这么肯定呢?"

"我们还有其他选择吗?"我反问道。

只要能跟哥哥在一起,塞茜丽娅就不会有任何意见。我招呼拉斯洛过来,把地图摊开在他面前。

"你曾经差一点儿就到了玫瑰山城,这儿,"我指着地图上紧挨着的两个点说,"你觉得我们要多久才能走到修道院?"

"考虑到哈瓦蒂先生的伤势,"拉斯洛一边回答,一边把安赫尔背到后背上,"我想起码得一个星期,也许要十天。"

"他绝对不可能支撑那么久。"塞扎尔指出。他的判断很准确。

"即使我们留在这里,他也撑不过一个星期。没有人可以,"我说,"假如安赫尔还能有一线生机的话,现在出发吧。"

安赫尔直到第二天才醒过来。当时我接班拉斯洛在背着他,一声呻吟在耳边响起。

"我死了吗?"

"早上好,恐怕还没有,"我把他往肩膀上托了一下,"你的腿怎么样,会痛吗?"

"我根本感受不到它们……"安赫尔虚弱地说,我知道这绝对不是什么好消息,"我记得我被僵尸咬了。"

"好像是这样。"

"那……为什么……"

"你还记得后面发生的事吗?在你被咬了以后?"

"很模糊……我感到很热……不,不是真的热,而是身体里好像有什么东西在燃烧……然后我看见了一个池塘……"

"你就跳进去了。"

"是的……这一定是个梦,我不可能还没有淹死……"

"你知道吗,死人通常是不会做梦的。当我们找到你的时候,你正趴在池塘边上。"

"真奇怪,我一点儿都不记得……"

不,奇怪的不是这个,我暗忖。溺水时出于求生本能游到岸边,事后却完全不记得的例子比比皆是。奇怪的是,<u>我们听见的那一下落水声</u>。

那不可能是安赫尔跳进池塘时发出的声音。我们听见落水声后很快就找到了他,如果那时候他才跳进池塘不久的话,身上不可能聚集如此多的蚂蟥。

"无论如何,"我说,"那个池塘里有蚂蟥,它们吸掉了你大量的血。我相信这就是你没有变成僵尸的原因。"

安赫尔有好一阵子没有说话。正当我在想他是不是又昏迷过去了的时候,安赫尔轻轻地叹了一口气。

"医生,安妮庄园已经……"

"我知道,我都看见了。"

"僵尸是从小母马河那边进来的……"

"我知道,我们也走了微风桥。"

"我不明白……我亲自查看过的，就在僵尸进来前的几个小时，拱门下的铁闸锁得好好的……"

"那道铁闸共有几把钥匙？"

我感觉到安赫尔在我的背上晃了一下。

"两把。我应该有其中一把……虽然我从来都没有使用过……"

"那正是问题所在。你的钥匙从来没有被使用过，因为铁闸从一开始被锁上了以后就没有机会再打开。另一把钥匙同样如此，因为不需要用到，所以谁也没有在意它在哪里。也就是说，它一直都在当初锁上铁闸的那个人身上。"

"卡萨普？"

"是的。"

我简单地讲述了一遍在贻贝村的见闻，包括那幢上了锁的房子。这证明<u>存在可以使用钥匙的僵尸</u>。当初离开安妮庄园的三名佣兵，被咬的那个偏偏是卡萨普，另一把钥匙就这样落到了僵尸的手里。我们大概永远都不会知道，这把钥匙经历了多少周折才再次回到渡林镇上；但可以肯定的一点是，在它的身上，刻有和拱门完全相同的哈瓦蒂家族大树和河流的家徽。

塞茜丽娅走过来，想要谢谢安赫尔救了她，但安赫尔已经伏在我的背上沉沉睡去。

之后安赫尔再也没有这么清醒的时刻。由于旅途跋涉，他的伤势一天比一天恶化，我已经用上了所有能用的药物和草药，但仍然收效甚微。持续的高烧让他产生了幻觉，并且开始胡言乱语。当塞茜丽娅试图喂他喝下一些蜂蜜水的时候,安赫尔似乎把她当成了自己的母亲。

我指示塞扎尔采集沿途见到的**所有**曼陀罗花和罂粟果,此时鲜艳的罂粟花已经凋谢了大半,因此必须加倍留意才能发现那些宛若戴着皇冠的青色果实。这个要求令塞扎尔惊恐万分。

"医生,您该不会……"

"不,我不会,"我说,"我们会。"

第三天傍晚,面前出现了一座植被稀疏的石头山,这意味着我们已经走出了千树森林。索林回头凝视那片一望无际的树海,脸上带着复杂的表情。

"怎么了?"塞扎尔说。

"我只是没想到,居然这么顺利就走出来了。"

"这算是什么意思?"

"我一直觉得森林里有人,或者有什么东西,就在我们身边……"索林耸了耸肩,"唔,也许是我弄错了吧。"

"喂,等一等……"

塞扎尔还想追问下去,但索林没再理睬他。

地势从这里开始逐渐升高,一路上是互相交错的山地和高原,行走也变得越来越困难。出发后的第七天,拉斯洛突然叫了起来:

"啊,就是这里!当时我们就是在这里遇上那些僵……"

拉斯洛硬生生地把后半句话憋在了肚子里,又向我投来一个内疚的眼神。其实他完全没有必要这样。

对不起，卢卡，我来晚了。我在心里默念，然后再一次展开地图。根据戈德阿努的标注，一旁的小路通向玫瑰山城所在的谷地，而修道院则位于前方最高的那座山上。

"我们快到了，让我们再加快一点吧，"至少，这次我一定要赶上，"不要放松警惕，僵尸随时都有可能出现。"

安赫尔已经超过二十四个小时无法进食了，事实上，他连一滴水都喝不下去。这样的情况得不到改善的话，毫无疑问他将在明天日出之前死亡。

尽管没有遇上僵尸，带着昏迷的病人攀登这座比帽峰山还要高上不少的山峰也是一个巨大的挑战。在天色彻底转暗的时候，我们终于登上了山顶。一座宏伟的砖石建筑巍然耸立，正面是一扇硕大的厚橡木门，两侧墙上各有一个用砖块砌成，再涂上白漆的十字架。修道院共有三层，二楼侧面的一处窗户赫然透出一点摇曳的灯光。

"有人吗？"塞扎尔大声喊道，"我们是从渡林镇来的！"

那点灯光抖动了一下，接着便消失不见了，不久后它在一楼重新出现，似乎是一盏提灯。

灯光再次消失，静谧的山顶响起了一串沙沙的脚步声，接着是一阵钥匙转动的声音。厚橡木门的中间打开了一扇小门，从门后走出来一个披着黑色长袍和兜帽的人影。提灯照亮了垂落前襟的纯白头巾，显示来人是一位修女。她的胸前挂着一个和索林的弹弓大小相仿的黄铜十字架，分量显然不轻。

"布莱亚兹医生?"

雅妲修女举高了提灯,她似乎还认得我。

"好久不见,修女,"我顾不上寒暄,"哈瓦蒂家的安赫尔受了很严重的伤,他必须马上接受手术。请让所有人都来帮忙。"

"愿上帝保佑他。发生什么事了?"

"他被僵尸咬了。"

塞扎尔说着,从她手里接过提灯,急匆匆地走进修道院。拉斯洛背着安赫尔紧随其后。

雅妲修女讶异地让到一旁,喃喃道:

"他看起来并不像……"

"这事说来话长,"我说,"我需要一个明亮的房间和一张足够大的桌子,能请您带路吗?"

雅妲修女这才反应过来,她把我们领到了修道院的食堂(一如既往),那里有一张让我感到满意的桌子。拉斯洛小心翼翼地放下安赫尔,然后撤掉桌子周围的长凳。塞扎尔点亮了所有他能看见的油灯和火把,塞茜丽娅则在我的指示下开始烧水。雅妲修女有些不知所措地看着他们,双手在胸前互握,作出祈祷的姿势。但我不得不打断了她:

"修女,这里有锯子吗?"

安赫尔会活下来的,手术完成的一刻我便十分确信。他不能再走路了,但他会活下来。

曼陀罗花和罂粟果很好地起了作用，它们保证了安赫尔一直处于平稳的深眠之中。塞扎尔采到了足够多的药草，安赫尔醒来后将会不可避免地感到剧痛，那就是剩余部分派上用场的时候。令我惊喜的是，修道院里竟储存着丰富的各类药品。这意味着我暂时不必为采药而发愁。

最后的工作就是把病人转移到一张干净的床上去。塞扎尔留下来打扫地上的血迹和秽物，安赫尔则交由塞茜丽娅照顾。我独自走出食堂，外面是连着四面回廊的中庭。东方已经泛起了鱼肚白，白蜡树的树梢上传来清脆婉转的鸟鸣。疲劳突然如潮水一般袭来，我这才感觉浑身上下都要散架了。

中庭里现在一个人都没有。除了修道院正面的厚橡木门外，回廊四周各自还有好几扇门。我一边呼唤雅妲修女，一边试着在食堂旁边的门上推了一把。门纹丝不动。

"啊，医生，这扇门打不开。"

雅妲修女提着灯从中庭深处快步走来。她身后的门没有关上，我猜那里大概是修道院的礼拜堂。她似乎一直在里面祈祷。

"安赫尔先生怎么样？"

"他会好起来的，"我说，"我需要一张床让他休息。"

"楼上有卧室，请跟我走这边。"

"这扇门后面是什么？"

我随口问道，只是想找个话题以便分散疲劳的感觉。不料雅妲修女却支吾起来了。

"不，什么都没有。它就是打不开……"

这时另一扇门打开了，厚橡木门中间的那扇小门。拉斯洛从修道院外面走进来。

"索林还留在外面，"他报告说，"无论如何也不肯进来。"

"随便吧，"我叹了一口气，"跟我来，让我们先把安赫尔安顿好。然后我得去休息一会儿，你也一样，拉斯洛。"

"我记得那个可怜的孩子，"雅姐修女指向头巾包裹下的侧额，"这里现在还留着由弹弓射出的石头造成的伤疤。"

"您知道，许多年前索林的母亲被当作女巫审判，所以才……"

"是的，我听佩莱特神父提起过这件事。那是个可怕的错误，非常可怕。主教们欺骗了世人，他们甚至试图欺骗上帝。天哪，他们怎么可以用主的仁慈之名去伤害那些无辜的人？他们随即受到了亵渎者应得的惩罚，在王都那场上帝并未加以阻止的黑死病中，几位主教无一幸免。"

未能幸免的可远远不止那几位主教啊，我心道，不确定若索林听到这番话会有什么感想。

"那我们又做错了什么？"拉斯洛嘟囔道，"为什么要受到这样的惩罚？"

"人生而有罪，我们将终此一生忏悔。现今所受的苦痛亦是忏悔。"

雅姐修女如是说。拉斯洛当然听得一头雾水，但这让我想起了某个罪有应得的家伙。

269

"多鲁·戈德阿努没能活下来。"我告诉雅妲修女,没有透露更多细节。

"嗯……多鲁只是受到了仁慈的上帝的召唤而已。"

"说起来,好像还没见到其他修道士?我想应该还有几位修道士住在这里才对。"

"他们……出去了。"

"噢,那布图呢?"拉斯洛问,"布图也跟他们在一起吗?"

"布图?"

"是啊!就是那个掉到山崖底下,之后被您救到修道院的佣兵——对了,他应该会随身带着一柄琥珀色的长剑。"

"请原谅,"雅妲修女说,"我从来没有见过您描述的这位佣兵。"

我几乎睡了一整天。以致醒来后,一时竟分不清楚飘在窗外的是朝霞还是晚霞。我首先前去查看安赫尔的情况,他还没有恢复意识,好在高烧已经基本退去。脸色当然还是苍白得吓人,两颊消瘦得只剩骷髅的轮廓;但不要紧,以他的年纪,在重新进食以后仍然可以很好地复原。

塞茜丽娅蜷曲着身子,就靠在安赫尔的床边睡着了;塞扎尔则四仰八叉地躺在地上。当我走出安赫尔的房间时,不知道从哪里传来了拉斯洛的鼾声。

至于索林,似乎还是固执地留在了修道院外面。

那倒不错,我想,正好可以跟雅妲修女单独谈一会儿。

于是我下了楼，礼拜堂的门仍然敞开着，但雅妲修女不在那里。礼拜堂侧面有一扇小门通向后院，只有一个衣衫褴褛的稻草人孤零零地站在院子中央，这似乎就是戈德阿努曾经提到的麦田。后院的一角还竖着十来块墓碑，那些在修道院里度过了一生的修道士和修女们便埋葬于此。

食堂里面空无一人。回廊另一侧的誊写室和工坊也是一样。贮藏室里放着许多备用衣物，包括带兜帽的长袍、腰带和内衣，但衣服堆里面没有藏着人。我从厚橡木门中间的小门走出去，从外面围绕修道院转了大半圈（剩余的一段是悬崖），不仅没有找到雅妲修女，更连索林也不知道跑到哪里去了。

怀着满腹疑窦，我退回中庭。这时拉斯洛也睡醒了，刚好从楼梯上走下来。我跟他说我到处都找不到雅妲修女。

"那可真奇怪，"拉斯洛皱眉道，"我现在就去找她。"

"谢谢你，拉斯洛。但你最好小心一点儿。"

"小心？"拉斯洛似乎不是很理解我的话。

"雅妲修女在隐瞒一些事。我不知道具体是什么事，或为什么。但很明显，她在布图的事情上说谎了。"

拉斯洛露出一脸愕然的表情。

"您的意思是，布图确实来过这里？"

"嗯，这是毫无疑问的。"

"可是……"拉斯洛努力试着说出他的想法，"说实话，我一直觉得布图已经变成了僵尸，或者已经死掉了。只是后来那个戈德阿努又说他在修道院……但我觉得,那个人才更有可能说谎吧?"

"通常情况下我会同意你的说法。不过布图没有死,也没有变成僵尸。戈德阿努见到了布图,否则他在安妮庄园就不可能说出那样的话来。"

"为什么?"

"你还记得当时的情形吗?戈德阿努在安赫尔的命令下开始了讲述。当他提到教堂的时候,他说'旁边的草坪上站着一个僵尸'。"

"是的,先生,我记得。"

"在那之前,谁也没有当着戈德阿努的面说过'僵尸'这个单词。它是霍扎从新大陆听来的,知道的人非常少,就连斯布兰先生当时都没有听过。当这个词得以在安妮庄园流传开来时,戈德阿努早已离开了渡林镇。这么一来,戈德阿努能够主动说出'僵尸',唯一的可能性就是他曾经见过从安妮庄园出去的人,也就是布图。"

"啊……"

"雅妲修女也是一样的。昨天当塞扎尔说安赫尔'被僵尸咬了'的时候,她显得相当吃惊。当然,被僵尸咬了的人就会变成僵尸,安赫尔却没有,雅妲修女感到惊讶是很正常的反应——前提是,她知道'僵尸'是什么。戈德阿努和雅妲修女,他们都知道'僵尸'这个单词,那就只能认为布图至少曾经来过修道院,甚至他现在还留在这里。"

"那么,"拉斯洛惊疑不定地说,"布图究竟是在什么地方……"

"我不知道,"我沉吟片刻,指向食堂旁边那扇无法打开的门,

"但我有种说不出来的感觉,他可能就在那扇门后面。"

拉斯洛最初还大声呼喊着雅姐修女的名字,但很快就放弃了这个显然是白费力气的举动。不久后,塞扎尔也加入了搜索。但修道院里里外外都没有雅姐修女的影子,更不用说布图了。

倒也并不是一无所获。有一个房间似乎是雅姐修女的卧室,床铺收拾得十分整齐,看样子从昨晚开始就一直没有人在床上睡过。一串黄铜钥匙挂在墙上很显眼的位置。我试了一试,其中果然有修道院正面那扇厚橡木门的钥匙。

从这个角度推测,假如雅姐修女是主动从修道院走出去的话,她很可能没有再回来的打算。

现在可以做的事情就只剩下一件。除了留在房间里守着安赫尔的塞茜丽娅以外,我们都来到了那扇"打不开"的门前。拉斯洛和塞扎尔各自拿着一盏提灯,不知道是不是中庭里刮着风的缘故,火光摇晃得特别厉害。在那忽明忽暗的灯光映照下,两个人的脸上都写满了忐忑,我知道自己一定也差不了多少。

就结果而言,我很清楚,无论我们将在这扇门的背后发现什么,都不可能跟僵尸侵袭后安妮庄园的惨状相提并论。然而跟那些干脆利落的绝望相比,这种难以言喻的诡异感却更加让人心惊胆战。

门上有一个钥匙眼,我拿着手中的一串钥匙逐把尝试。在试到第七八把的时候,锁被打开了。

门后的空间意外狭小，骤看过去真的是**什么都没有**。塞扎尔拎着提灯在空空如也的房间里照了半天，这才发现地上还有一个很不起眼的活板门。

"活板门……"拉斯洛喃喃道，"这里难道还有个地窖吗？"

"来吧。"

我默念着莉莉的名字，请她像一直以来那样给予我勇气，并和塞扎尔一起拉开活板门。拉斯洛看上去虽然不太情愿，但还是跟在我们后面走了下来。活板门底下一开始是普通的楼梯，走不到几步，两侧的墙壁就变成了岩石；再往下走，脚下的台阶也消失了，赫然竟是一个天然的洞穴。洞穴在地下形成了一条狭长的甬道，沿途有好几处拐弯，好在并没有出现岔路。粗略估计，这里距离中庭所在的地面已经超过了三层楼的高度。

塞扎尔突然抽了抽鼻子。

"医生，这个气味……"

我点点头。这也意味着，终点就在前面不远处。甬道尽头的洞壁经过修凿，中间嵌入了一扇门。这扇门虽然不大，门外却插着一根相当粗壮结实的门闩。

现在拉斯洛也闻到了。他抬起没有拿着提灯的那只手，用衣袖掩住了鼻孔。

"你们准备好了吗？"

我一边说着，一边抬起门闩。

一具穿着僧袍的尸体随着门被打开扑倒在地上，更泛起一阵令人作呕的恶臭。尸体所戴的兜帽掀起来了，从死者那骨瘦如柴、又因痛苦而扭曲的面容来看，这个男人是**饿死的**。

门后的痕迹也印证了这一点。坚硬如铁的橡木门板上留下了好几道触目惊心的血痕，死者的十根手指同样是血迹斑斑，好几个指甲翻了起来。这扇门从甬道一侧被闩死了，无法逃出去的死者，在临死前的疯狂中拼命用指甲抓挠门板，最后就这样趴在门上断了气。

但他并不是这里唯一的尸体。洞穴在甬道尽头的门后变得足够宽敞，可以容纳四具尸体。

布图的尸体就倒在不远处。和趴在门上饿死的男人不同，布图很明显死于**暴力**，他的脖子上还残留着清晰的瘀痕。一贯被他视若至宝的长剑就挂着腰间，仍然好端端地插在琥珀色的剑鞘里。布图直到被杀都没有把剑拔出来，恐怕不是他不想，而是做不到。他的双臂均呈现出不自然的弯曲，大概是在更早之前已经被折断，因为没有及时治疗而造成了畸形。

余下的两具尸体在洞里更深一点儿的地方，都是饿死的，同样作僧袍兜帽的装扮。其中一个死者手里还握着十字架，或许是在弥留之际请求上帝的宽恕。另一人则拿着一样更奇怪的东西。直到把它捡起来放到油灯下我才看清，那是一条白色的裹头巾，中间还撕开了一道大口子。

连同门后的死者，他们应该就是戈德阿努所提到的三名修道士。他们并没有从修道院**出去**，而是全部死在了这里。包括布图在内，四具尸体都<u>没有僵尸化的迹象</u>。

洞穴抵达了尽头。唯一的出入口就是通向甬道的门,除此以外四周都是坚不可摧的天然岩壁。两盏油灯依然好好地亮着,呼吸也不觉得涩滞,这说明岩壁之中应该有能让空气透过来的缝隙。

不知道是哪里的缝隙传来了声音。高亢尖锐的声音,飘荡着,如泣如诉,若有若无。拉斯洛顿时面露惊恐之色,我猜他大概是想到了鬼魂。

塞扎尔最先醒悟了过来。他立即想要冲出门去,但被倒在那里的尸体挡住了去路。

"塞茜!"塞扎尔只好大喊道,"不,留在那里!你不可以进来!"

但塞茜丽娅显然已经走进了甬道,她的话夹着回声传来:

"哈瓦蒂先生……蒂先生……生……他醒来了……来了……了……!"

布图和修道士们可以等,我很确信他们不会介意。我们在甬道的半途和塞茜丽娅会合后,立刻急匆匆地赶回到安赫尔的房间。当我看到安赫尔仍然好好地躺在床上时,不由得暗自松了一口气。

安赫尔确实醒来了,但他对我们的到来似乎毫无反应,只是瞪大了双眼,直勾勾地盯着窗外的黑夜。塞扎尔过去给他测量体温和脉搏时,安赫尔连头都没有转一下。

当然,他需要时间去消化这个残酷的现实,我暗忖。命运对待这个善良勇敢的年轻人的方式,实在是太不公平了。

"烧基本已经退了,心率也正常。"

塞扎尔向我报告。我点点头,告诉塞茜丽娅去准备一些流质食物。她问清楚什么是"流质"以后便离开了房间。

"欢迎回来,安赫尔,"我走到他的床边,"你现在感觉怎么样?"

"呜……"

安赫尔还是没有转过头来。他好像想说些什么,但干涸的喉咙却只能发出一种单调的声音。这在长时间的昏迷过后是十分正常的现象。

"你想喝点儿水吗?"

"呜……"

安赫尔重复着,用尽仅有的力气抬起了一只手。我把它当成"是"的意思,便招呼拉斯洛把水袋拿过来——

"呜……!"

安赫尔第三次发出那个声音,抬起来的手剧烈地颤抖着。这时我才注意到,安赫尔的目光并不呆滞。他并不是失神地望着窗外,而是<u>窗外确实有什么吸引了他的注意</u>。

我顺着他所指的方向看去。只见远处的另一座山峰之上,此刻正燃起了熊熊的火光。

后来我发现,那座山峰离修道院其实并没有那么远。这里的山脉连绵不断,半山腰间往往有小路互相连通,从一座山峰到另一座山峰很可能用不了一两个小时。

无论如何,在伸手不见五指的夜晚去走一条完全陌生的山路纯粹就是自杀。直到黎明来临，我才和塞扎尔出发去调查情况。考虑到脚下的山洞里还不明不白地躺着几具尸体，我让拉斯洛（聊胜于无）留在修道院保护塞茜丽娅和行动不便的安赫尔。

火光现在已经熄灭，但仍然冒着缕缕青烟，因此方向很好辨认。没费多大工夫，我们便找到了那个地方。起火的是一棵树，树冠上的枝叶全都烧得精光，干裂的树皮就像长出了一层灰白色的鳞片。

一个浑身焦黑的人形蜷成一团，双手举在耳边，手腕处被两柄匕首牢牢钉在了树干上。

"医生，您看那里。"塞扎尔指向树根旁掉落的一个东西。

我不知道应该为哪件事更吃惊，是又一具离奇诡异的尸体，还是塞扎尔正若无其事地谈论着它。面对接连不断的咄咄怪事，他似乎已经习以为常了。

树上还在嗞啦嗞啦地冒着烟。塞扎尔不敢直接用手去拿，他从旁边的树上折下一根树枝，想把引起他注意的那个东西从地上拨拉过来。不料撩了几下，那东西却纹丝不动，显然分量相当沉重。

一个人从我身后走来，径直越过还在那儿弯腰较劲的塞扎尔，一伸手便把那东西捡了起来。

"一点儿也不烫嘛……"

索林说着，把它递给塞扎尔。我也看清了那东西的模样：它被烧黑了大半，几乎已经没有一点金属的光泽，但依旧保持着十字架的形状。

"是你……？"塞扎尔没有伸手去接，"你……烧死了雅妲修女？"

是时候往前走了

所以，你怎么看？你认为是索林干的吗？

我真的是在问这个问题。直到我写下这句话的现在，我仍然不知道残忍地杀害了雅妲修女的凶手是谁。

呃，严格来说，我甚至无法确定那具尸体就是雅妲修女。尸体被焚烧至完全焦黑，身份已经无从辨认。认为死者是雅妲修女的唯一依据，就只有掉落在尸体脚下的十字架——我们都曾见过雅妲修女挂在胸前的十字架，它是黄铜制的，被灼烧后虽然会变黑但不会焚毁。在绳子被烧断以后它便掉到了地上，这自然是一个合理的猜测。

你或许会反驳说，这个十字架本身说不定就是一个圈套。它被故意放在这里，正是为了让我们把这具尸体当成雅妲修女。如果当时尼克在那里的话，他大概会立刻指出这一点。

然而，只要仔细想一想就能明白，这种假设其实是站不住脚的。

如果这是故意设下的圈套，其目的只可能有一个，那就是造成雅妲修女已死的假象。能够做到这件事的就只有雅妲修女本人，否则她一旦现身，这个圈套就变得毫无意义了。那么，雅妲修女为什么要这么做？就算她真的怀有动机（我稍后会说到这个），<u>那也只会发生在一个正常的世界里</u>。

你不这么认为吗？哪怕雅妲修女如此大费周章地伪装了自己的死亡，在这个僵尸横行的世界，她又怎么可能活下去？

不，忘掉这些阴谋诡计吧。被钉在树上烧死的人确实就是雅妲修女。真正的问题是，凶手是谁？

"你是唯一有时间做到这件事的人，"塞扎尔紧盯着索林的双眼说，"当火烧起来的时候，我们所有人都在一起，除了你以外。昨天早上，拉斯洛还在修道院外面和你说过话；但在雅妲修女失踪以后，我们就再也找不到你了。"

"是吗？"索林还是摆出一副很无所谓的样子，"那又怎么样？"

"你恨教会。你恨所有的神父和修女。我也不想这么说，但只有你才会想要把一个人活活烧死。"

塞扎尔的意思很清楚。确实，雅妲修女的死状无法使人不联想起那些被当作女巫审判而惨遭火刑的无辜女性。索林为了给母亲报仇而使用同样的手法杀害了教会的修女，无论在谁看来，这都是一个足够令人信服的解释。

"谢谢你提醒我，"索林讥讽道，"我差点儿就忘了我恨他们呢。"

这样的态度当然不会有任何帮助。

"是你干的吗，索林？"我问。

"何必费心问呢？"索林冷冷一笑，"反正我说什么也不会有人相信的吧？"

"就连斯布兰先生也不会吗？"

"别把老师拉进来！"

"冷静一点。我只是想知道你是怎么想的——假设斯布兰先生现在就在这里,你觉得他会相信你说的话吗?"

"但他并不在这里!他被你那亲爱的朋友的僵尸朋友干掉了,记得吗?"

"我就把这当成是肯定的回答了。所以总还是有人会相信你的,那你为什么不试一下我呢?"

"很好!不是我干的,我也是昨天晚上看见火光,所以就在天亮以后来看一下——你满意了吗?"

"是的,非常感谢。你可以再回答一个问题吗——你有没有看见雅妲修女离开修道院时的情形?"

"没有,我跟拉斯洛说完话以后没过多久就走了,"索林厌恶地把手中的十字架抛回到地上,"我只是受不了一直看着这些东西。"

"我明白了,我相信你。"

索林不屑地哼了一声。塞扎尔则不无忧虑地说:"医生,您确定吗?"

"因为我想来想去,这个人好像没有说谎的理由啊。就算我们认定索林有罪好了,判决是什么?从修道院里驱逐出去吗?那反而是正中下怀了吧。"

"可是……"塞扎尔指向雅妲修女黑乎乎的尸体,"还有谁会这么做?"

是啊,还有谁——这才是关键。正如我说过的那样,直到现在我也不知道真相是什么。也许凶手就是索林,也许不是,那甚至都不重要。底线是我不能让索林被其他人当成凶手，否则人类还会继续分崩离析。要避免这样的情形，我就必须找到一个能让塞扎尔接受的解释——

"可能是僵尸干的，"我说，"我们都看见了，帕杜里就是死在僵尸的手下。那天晚上要不是索林，在贻贝村的那个僵尸可能也已经杀了你。"

塞扎尔下意识地碰了碰当时的伤口。

"为什么？"他愤懑地叫道，"那么久以来僵尸都只是想咬人，为什么突然就开始杀人了？"

我轻轻叹了一口气。

"我想，那是因为现在他们已经太多了。"

"什么？"

"在贻贝村的时候我忽然想到了这件事，"我对塞扎尔说，无视索林发出的怪叫，"但它实在太离奇了，所以我没有告诉你们——说不定一直以来，我们都误会了僵尸咬人的真正意义。"

"咬人的……意义？"

"在新大陆的巫术传说中，僵尸咬人仅仅是为了吃人肉，但现在我们都知道并不是这么回事了。而我曾经认为，咬人是类似于狂犬病的症状，是感染者处于狂躁状态而不受控制的结果。但也许那也是错误的。也许僵尸咬人的意义，是在于可以把更多人变成僵尸。"

"对不起，医生，我不明白。"

"试想一下，回到僵尸刚刚出现的时候——比方说世界上一共有十个僵尸,那么只要把这十个僵尸都杀掉,僵尸就永远消失了,对吧?而人类当然会很乐意这么做。另一方面,为了不被人类彻底消灭,僵尸就必须尽快增加他们的数量——通过咬人的本能。"

"您说僵尸咬人……只是为了不被消灭?"

"一开始是的。但后来他们有了其他选择。当世界上有了足够多的僵尸以后,他们可以通过自然繁殖来增加数量。如此一来,咬人就不再是必须的了,这个本能也在新一代的僵尸中逐渐消失。现在僵尸已经占据了数量上的绝对优势,只要把剩余的少量人类全部杀掉,这个世界就永远属于僵尸了。"

"为什么非要消灭人类不可?僵尸本来不也是人类吗?"

"既然人类想要消灭僵尸,那僵尸同样想要消灭人类也很公平啊。哈瓦蒂家族的佣兵向南岸进发的时候,可没有过多考虑僵尸本来也是人类的事情。"

塞扎尔露出骇然的表情。这样大概就可以说服他了,正当我这么想着的时候,索林却突然阴阳怪气地说:

"你在忽悠这孩子吗,医生?"

"什么?"

"僵尸想要杀掉所有人类?就算这是真的,"索林指向插在雅妲修女手腕上的匕首,"直接捅她两刀不就好了吗?为什么一定要烧死她?"

"这个……我不知道。"

是的,我无法合理地解释这处矛盾,直到今天也不能。所以如果你想要知道我的看法，我只能说凶手更有可能是人类。然而正如塞扎尔所指出的那样，除了索林以外，我们每个人在起火时都在修道院里。至于索林——我说不出理由，但我就是觉得索林**不是**凶手。

关于雅姐修女之死的讨论差不多就到此为止吧。或许你已经看透了真相，或许永远都不会有人知道真相，这些都不是最重要的。索林提出的质疑令塞扎尔也有所动摇，所以我不得不再指出一种可能性——只是可能性而已，你没有必要太当真。

"如果不是僵尸，那凶手也可以是某位修道士——因为雅姐修女杀了山洞里的弟兄，凶手认为她背叛了教会，所以就用火刑处死了她。"

"怎么可能呢？"塞扎尔更糊涂了，"戈德阿努说的三名修道士明明全都死在那里了啊。"

"那可不见得。那三具饿死的尸体并不一定就是三名修道士——我们从来没见过他们，对吗？当时戈德阿努也是同样的装扮，因为这是在修道院唯一能拿到的衣服。所以那里面可能混进了别的什么人，而其中一名修道士成功逃走了。之后这名修道士来到这里，对雅姐修女进行了审判……"

"等等，等等，等等，"索林连声嚷嚷，"你们究竟在说什么？修女杀了修道士？修道士又杀了修女？"

"嗯，跟我们回修道院去吧，索林，"我建议道，"现在那里一个教会的人都没有了。如果你想砸烂那些十字架，没有人会阻止你的。留下来跟我们在一起吧,我会给你讲一个故事。相信我,你会很喜欢的。"

除了需要好好刮一刮胡子以外,安赫尔的气色看起来已经好多了。这多亏了塞茜丽娅无微不至的照顾。

"您是说,"他在床上挪了挪,好让后背直起来,"是雅妲修女把修道士们关在那个山洞里,让他们活活饿死了吗?"

"嗯,"我点点头,"那个山洞大概从修道院建成的时候就在那里了,应该是禁闭室或苦修室之类的用途,所以门是从外侧闩上的,门和门闩都非常结实。一旦闩上了以后,在里面就绝对不可能打开。唯一有可能放上门闩的人,就是雅妲修女。"

安赫尔捏了捏自己的眉心。"头痛吗?"我问。"不,没事,"他苦笑道,"只是没想到发生了那么多事,有些跟不上罢了。"

"需要先休息一会儿吗?"

"不用。指不定什么时候塞茜就过来了——您自己说的,这些话不想让他们兄妹听到。"

"对。"

"那么,到底是怎么一回事?为什么雅妲修女会把这些人关起来?布图又在其中扮演了什么角色——他是怎么死的?"

"从布图的尸体看,他应该是被掐死的。因为他的两只胳膊都摔断了,所以完全无法反抗。杀了他的人大概就是那三名修道士之一。讽刺的是,最早死去的布图,受到的痛苦反而是最少的。"

285

"为什么他会被杀？"

"我们在山洞里还找到了这个，"我向安赫尔展示那条裹头巾，"只有修女才会使用裹头巾，所以它无疑是属于雅妲修女的东西。这条裹头巾现在被扯烂了，我认为那是雅妲修女在那里遭到袭击时造成的。"

"什么？难道布图那家伙……"

"不，不是布图。我刚刚才说过布图的两只胳膊都摔断了，记得吗？他根本做不到。袭击了雅妲修女的应该是那三名修道士，这也解释了为什么雅妲修女会把他们关在山洞里活活饿死。"

安赫尔的上半身微微一晃。要是他的双腿还在的话，他可能已经霍地站起来了。

"接下来的部分仅仅是我的推测。三名修道士把雅妲修女叫到山洞，他们试图在那里强奸她，就在雅妲修女奋力反抗的时候裹头巾被扯烂了。山洞里没有其他衣物的碎片，所以我认为他们没能得逞——因为布图及时地出现了。"

"他……"

"他及时地赶到了山洞，并且帮助了雅妲修女。我想，布图为他在安妮庄园对薇拉所做的事情真诚地忏悔过了，因此他义不容辞。不幸的是，布图已经无法战斗，所以他只能尽力拦住那三个男人，让雅妲修女趁机逃出去并把门闩上。至于他是马上就被杀了，还是被关起来后坚持让雅妲修女无论如何都不能开门，之后才死于某个修道士绝望的手下，我就不得而知了。"

"强奸和谋杀……"安赫尔悲哀地摇了摇头,"那些人不是修道士吗?他们怎么会干这些事?"

"归根结底,僵尸的出现彻底改变了整个世界。虽然这些修道士本来也没有多么坚定的信仰就是了。"

"这跟僵尸有什么关系呢?"

"你还记得戈德阿努曾经说过的一句话吗?当他来到修道院的时候,'四位修道士去了附近的玫瑰山城办事'。可是究竟有什么事,非要四名修道士一同去办不可呢?修道院的食物明明可以自给自足,买盐更用不着四个人。那么是置办衣物吗?也不对,那四个人再也没有回来过,但我在贮藏室里却找到了不少备用衣物。既然如此,当时就更没有任何添置的必要。要知道,从修道院到玫瑰山城得走上大半天。没有人会愿意跑上这么一趟,除非,是为了一个**足够迷人的**理由。"

"难道说……"

"是的。戈德阿努对此语焉不详,也许他确实不知道,也许他猜到了,只是不好直接说出来。在你的曾祖母,安妮夫人的命令之下,渡林镇一直没有公开经营的妓院,但玫瑰山城却是有的。如果那就是四名修道士的目的地,我不会感到惊讶。当然,他们和山洞里的三个人不是同一批人,但这些修道士恐怕都还没有克服世俗的欲望。随着僵尸的出现,玫瑰山城的妓院也停摆了,这些修道士就跟那时候的布图他们一样失去了发泄的途径。偏偏就在这个时候,一位年轻的修女却来到了修道院。"

"请等一下，医生，"安赫尔说，"那已经是很早以前的事了吧。那些修道士——这么说真让我恶心——能按捺那么久？"

"他们只是没有得到机会而已。戈德阿努大概很早就察觉到了苗头，所以他一直守护着雅妲修女。但一旦戈德阿努去了渡林镇，修道院里只剩下残废的布图的时候，机会便出现了。当时戈德阿努急着想离开安妮庄园，其实不是怕雅妲修女担心，而是他在担心雅妲修女吧。"

和布图一样，戈德阿努也真心悔过了。他在安妮庄园所说的都是真话。雅妲修女似乎拥有一种感化人的魔力。山洞里的几人其实并未死去太久，如果戈德阿努没有死于尼克的剑下，而是按计划返回修道院的话，他是否有机会阻止这一切？我不愿意去想这个问题。

"总之，这些全部都只是我的推测，"我再次提醒，"刚才的话请不要让塞扎尔和塞茜丽娅知道。"

"我不会告诉塞茜的，"安赫尔说，"但她的哥哥，也经历了这么多事，应该足够成熟了吧。我觉得您可以给予他更多信任。"

"不是这么回事。是他们的母亲……嗯，我不希望在他们面前提到玫瑰山城的妓院。"

"啊……我明白了。"

安赫尔望向窗外，半山腰间正浮出一片厚厚的云海，而我们所在的山顶上却是晴空万里。对面的山峰早已不再冒烟，仿佛那里什么事也没有发生过。

"拉斯洛他们正在做几口棺材,我们打算把所有人埋葬在后院,"我说,"如果你想跟布图告别,待会儿我来背你下楼吧。"

"谢谢您,医生。索林也在那里吗?"

"是的。"

"您觉得这是个好主意吗?索林可能是杀害雅妲修女的凶手。"

"我不在乎。我们就剩下六个人了,必须停止互相猜疑。它们没有半点意义——你知道吗?尼克和我以前还曾经怀疑过你。"

"我?"

我把当时关于尤里乌一案的讨论原原本本地告诉了他。

"父亲……是被德拉甘杀死的?"安赫尔愕然道,"他没有变成僵尸?"

"不,就此打住吧。你父亲已经不在了,德拉甘队长已经不在了,伊琳卡夫人也已经不在了。我们因为执着于这些所谓的真相已经付出了太多的代价,该是时候往前走了。"

在修道院的工坊里,拉斯洛和塞扎尔正在把砍来的树干锯成木板,索林则负责钉钉子。对我们这些外行人来说,要做一口棺材并不容易,更不用说五口了。

"该死的,"索林气呼呼地说,"我竟想念起帕杜里来了。"

五口棺材被埋到后院的一角,与早年的各位修道士和修女为邻。这里还留有挺宽敞的空间,目测足以埋下另外六口棺材。只有雅妲修女和布图的墓碑上刻了名字,那也是没办法的事情。

安赫尔想把布图的长剑立在他的墓穴之上,但我不同意。这柄剑应该还有更好的用武之地。

这场算不上是葬礼的葬礼过后,我第一次把来自渡林镇的六个人召集到了一起。

"你们想要复仇吗?"

我逐一环视他们的脸。从安赫尔,"为了你的父亲?"到索林,"为了斯布兰先生?"然后到塞扎尔和塞茜丽娅,"为了克丽丝?"再到拉斯洛,"为了你的同伴们?"

"呃……"半晌,索林才慢吞吞地说道,"我从没想过有一天我会代表所有人说话,但是该怎么做呢?"

"以眼还眼,以牙还牙。我们要把僵尸变成人类。"

"您是指治好他们吗?"塞扎尔皱眉道。

"不完全是。我有一个想法,我不确定是否可行,但值得一试。我大概需要很多僵尸来进行实验,假如实验失败了,他们就会死。就算成功了,也无法保证能让所有僵尸恢复成人类,所以很难称得上是治疗。"

拉斯洛看起来就像是在怀疑自己是不是听错了什么。"您说您需要很多僵尸……"

"对,我们要去抓来僵尸。尼克可以做到的事,我们同样可以做到。人类躲避僵尸已经太久了,是时候主动出击了。"

"听起来很有趣,好吧,我加入了。"索林跃跃欲试地说。

"医生,"安赫尔则远没有那么热切,"能请您解释一下您的想法，以及具体的计划是什么吗？"

"我从你的身上受到了启发，安赫尔。你是第一个被僵尸咬了，却没有变成僵尸的人类。对不起，我没能保住你的双腿，我真的很抱歉……"

"您不必向我道歉，医生。我知道您已经尽力了。"

"我不得不切掉它们，因为长途跋涉导致了伤口感染和肌肉坏死。如果我们那时候不需要离开安妮庄园，结果大概就会不一样了……"

"我真的希望您不要再谈论我的腿了，"安赫尔陡然提高了音量，"您切掉了它们，没问题，真的。我们现在可以说僵尸的事了吗？"

塞茜丽娅担忧地看着安赫尔，他显然并不像他声称的那样没问题。

"好吧，"我说，"你之所以没有变成僵尸，是因为那些蚂蟥把被污染的血从你的体内吸走了。那么，如果我们可以把一个僵尸体内的血抽掉，他或许也会重新变回人类了。"

"这听起来就像是过去的放血疗法啊。"塞扎尔评论道。他对医学的发展历史掌握得不错。

"确实如此，"我承认道，"不过，放血疗法也不见得就是完全错误的。只是以前的医生们过于滥用了，有时候甚至会抽掉病人体内超过一半的血液，所以才引致了许多不必要的死亡。"

"这正是我想说的，医生。我同意您对哈瓦蒂先生情况的判断，但那是因为他刚刚被咬到，被污染的血集中在小腿的伤口附近，还没来得及流遍全身，恰好蚂蟥又是从他的腿上开始吸血——噢，对不起，哈瓦蒂先生……"

"不用介意，你继续说下去，"安赫尔面无表情地说，"还有，以后叫我安赫尔就可以了。"

"好，好的。但是已经变成了僵尸的人完全不一样啊，他们全身的血液都被污染了，难道要全部抽光吗？"

"是的，全部抽光。"

"那这个僵尸不就死了吗？"

"所以，我们不仅要抽掉僵尸体内的污血，还要给他补充干净的血。"

"干净的血……从哪里来？"

"从我们的身上来。我们先收集一部分自己的血液，然后把这些血灌进僵尸的血管。"

"我从来没听说过这样的事情——真的有可能做得到吗？"

"我也没有听说过，我大概是第一个这么做的人吧。至于能不能做到，不试试看又怎么知道呢？"

呼，我们终于讲到这里了。

第一次抓捕僵尸的行动比想象中顺利。根据（非常勉强地）负责侦察的拉斯洛回报，现时玫瑰山城还停留着大量僵尸。附近一带早已没有了人类的行踪，时常有些落单的僵尸漫无目的地在城外徘徊。那就是我们的目标。

除了安赫尔和塞茜丽娅以外，另外四个人都参与了行动。从过往的战斗表现来看，索林的弹弓无疑是最值得信赖的；但弹弓发射的石头却未必足够敲晕一个僵尸，而且容易造成不必要的伤口，因此我把布图的长剑也带在了身边。不出鞘的时候，它可以当作一根结实的棍棒使用。

玫瑰山城周围的众多山丘为埋伏提供了理想的据点。被选为猎物的是一个身材矮小的中年男性僵尸，让我想起了面包房的鲁阿特。

战斗还没开始便已经结束了。索林的石头准确地命中了僵尸的后颈，他应声扑倒；塞扎尔随即冲出，迅速地将一只在曼陀罗花汁液里反复浸泡过的麻袋套到了僵尸的头上，顷刻他便不再动弹；拉斯洛战战兢兢地走上前去，背起失去知觉的僵尸回到了修道院。

病房设置在地下的山洞——不，在这个时期，那里与其说是病房，更应该说是实验室才对。我把僵尸脸朝下地绑在一张床上，嘴巴周围用一根结实的布条层层缠住。我没有让他服药——或进食——的打算，尽量降低发生意外的可能性才是最重要的。

一切就绪以后，我把除塞扎尔以外的其他人全都赶到了山洞外面，并让塞茜丽娅在外侧把门闩上，只有在听到明确要求的时候才能打开。她颇不情愿地照做了。这样一来，即使真的发生了什么意外，外面的人也不会受到波及。

"让我们开始吧，"我对塞扎尔说，"先放掉一瓶血。"

"是，医生。"

塞扎尔用柳叶刀在僵尸后颈的血管上划开一个小口子,小心翼翼地让流出来的血滴入一个玻璃瓶。这些具有传染性的污血当然不能流得到处都是,于是修道士们曾经用来装啤酒的瓶子派上了用场。

我拿来另一个干净的瓶子,挽起衣袖,割开手臂上的血管。

"医生!"塞扎尔见状惊道,"应该用我的血……"

"不,我来,这是我的主意。"

"可是……"

"集中精神,塞扎尔。任何微小的疏忽都可能是致命的。"

玻璃瓶装到差不多一半的时候,我感觉有些头晕,于是便停了下来。塞扎尔那边也刚好装满了一瓶血,这相当于僵尸体内全部血液的四分之一左右。塞扎尔伸手去测量他的脉搏。

"脉搏变弱了,但心率仍然很快。"

我点点头。这是正常的反应。

"准备注入血液。"

"明白。"

我没有一下子把僵尸的血抽干,否则他直接就死了。对于第一次实验,我采取了相对保守的做法:抽掉僵尸体内约四分之一的污血,然后注入普通人类的血液。这时大概会出现以下两种情形之一:一是被污染的血液得到了**稀释**,从而应该可以观察到症状的减轻;二是新注入的血液也一并遭到污染,那样的话就只能再想别的办法。我们当然希望是前者。

塞扎尔将一根很细的树枝插进僵尸颈后的血管——树枝虽然很细，但它是空心的——然后一滴一滴将我的血滴进僵尸的体内。如果多内先生还在的话，便可以请他用银来打造几根这样的管子，不过树枝也可以凑合用。

大约半小时后，僵尸出现了一些意料之外的变化：他的身体开始发抖，体温迅速飙升，心率甚至变得比之前更高。

"我应该继续吗？"塞扎尔问。

"继续。"

我说。看起来失败已经无法避免，但这只是一个实验而已。

数分钟后僵尸停止了呼吸。我们把他的尸体抬出山洞，从食堂的窗户扔下了悬崖。

"感觉僵尸像是在抗拒您的血。"塞扎尔说。但在随后的第二次实验中，他自己的血也并未受到僵尸的欢迎。

我不禁有些沮丧。"用我的血吧，"安赫尔建议道，"我曾经被僵尸咬过，也许我的血是不一样的。"

我同意了。第三次的实验取得了重要突破。僵尸在注入安赫尔的血液后，安然无恙地活到了第二天。也许不一样的不是安赫尔的血，而是这个僵尸，我想。于是我又试着给她注入一些我的血，结果她很快就死掉了。

但其实我的想法并非完全错误。经过更多实验以后，我得出结论，<u>人类的血液能否注入僵尸身上，同时取决于该特定的人类及特定的僵尸。</u>另外，这与安赫尔曾经被僵尸咬伤的事实无关。

就我们六个人而言，在排除少量意外状况后，大致可以整理得出如下事实：

——所有僵尸都可以接受安赫尔或拉斯洛的血。

——只有部分僵尸可以接受索林的血。

——只有部分僵尸可以接受塞扎尔或塞茜丽娅的血。假如某个僵尸可以接受塞扎尔的血，他一定也可以接受塞茜丽娅的血，反之亦然。

——不确定是否存在某些僵尸，他们既不能接受索林的血，也不能接受塞扎尔（或塞茜丽娅）的血。（此项实验不可能进行）

——只有很小一部分僵尸可以接受我（艾德华）的血。假如某个僵尸可以接受我的血，他们一定也可以接受索林、塞扎尔或塞茜丽娅的血。

我早已数不清了，悬崖底下究竟堆积着多少僵尸的尸体。但那实在并非我的本意。我的计划是通过不断注入人类的血液，以稀释僵尸体内的污血，这注定是一个漫长的过程，可是几乎没有一个僵尸能坚持那么久。他们有的因为一次性失血过多而死亡，有的则完全不肯进食，更有几个差点儿便咬上了我或塞扎尔。但若把缠着嘴巴的布条绑得太紧，又会导致他们窒息而死。

最令人鼓舞的进展来自一位老太太。她没有表现出任何攻击性，也乖乖地喝下了塞茜丽娅拿来的粥。我每隔一周从她身上抽取半瓶血（约相当于血液总量的八分之一；经过数次调整，我相信这是相对安全的量），然后注入等量拉斯洛或索林的血。三个月后，她的心率已经出现了明显的下降趋势，其他表面症状也有了不同程度的减轻。

可惜的是，老太太不久后便死掉了，是自然死亡。但她的案例让我坚定地相信，我们前进的方向是正确的。假如我的计算没有错误的话，老太太体内僵尸血的浓度已经降到了原来的一半。这足以证明，令人类变成僵尸的罪魁祸首就藏在血液中。

从僵尸身上抽出来的血液通常会小心地倒掉，但我保留了几瓶作为研究用途（当然必须严加保管）。如果有朝一日，学者们发明了某种工具，可以让人看见连在放大镜下都看不见的东西，我想，或许就有机会窥探其中的秘密。

季节就在抓捕僵尸和抛弃尸体的循环间反复交替。显而易见，在修道院的六个人中，我的血是最没有用处的。另一方面，其他五人，就连安赫尔都付出了大量的血液，这使得他们的健康状况不甚理想。因此，抓捕僵尸的任务基本上只能由我一个人来完成。

如果你打算去抓一个僵尸，首先你肯定会选择避开冬天。除了寒冷的天气不利于行动以外，积雪还会让你留下脚印而暴露行踪。而当每年春暖花开之后，在野外徘徊的僵尸似乎就又少了一些。

我不得不到更接近玫瑰山城的地方去寻找猎物。终于有一天，我可能走得太近了。

坐落在山谷内的玫瑰山城四周被一圈崇山峻岭所包围。过去，蒙特家族正是依靠这些天然屏障无数次击退了来犯之敌。我爬到其中一座山的半山腰处，这里有一块向外突出的岩石，可以清楚地望见玫瑰山城的城门和高耸的城墙。我立刻注意到城墙上站着一个僵尸，虽然从这个距离看只是一个模糊的人影。即使索林就在这里，那也远在弹弓的射程之外，所以他不是我的目标。于是我不再理会，只是静静等待着，希望可以碰上一个独自行动的僵尸走到城外来。

城墙上的僵尸却开始躁动起来。只见他沿着城墙跑了几步，之后又折回了原来的地方。正当我感觉有些不对劲的时候，那僵尸突然振声高呼——并不像棕熊的咆哮或狼的嗥叫，而是有着清楚分明的音节。我立刻意识到，他是在**说话**，用一种我听不懂的语言。但从随后发生的事实来看，他喊话的内容不难猜测——

那里！那里有人类！

随着这一声令下，十几个僵尸从城门里冲了出来。好几个僵尸手持长短不一的武器。我的身份转眼间从猎人变成了猎物——毫无疑问，他们正朝着这座山的方向奔来。现在撤退已经来不及了，在下山之前就会陷入重重包围。和修道院一带的山峰不同，这是一座孤峰，并没有其他退路。

唯一能让我远离正在迫近的僵尸的方向，就是**上面**。

我开始向上攀登。山势险峻陡峭，我早已不再年轻，但也不像当年在梭机村的磨坊上那样只会瑟瑟发抖。我还有尚未完成的事，我告诉脑海中出现的莉莉，不能在这里倒下。她露出了温柔的微笑，注视着我思考的样子。

再高的山都会有尽头，在那之前必须想出办法来。僵尸的智力可能又恢复了一些，所以他们使用语言交流和具备组织合作的能力都不足为奇。在城墙上的僵尸是负责瞭望的，他看见了在山上的我，这是我大意了。问题在于，为什么他会知道我是人类？

僵尸的视力不会比人类更好。从我的位置看过去，他只是一个模糊的人影。反过来应该也是一样的。也就是说，他不可能看清楚我的样子，而是通过别的什么东西，判断我是人类而不是僵尸——

我下意识地低头看去。别在腰间的是原本属于布图的长剑，剑鞘是引人注目的琥珀色。

或许我在之前抓僵尸的时候被看见了——不，也有可能是他们以前追赶布图时的记忆流传到了现在——总之，僵尸获得了这样的认知：（其中一个）人类一直带着一柄琥珀色的长剑。

如果真的是这样，对这个认知反过来加以利用，恐怕就是我最后的机会。

已经不可能再前进了。前方是一堵几乎完全垂直的峭壁，侧面则是悬崖和万丈深渊。我把长剑从身上解下，放到悬崖旁边的草丛中，露出来足够明显的一段剑鞘。峭壁底下，一大丛红色和粉红色的野玫瑰正妖娆怒放，茂密的枝叶背后或许可以藏得下一个人。

我顾不上枝条上的尖刺，匍匐着钻进了玫瑰花丛。没过多久，山上便传来了僵尸们的脚步声。

"喔——"

一个僵尸叫了起来。被发现了吗？从玫瑰花丛的缝隙间看得不太清楚。脚步声在悬崖边上停下来了,僵尸们正七嘴八舌地议论着什么,可是我听不懂。噌——长剑被拔了出来,僵尸们纷纷发出惊叹的声音。

没错,进入我的圈套吧。琥珀色的长剑掉落在那儿,说明你们追踪的人类从悬崖上跳下去了。把这当成结果,然后赶紧离开吧——

就在这时,一条青蛇爬过了我的手背。

我吃了一惊,忍不住猛一缩手,不料却碰上了一根干枯的树枝,那树枝脆生生地折成两段,发出一声响亮的咔嚓。

僵尸们霎时鸦雀无声。我只看得见他们胸口以下的部分,但毫无疑问,那些缺乏神采的眼睛现在全都转向了这簇玫瑰花丛。

然后他们开始朝这边走来。

一切都结束了——

对不起,莉莉——

我正准备接受我的命运,头上忽然掠过一阵翅膀扑棱的声音。有什么东西飞了出去。如果你问我的话,我希望那是一只老鹰叼走了那条可恶的蛇。

僵尸群中又是一阵喧哗,我看见有一两个僵尸从地上跳起来了。他们似乎一下子就丧失了对玫瑰花丛的兴趣,一边激动地叫嚷着一些奇怪的词语,一边竟然下山去了。

无论它的喙里有没有衔着青蛇,那只鸟救了我是毋庸置疑的。僵尸毕竟还是僵尸,他们以为是它弄断了树枝,只要他们听见的声音有了来源,便不会再去怀疑其他事情。

不过我并不是僵尸。

是的,那只鸟救了我。然而,它是怎么来的?

巧合——当然了,你永远无法排除巧合的可能性。正如在千树森林的时候,让我们发现了奄奄一息的安赫尔的那下水声,可能也只是一只路过的棕熊,巧合地拍了一下池塘的水面罢了。

但也有可能,**有人**发现了即将被淹死的安赫尔,于是把他拉到了岸边,然后往水里扔了一块石头来引起我们的注意。

这个人,或许从千树森林开始就在一路跟着我们。

僵尸的脚步声彻底远去以后,又过了许久,我才慢慢从玫瑰花丛里爬出来。抬头望去,峭壁上有一些小岩洞,挤一挤的话或许也能钻进一个人——

"尼克,是你吗?"

我低声喊道。没有任何回应。

"**尼克!**"

我知道,就算是尼克救了安赫尔,就算尼克一直在暗处跟随着我们,他也预计不了今天我会爬上这座山。就算他碰巧看到了我陷入危机,他也不能凭空变出一只鸟来。这些我都知道。可要是尼克的话,总会有什么办法的吧?

"快出来,你这胆小鬼!"

只有那一丛野玫瑰依然恬静地盛放着,就像不明白有什么值得大喊大叫的。

我悻悻地走下山去。就是在那儿我遇上了欧蔼娜。少女看到我似乎有些惊讶,但她没有逃跑也没有尖叫,更没有不顾一切地朝我扑来。

周围没有其他人在。我忽然想起我还带着那只浸泡过曼陀罗花汁液的麻袋,于是我把它拿出来,套到了她的头上。

女士们,先生们,来认识一下欧蔼娜吧。在我看来,她是世界上第一个变回人类的僵尸。

世代

自从他们出现以来,僵尸就在不断进化——嗯,进化可能不是最合适的词;新一代的僵尸并没有变得更好或更坏,也没有变得更危险或更容易对付,他们只是单纯地不一样了。

话说回来,进化也并非只发生在僵尸身上。人类自诞生以来同样已经改变了很多。生活在伊甸园的亚当和夏娃显然不会像我一样被一条青蛇吓到。直到该隐和亚伯的诞生,第二代的人类才拥有了嫉妒的情感和杀戮的动机;直到以挪士的诞生,第三代的人类才懂得了如何祈祷。即使抛开这些远古的历史,新的世代也总会朝着意想不到的方向进化。在我和莉莉年轻的时候,我们可完全没有听说过模特儿这种事情。

有点儿扯远了。欧蔼娜,以及差一点儿就把我赶上绝路的那群僵尸,他们多半属于第三代僵尸。我不知道这在你的时代还有多少参考价值,但在我当时的记录里,我是这么归纳各世代僵尸的特点的:

——第一代:对人类有极强的攻击性,只要察觉到人类的存在就会一直穷追不舍。通常不会直接杀死人类,而是通过啃咬把人类变成僵尸。即使自身面临危险或遭到人类的反击,也不会畏惧退缩。不能通过语言交流,不能使用工具,甚至无法拉开一扇门。

——第二代：可以认出人类并且会主动攻击人类。可能也会咬人（缺乏明确证据），但不排斥直接杀死人类。当自身处于不利局面时会主动撤退。可以拉开门，可以使用简单的工具（如钥匙），但无法理解较复杂的装置（如带辘轳的水井）。对语言的掌握和使用情况不明。

　　——第三代：<u>不能直接认出人类。</u>拥有领地意识，不会在领地外主动攻击人类。另一方面，若在领地内发现人类入侵，则由复数的僵尸共同发动攻击，从而保证僵尸始终处于绝对优势。可以通过语言交流，拥有记忆以及一定程度的逻辑分析能力，可以进行有组织的分工合作。

　　欧蔼娜就没有认出来我是人类。后来，我甚至堂而皇之地走进了玫瑰山城，不过这是后话。从合理性上考虑，因为幸存的人类已经非常少，这一代的僵尸可能根本没有机会见到人类，所以他们无法分辨人类也一点儿都不奇怪。

　　大概正是因为她对人类并不存有天然的敌意，欧蔼娜在治疗的过程中表现得十分配合。给她换过三次血后，塞扎尔建议我们不必再用布条绑着她的嘴巴，我同意了。于是欧蔼娜便像个小鸟那样叽叽喳喳地开始说起话来。

　　对于人类的智力水平，只要有充足的时间，僵尸的语言并不难理解。不久后我们便弄懂了像"痛""饿了""水"之类的单字。塞扎尔也试着和她说话，但欧蔼娜大多数时候都是一脸茫然。

　　塞扎尔指着自己说："塞扎尔、塞扎尔、塞扎尔。"当欧蔼娜朝他看过去以后,他又指着我说:"布莱亚兹医生,布莱亚兹医生,布莱亚兹医生。"

欧蔼娜嘟哝了一句什么。我不确定僵尸语的词汇表里面有没有类似"笨蛋"这个词。

塞扎尔没有气馁,之后他每天都会重复无数遍一模一样的事情。那实在是太尴尬了,以至于后来我会一连好几天地躲在外面。直到中庭里的白蜡树变成金黄色的一天,我刚刚踏进山洞,塞扎尔就露出一抹坏笑,像在王都剧场里正式演出前登台的戏法小丑那样对我鞠了个躬。

然后他像往常一样指着自己,但这次他一言不发,只是向被绑在床上的僵尸少女投去了一个鼓励的眼神。

"塞……扎儿……"

看得出来她很努力地想要说得好一点,不过发音仍然显得困难。但塞扎尔很满意地冲她点了点头。

"精彩极了。是的,那是我的名字。你的呢?"

塞扎尔说着,伸手指向了女孩。

"欧蔼娜。"她立刻清楚地回答。

我目瞪口呆。"那是什么?"

"她的名字,"塞扎尔不无得意地说,然后像确认般地问道,"欧蔼娜?"

欧蔼娜也点了点头。

"是你给她起的名字吗?"我问。

"不,她本来就有名字。"

"但那听起来就像是人类的名字。"

"您知道,她本来就是人类啊,医生。"

我就是这样知道了欧蔼娜的名字。从那时起(对于塞扎尔来说大概还要更早一些),我无法再把她视作可以随便从食堂的窗户抛下悬崖的实验品,而是一位必须竭尽全力去救治的病人。事实上,这也是我第一次感到信心十足,我可以治好一个僵尸。

但我们现在得把欧蔼娜的故事暂时放一放了。因为就在不久之后,发生了一场意外,这场意外将会彻底扭转每个人的命运。

拉斯洛死了。同样是一个秋天的早晨,同样是在一堆火红的落叶里,同样是塞扎尔发现了他。不同之处在于,那些是槭树的叶子;以及这次当塞扎尔找到他的时候,拉斯洛已经彻底没有了呼吸。

坦白说,若是回到迷雾桥倒塌的那天晚上,我绝对不会相信拉斯洛会是渡林镇最后幸存的几个人之一。每个人都知道,像这种畏首畏尾的半吊子,基本上都是最早牺牲的炮灰。但拉斯洛偏偏以他的方式活到了现在。他从来都不是英雄,他既胆小又靠不住,因为他真的就是一个最平凡的人类而已。

拉斯洛是摔死的。他从一处其实并不算太高的山崖上失足跌落,只是不巧折断了脖子,就此一命呜呼。再往前面走一些的地方有一条山涧,因此我推测他也许是想趁着山涧冰封之前去捉几条鱼回来,然而死神却在途中另有计划。倘若你足够多疑,必须探究拉斯洛是被人推落的可能性的话,我可以向你保证那是不存在的。理由很简单,假如有人想要谋杀他,就一定会选择一处更有把握能够造成死亡的地点。

如果有任何人应该为拉斯洛之死负责,这个人只能是我。拉斯洛为了配合我提出的换血疗法而损失了大量血液,这导致了他的脚步不稳而坠落山崖。我不能回避这一点。

"当我们在千树森林和渡林镇遭遇大群僵尸的时候,如果不是有拉斯洛带路,我们现在都不会站在这里。"

拉斯洛被埋葬在布图的墓穴旁边。我代表众人在墓前说了一段简短的悼词。即使在这个时刻,恐怕也没有多少人真正意识到,失去了这个最平凡的拉斯洛,对人类来说意味着什么。

几天后,我和塞扎尔在山洞里吵了一架。起因是他拐弯抹角地对我说:

"您知道吗,医生,塞茜从今年起就已经是成年人了。"

"她就跟我的亲生女儿一样,该死的,"我忍不住骂道,"光是谈论这种事就足够恶心的了。"

"哎呀,"塞扎尔挠了挠头发,"我的意图真的有那么明显吗?"

"就跟你是个糟糕透顶的哥哥一样明显。"

"也许我不是一个合格的哥哥,"塞扎尔却反而挺起了胸膛,"但人类的存亡更加重要。"

"那不是你,塞扎尔,那是斯布兰先生在说话。"

"斯布兰先生也是我的老师,他给了我连做梦都不敢想的学习机会,我非常尊敬他。塞茜也一样。我已经跟她商量过了,为了继承斯布兰先生的遗志和拯救人类的未来,她愿意怀孕生子。"

"我不能代表塞茜丽娅说话,"我轻轻叹了口气,"如果她真的愿意这么做,我也没有资格阻拦——毕竟,我不是她真正的父亲。但我不会参与其中。那是我能想象的最可怕的主意。"

"比塞茜一个人徘徊在我们的坟墓之间还可怕吗?"

"真见鬼,克丽丝到底都跟你说了些什么?"

"当时您应该答应奥约格小姐的,"塞扎尔故意挑衅道,"那样的话,她可能还和我们在一起。"

"所以你这是在怪我了?"

"难道您从来都没有责怪过自己吗?"

我有,确实如此,不过是因为一个完全不同的理由。

"求您了,医生,就当是看在奥约格小姐的分上,"塞扎尔自以为戳到了我的痛处,"我们已经走了这么远,请不要让她的恐惧变成现实。"

"够了!"我厌烦地说,"如果你真的觉得这件事那么重要,甚至不惜去打扰克丽丝好不容易才获得的安宁,那你之前为什么不去问拉斯洛呢?"

"我知道,我犯了个严重的错误,"塞扎尔显得十分懊恼,"我应该更早去找拉斯洛的,但我以为还有足够的时间……请相信我,医生,如果还有其他选择的话,我绝不会让您陷入难堪的境地。可是我和塞茜是亲兄妹,而安赫尔的情况您也很清楚,他根本做不到。所以我才不得不硬着头皮来问您……唉,我简直不能相信拉斯洛已经不在了……要是您坚持不答应,我就只能去找索林了。"

"天哪,你会被揍惨的吧。"

"很可能,"塞扎尔倔强地说,"然而这件事就是如此重要。如果人类无法像僵尸那样保持繁衍,我们根本毫无希望。"

"问题在于人类并不是僵尸。人类不仅拥有丰富的感情,而且也会受到这些感情的驱使而行动。只是为了繁衍后代,却无视人类的本性注定不会有好下场。看看斯布兰先生的结局吧,那样的教训难道还不够深刻吗?"

"我不喜欢指出这一点,医生,但斯布兰先生并不需要为他的被害负上任何责任。"

"当然。然而,尽管斯布兰先生的自我牺牲极为高尚,人类的处境却并没有因此变得更好一些。正如我们所看到的那样,强行扭曲人性只会带来悲剧。"

我的弟子紧紧地皱起了眉头。

"那**您的**计划是什么呢,医生?是您告诉我要主动出击,把僵尸重新变回人类的,可是在那之后又怎么样呢?如果不能持续增加人类的数量,我们现在所做的一切又有什么意义?"

"嗯……我没有计划。"

"什么?"

309

"我欠你们一句道歉——当我鼓动你们去向僵尸复仇时,我完全没有考虑过后面的事。我只是看到了换血疗法的可能性,然后就迫不及待地去进行实验。我没有任何计划,直到欧蔼娜来到了这里。"

"欧蔼娜?"

塞扎尔望向坐在病床上的女孩,她也一直都在安静地看着我们——当然,她目前还无法理解我们交谈的内容。也许是因为听到了自己的名字,欧蔼娜连续眨了几下眼睛。

"你喜欢欧蔼娜吧,塞扎尔?"

"什——她是我喜欢的病人,如果我有资格这样说的话。"

"你知道我的意思的。我们能治好她,我觉得你们相处得不错,而且欧蔼娜也足够年轻。你们完全有可能成为新的亚当和夏娃。"

塞扎尔沉默地垂下了头。不知道是不是我的错觉,欧蔼娜的脸上似乎浮现出担忧的表情。

"您真的是这么想的吗,医生?"他阴郁地回应道,"还是说,您只是为了保护自己的**道德感**,才故意这么说的?"

"你这是什么意思?"

"您应该比我更清楚才对——治好她,怎么样才算是治好她?即使欧蔼娜的症状完全消失了,她也不可以跟人类结合。换血疗法无法保证彻底消除她的传染性,那样风险太大了。"

塞扎尔说得有道理,我知道。换血疗法只是不断稀释欧蔼娜体内的僵尸血,然而即使稀释到一千分之一或者一百万分之一,最终仍然会有极少量的残留。考虑到一个针刺的伤口都会把人变成僵尸，谁也无法保证这种低浓度的僵尸血不再具有传染性。

"我不否认风险确实存在，"我解释道，"但它可以被检测出来。"

"检测？"

"当欧蔼娜的所有症状都消失了以后，让她咬我一口。如果我没变成僵尸，那就可以证明她已经没有传染性了。"

"您只是在开玩笑，对吗？"

"不，我是认真的，"我摇摇头，"我老了，已经没有更多东西可以教给你了。我的血也没有多少价值，由我来做实验品是最合理的——万一我被感染了，你就马上杀掉我，然后继续稀释欧蔼娜的血。"

塞扎尔看起来就像是已经被索林揍了一顿似的。

"那然后又怎么样呢，啊？！"他大吼一声，"让塞茜他们一个接一个地来当实验品吗？！噢，反正那时候您也不在乎了吧，您只是给自己挑选了一个最轻松的方式。我可不这样认为，医生，那太狡猾了。"

"你说那是轻松的方式？！"我深深地受到了冒犯，忍不住也提高了音量。

"噢，是的！没有什么是比死亡更轻松的了。"

"如果你真的这么想的话，请便，你来接手好了！我并不想随随便便感染死掉，但总要有人来做，否则换血疗法的效果就无法得到最终的证明。"

"我以为换血疗法的目标是要挽救人类的未来!为了证明它是有效的,您却打算拿人类的生命冒险,那不是太荒谬了吗?"

"否则你会怎么做?难道你不希望治好欧蔼娜吗?"

"当然我们会治好她,但没有人应该因此而牺牲。我们坚持换血疗法,直到僵尸的症状从欧蔼娜的身上消失,**到此为止**。或许她的传染性也会同时消除,或许不会,我不在乎,也没有必要再去验证。在我看来,只要僵尸的症状消失,她就已经恢复成人类。假如我们能治好欧蔼娜,我们也能治好更多僵尸。这些痊愈的僵尸互相结合繁衍,人类就能存续下去,传染性的问题也就不复存在了。"

我想不妨提前透露一点:不,<u>僵尸的传染性并不会随同其他症状一起消失。</u>也就是说,倘若依照我的想法,真的让欧蔼娜咬我一口的话,我现在就无法在这里写下这些文字。

所以,你怎么看?你认为塞扎尔提出的是一个可行的方案吗?

我在一把椅子上坐了下来。或者我的年纪已经不适合长时间站立;或者因为刚才的情绪过于激动而有些头晕目眩;又或者,我也非常想要信任我的弟子,希望他是对的,我只要把责任交给他就好了。

"布里(莱)亚斯(兹)……医绅(生)。"

欧蔼娜在努力地说出我的名字,她可能是想提醒塞扎尔我看起来不太好。但塞扎尔无视了她。

"您当然能理解,医生,那将会是一个漫长的过程,说不定需要几代人才能完成。但我们永远不知道什么时候意外又会降临。所以在还有机会的时候,我们必须尽可能增加人类的数量。除了您以外，没有其他人能够做到这一点了。"

欧蔼娜依然一脸天真无邪地看着我们。我感到喉咙深处泛起了一阵苦涩。

"那真的是你想要的吗，塞扎尔？像斯布兰先生那样压抑自己的感情？"

"我不必那样做，医生，您也不必。您看，我们早就把它连同那些尸体一起扔到悬崖底下去了。请面对事实吧，布莱亚兹太太已经不在人世，塞茜也从来都不是您的女儿。不管您感到多不舒服，都一定比不上斯布兰先生曾经受过的痛苦。"

那或许是真的，但我将永远不会回想之后的一些事情。当修道院附近的群山被皑皑白雪覆盖的时候，塞茜丽娅怀孕了。

安赫尔已经很久没有离开过他的房间。我们只给欧蔼娜注入过安赫尔和拉斯洛的血，并不知道她是否可以接受其他人的血，而事到如今当然不能再随便冒险尝试。拉斯洛死后，我把换血的间隔延长到一个月一次，但安赫尔仍然日复一日地憔悴下去。

塞茜丽娅呕吐得很厉害，她无法像以往那样照顾安赫尔。这使他的健康情况雪上加霜。到了本该给欧蔼娜换血的日子，我带着一个玻璃瓶来到安赫尔的房间，但他的模样让我不得不取消这个疗程。

"我没问题的，医生，"安赫尔坐在床上挽起袖子，"来吧。"

"今天就算了吧，"我摇摇头，"索林早上打来了两只松鼠，迟些会给你送来肉汤，你要多喝一点。"

安赫尔瘦骨嶙峋的脸上浮现出一抹嘲弄的笑容。那完全就是一张中年人的刻薄面孔,曾经英姿飒爽的金发少年已经消失得无影无踪。

"松鼠?说真的,医生,松鼠?那根本就不是食物。"

我一边暗骂自己干吗要提到松鼠,一边说:"我知道那不能跟安妮庄园的食物相提并论,但它会让你好起来的。抽血的事我们过两周再说。"

"没有那个必要,"安赫尔把袖子拉到肩膀上,露出枯枝一般的手臂,"现在就来吧,要多少就抽多少。"

"不用着急,你先好好休息几天吧。"

"休息?!你该不会以为我每天都很忙吧?"

"放松一点,安赫尔,你很快就会好起来的……"

"为什么?!为什么我要好起来?!因为活着只有这一点儿用处吗?为什么你要救我?为什么不让我死在千树森林?为什么?"

我无言以对。安赫尔的连串质问犹如一颗颗钉子打在我的心上。我一直把救死扶伤当作我的天职,但在这个世界里,这样做还是正确的吗?我应该无视病人的痛苦,让人类得以苟延残喘下去吗?

安赫尔在一顿发泄过后也慢慢冷静了下来。

"对不起,医生……"

"没事的,别往心里去。"

"我会把松鼠吃完。"

"好极了。"

我迈着无比沉重的步伐走回山洞,在狭长的甬道里差点儿摔倒两次。塞扎尔迎上来,我正准备告诉他取消这天的换血治疗,但塞扎尔率先开口道:

"我刚刚给欧蔼娜换完血,一切顺利。她正在休息。"

"等等,"我诧异道,"你说换完了是什么意思?"

"啊?"这下轮到塞扎尔露出大惑不解的神情,"就是像平时那样先放血,然后……"

"不不不,"我打断了他,"你哪儿来的血换进去?用的是谁的血?"

"当然是安赫尔的血啊。您让索林拿来的。"

塞扎尔说着举起一个瓶子。瓶子现在已经空了,内壁还挂着丝丝鲜血。

"我没有让索林拿来任何东西。安赫尔今天的身体状况根本不适合抽血。"

塞扎尔的表情由困惑变成惊恐,然后他转过身去看着一个人。我这时才注意到索林居然也在山洞里。

"噢……"索林若无其事地说,"有那么一点可能,那个瓶子里面装的是**我的血**。"

"你在干什么?!"塞扎尔的咆哮声把山洞顶上震下来一小撮沙子,"你想要杀了欧蔼娜吗?"

"一切顺利,你自己刚才说的。"

"你不知道会这样!你很可能会害死她!"

"别激动嘛，"索林毫无悔意地说，"就算是那样，到时候给你再找一个女朋友就是了。"

"你！"

塞扎尔气得青筋暴突，我连忙拉住了他。远处的欧蔼娜睁大眼睛，警惕地看着这戏剧性的一幕。

"算啦，就结果来说是很好的，"我只能试着安慰他，"既然欧蔼娜也能接受索林的血，她就能更快痊愈，安赫尔也能有更长的时间休养。"

"我真不敢相信，真不敢相信。"

塞扎尔连说了两遍，喘着粗气蹲到了一旁。于是我走到索林的身边。

"让我看看你的手臂，索林。"

"为什么我要这么做？"

"拜托了。"

索林从鼻子里哼了一声，把袖子拉到了手肘以上。手臂上是一个血肉模糊的伤口。

我不禁皱眉道："你是用**菜刀**弄的吗？"

"我不擅长割伤自己，不行吗？"

"过来，我先给你包扎一下。"

"让我来吧，医生。"

塞扎尔说着，拿来药品和绷带，之后便一言不发地开始清洗伤口。包扎完毕后，他又一言不发地走开了。

我无奈地摇摇头，取出一柄柳叶刀交给索林。

"下次你要割伤自己的话，还是用这个比较好，"我比画着示范了一下动作，"但记得首先要用水清洗干净，再放到蜡烛的火焰上烧一烧。"

客观地说，多亏了索林的血，欧蔼娜的康复进度大大加快了。喜出望外的塞扎尔几乎立即便忘记了索林的胡作非为。不仅是表面症状减轻乃至消退，欧蔼娜的智力也在逐渐接近正常人类的水平。在塞扎尔孜孜不倦的教导下，这时她已经可以跟我们进行一些基本对话。

另一方面，通过与欧蔼娜的交流，我们也学会了更多僵尸的语言。如果按照塞扎尔的设想，今后还要抓来更多僵尸的话，像以往那样光靠埋伏和突袭恐怕很难成功。既然现在的僵尸不能一眼认出人类，我们就可以伪装成僵尸去接近他们，那时僵尸语无疑将会派上极大的用场。

欧蔼娜并不知道僵尸是由人类变成的。据她所说，所有僵尸都不知道，并且大多数僵尸也只是听说过人类的存在而已。僵尸语中有"人类"这个单词，但没有"男人"或"女人"；当必须明确指示性别的时候，就只能使用"男性人类"和"女性人类"这样的词组。而"男僵尸"和"女僵尸"则是独立的单词，他们俨然已经把这个世界当作了自己的囊中之物。

现在已经不需要对欧蔼娜加以拘束了，她可以在山洞里随意走动。但既然她正在变回人类，这种程度的自由显然是不够的。

"我想看天空。"

她眨着重新焕发出神采的大眼睛，对塞扎尔说道。哪怕再铁石心肠的人都很难拒绝这样的要求。

"现在外面很冷啊，"塞扎尔找了个不甚高明的借口，"还在下着大雪呢。"

"我喜欢雪。"

毫无疑问，让欧蔼娜离开山洞将是一场巨大的冒险。你永远不知道僵尸的本性会不会突然就被太阳或者月亮或者别的什么东西唤醒。万一她在途中发难，即使没有造成人类的伤亡，也很可能导致我们不得不杀掉她。但这一天迟早都会到来。

"带她出去吧，塞扎尔，"我说，"但是看完雪以后，欧蔼娜，你就要回到这里来，可以吗？"

时间只是中午，但天色昏沉得就像傍晚一般。漫天飞舞着晶莹的雪花，整座修道院银装素裹，中庭已经积起了比脚踝还深的积雪。回廊的檐下和白蜡树光秃秃的树枝上垂下长长的冰挂。

欧蔼娜呵出一团白气，红彤彤的脸颊洋溢着光彩，这是人类少女本应有的模样。她朝空中伸出双手，接住了一朵亮晶晶的雪花，把它捧到塞扎尔的面前。

"手，塞扎尔。"

她似乎想把雪花交给塞扎尔，但他最终也没有伸出手来，雪花便在欧蔼娜的指间化掉了。

"这很危险。"塞扎尔窘迫地说。

"危……险……"

欧蔼娜不太明白这个词。一阵山风呼啸掠过,在中庭里卷起一片茫茫的白烟。欧蔼娜不禁打了个寒战。她瑟缩着朝塞扎尔靠过去,却发现塞扎尔同时也退后了几步。

之后塞扎尔花了好几天时间给欧蔼娜说明,人类最初是怎么变成僵尸的,感染是如何轻易发生,后果有多么严重,等等。然而,要求生来就是僵尸的她对此感同身受,未免有些不切实际。无论如何,从此欧蔼娜偶尔会在塞扎尔的陪伴下走出山洞,这当然也是一次巨大的进步。她和每个人都见了面,索林还是那副对谁都爱答不理的样子,安赫尔则久违地露出了笑容。

当中庭里的白蜡树长出新芽的时候,欧蔼娜和我们一起在后院播下了小麦的种子。这是她第一次参与人类的劳动。塞茜丽娅的腹部已经有了明显的隆起,因此她只能作壁上观,欧蔼娜正好弥补了人手不足的问题。

欧蔼娜似乎和塞茜丽娅挺合得来。若不考虑人类和僵尸的差别,她们的年纪原本便差不多,看上去就跟一对姐妹一样。欧蔼娜怯生生地伸出手,摸了摸塞茜丽娅的肚子,立刻又像被烫到一样缩了回去。

"它在动……"

她惊疑不定地说。

"嗯,"塞茜丽娅笑道,"晚上动得更厉害。"

"会痛吗?"

"不,现在不会了。只是偶尔会觉得累。"

"真有趣。"欧蔼娜说。我不确定她是真的觉得有趣,还是只是用词不当。

"有时它会发出声音,你想听一听吗?"

欧蔼娜兴奋地点了点头。于是塞茜丽娅将双手捧在腹部两侧,欧蔼娜侧着脑袋,把耳朵贴了上去。这时,塞茜丽娅的手指就在她的嘴边……

一直捏着一把汗的塞扎尔终于忍无可忍,冲上前去拉开了欧蔼娜。欧蔼娜倒没有怎么不高兴,顺从地被他牵着走到了雅姐修女的墓旁,但他随即便放开了她的手。

"你能去看一看安赫尔吗,塞茜?"塞扎尔对他的妹妹说,"我们都走不开,得有人给他带些食物。"

我那时候想,当塞扎尔不得不向欧蔼娜解释,为什么**他**不能让她跟变得塞茜丽娅一样时,我可绝对不要在那儿。

欧蔼娜爱上了塞扎尔。我很清楚那将注定成为一场悲剧。遗憾的是,我还是低估了它所能造成的破坏力。

我无意去找借口。但确实就是从那时起,塞茜丽娅的精神状态开始变得相当不稳定,这多少使我无暇再去关注其他事情。当然,这在怀孕的女士中并非罕见的情形。通常来说,我会建议她们的丈夫更多地陪伴在妻子的身边。所以你应该可以理解,为什么当它发生在塞茜丽娅身上时，我会感到格外棘手。

如果能选择的话，我希望可以离塞茜丽娅越远越好。我知道，我永远无法摆脱那种黏糊糊的罪恶感；它已经化作了一条滑溜溜的蛇，我抓不住它，但只要我一息尚存，它就会缠绕在我的脖子上。而每次当塞茜丽娅出现在我的视线里时，它就会缠得更紧一些。

要命的是，塞茜丽娅偏偏开始频繁地出入山洞。欧蔼娜倒是挺高兴有人来陪她说话，但塞茜丽娅经常都是一副心不在焉的样子。有时候她会在那里一待就是一天，有时则只是走进来看一眼便离开。随着她的肚子变得越来越大，来回穿过狭窄曲折的甬道其实是一件很危险的事。但无论我或塞扎尔如何劝说，塞茜丽娅都不肯乖乖地留在外面。

"为什么，"塞扎尔好几次沮丧地说，"至少告诉我一个理由，为什么你一定要到这里来。"

塞茜丽娅的回应通常是低下头，咬着嘴唇不说话。但只有一次，她突然流下了眼泪。

"我觉得你死了……"

"什么？！"

塞扎尔愣了好一会儿。然后他走到塞茜丽娅身边，温柔地拍了拍她的头顶，就像多年以前在安妮庄园的草地上一样。

"嘿，塞茜，我没有死。你看，我就好端端地站在这里。"

"你会被杀的，塞扎尔。"塞茜丽娅悲不自胜地摇着头。

"听着，塞茜。没有人会被杀。你只是太累了，然后又做了一个噩梦而已。"

他是对的,塞茜丽娅确实累了。但塞扎尔大概忘记了一件事,现实世界明明就比任何一个噩梦都要恐怖得多——

你知道吗,我也累了。你应该也能感觉得到吧,我的行文越来越急促,而且已经开始变得凌乱。我很清楚这一点,但我就是无法控制。

算了,就让我直接跳到结局吧。

后来的某一天,满身是血的索林突然闯进山洞。我们都被那斑斑血迹所慑,以致谁都没有及时发现,索林已经变成了僵尸。

塞茜丽娅一下子就被扑倒在地,她当场便晕了过去。塞扎尔拼命从塞茜丽娅身上推开了索林,但他自己却被咬了一口。欧蔼娜随即和索林纠缠在一起,互相都咬住了对方。我趁机抱起昏迷不醒的塞茜丽娅冲到洞外,然后立刻闩上了那扇厚实的橡木门。

那种黏糊糊的恶心感又回来了。不过似乎又和平时有点儿不一样。它热乎乎的,正顺着我的手臂流淌,然后滴滴答答地滴落在地上。

如同泉水一般的鲜血,正从塞茜丽娅的两腿间汹涌而出。

弥留之际

"我感觉不到婴儿了……"

这是塞茜丽娅恢复意识后的第一句话,还没说完她便已经泪流满面。

"没关系的,"我替她拭去泪水,"婴儿没事。你们两个都会没事的。"

"是安赫尔……"塞茜丽娅却哭得更厉害了,"我们杀死了他的父亲,现在他来报仇了……"

"不是的,"我继续安抚她,"安赫尔在千树森林救了你,塞茜丽娅。"

"那时他还不知道……但现在他知道了。他亲自质问我……"她悲痛欲绝地摇着头,"我不得不坦白……全都是我们的错,我和塞扎尔,我们杀死了安赫尔的父亲……"

那大概是在播种的时候吧,我想,当塞扎尔叫她去查看安赫尔的时候。安赫尔向她求证尤里乌死亡的真相——他最终还是无法释怀——所以后来塞茜丽娅才会那么害怕,但她却不能说出来。

"你们没有杀死任何人,"我柔声道,"当时你们都只是孩子。"

"他会把塞扎尔和我赶出去的……赶出安妮庄园,"塞茜丽娅开始变得语无伦次起来,"所以我们杀了他……"

"不是的。德拉甘杀了他。德拉甘队长,他杀了尤里乌。"

"对,"塞茜丽娅大口地喘着气,惨白的脸上露出一抹无力的笑容,"我记得他,德拉甘,虽然他都只跟塞扎尔说话。他有时会给我们送来食物……是的,他把我们带到了安妮庄园……"

现在我也差不多可以拼凑出来尼克一直在苦苦追寻、却始终没能接近的真相。克丽丝和我都搞错了,德拉甘并没有受到任何人指使,他杀死尤里乌,完全是出于自己的意志。

我想,德拉甘或许曾是塞扎尔和塞茜丽娅母亲的恩客。在她患病去世后,德拉甘仍然对兄妹二人照顾有加,所以这两个无依无靠的孩子才能活下来。当僵尸出现的消息传来,德拉甘立刻把他们从危机四伏的南岸带到了安妮庄园。那时候,德拉甘大概只是把这当作权宜之计,只要局势稳定下来,就可以让他们回到自己的家中。

然而,通过随后的激战,德拉甘意识到他们无法消灭所有僵尸。那意味着渡林镇的大量居民将不得不进入安妮庄园避难。以尤里乌一贯的行事风格,德拉甘知道他不可能接纳来自南岸的两个孤儿;但如果尤里乌不能回到安妮庄园,他们的命运就会交到哈瓦蒂家族的继承者、宽厚仁慈的安赫尔手上——

于是德拉甘作出了抉择。在尤里乌和两个可怜的孩子之间,他选择了后者。

我知道那时德拉甘已经变成了僵尸,我也知道我亲手写过,僵尸无法进行复杂的思考。所以这很可能只是个一厢情愿的猜想。当德拉甘把沾满尤里乌鲜血的长剑扔进安妮庄园的时候,或许他并没有打算伤害任何人,或许他只是想告诉塞扎尔:你们现在安全了。

"都是我们的错……"塞茜丽娅愈发激动起来,"如果不是我们,咳……如果德拉甘早一点儿去北岸发出警告,您的家人……他们就能及时逃出来,马里厄斯治安官就不会杀掉戈德阿努,斯布兰先生也不会死,马里厄斯治安官……他可以留在安妮庄园,然后救出奥约格小姐……还有其他人,安赫尔就不会失去双腿,就连雅妲修女都不会死……咳,咳咳咳……"

她越说越快,结果被自己的眼泪呛到,引起了一阵剧烈的咳嗽。

"不是那样的,塞茜丽娅,"我尽量帮助她平复呼吸,"尼克没有杀掉戈德阿努,是我杀的。"

"什么?"

"是我,我杀掉了戈德阿努。"

当然,直接导致戈德阿努死亡的,确实是尼克刺出的那一剑。但在尼克刺出那一剑的瞬间,他并不是想要杀死戈德阿努,而是想把我从僵尸的嘴边救出来。

然而戈德阿努**不是**僵尸。托普尔(尼克抓来的僵尸)并没有咬到他。他只是看上去**像**一个僵尸罢了。因此从法理上来说,故意让人误会戈德阿努变成僵尸的那个人,才是真正杀死他的凶手。

那天傍晚,戈德阿努到安妮庄园的诊所来了。他向我承认了他对莉莉和葆拉所做的一切。他并没有乞求宽恕,只是恳请我允许他再回一趟修道院。那时候我并不知道雅妲修女的处境,但即使我知道,我也不可能放过戈德阿努。我考虑过干脆就在诊所里勒死他,或者把他敲晕以后扔进黑河。但那会给我的朋友带来麻烦，也会令克丽丝和塞扎尔感到难过，我不希望那样。

于是我让戈德阿努喝下了一杯茶。他没有丝毫反抗地照做了。

我在茶里放了大量的曼陀罗花。曼陀罗花中毒的症状跟僵尸的样子十分相似，在漆黑的夜里，谁也无法看出来有任何区别。我把戈德阿努撑到门外，打算等到有人看见了他以后，我便拿棍子出去把他活活打死。这样一来，即使第二天发现戈德阿努不是僵尸，那也只是一次不幸的误会罢了。

我完全没有想到，那时候安妮庄园已经出现了真正的僵尸。

在刺中戈德阿努之前，尼克的剑上就已经沾上了托普尔的血，这些血在戈德阿努断气之前把他变成了僵尸。因此谁也没有怀疑过托普尔是否真的咬了戈德阿努，就连克丽丝也没有看穿全部真相。

假如德拉甘没有绕道去接塞扎尔和塞茜丽娅，而是直接前往北岸的话，莉莉他们就有机会及时逃出来吗？不，我不这么认为。诊所永远是对抗疾病的最前线。当消息传到安妮庄园的时候，一切其实都已经太迟了。

"不是尼克，杀死戈德阿努的人是我。我可以向你保证，塞茜丽娅，即使再来一遍我还是会那样做，"我说，"那跟德拉甘或你们都没有关系。你们没有做错任何事。"

"不，就是我的错……"她仍然泣不成声，"安赫尔就是为了救我才会变成现在这个样子的，咳……他有足够的理由恨我……"

"安赫尔从来没有恨过你。"

"他有，他马上就会来向我报仇的……啊，他还让索林变成了僵尸，这跟索林明明没有关系……"

"他不会的，塞茜丽娅，安赫尔已经死了。他结束了自己的生命。"

名为命运的恶魔残酷地夺走了安赫尔的一切，他的财富、他的爱情、他的家园，甚至还把他的身体弄得四分五裂。作为最后的一丝抵抗，他至少有尊严地掌控了自己的死亡——

你是这样以为的，是吧？

然而恶魔从未停止它的嘲弄。

此刻安赫尔就躺在另一个房间的床上，手中还握着我交给索林的那柄柳叶刀。他用这柄刀割开了自己的喉咙，飞溅出来的鲜血碰到了索林手臂上的伤口，让索林变成了僵尸。

"为什么索林会在那里？"她应该是累了，塞茜丽娅显得稍微平静了一些。

"因为安赫尔需要帮忙，"我像以前给葆拉和卢卡讲睡前故事那样说道，"他一个人的话……就连刀子也拿不到。"

按照教会宣扬的教义，自杀是最不可饶恕的罪行，所以索林必然很愿意去帮这个忙。但在拉斯洛死后，给欧蔼娜注入的血液只能由安赫尔提供。安赫尔又是如此善良，即使忍受着巨大的痛苦，他也不肯让自己的死亡影响欧蔼娜的治疗。太想帮忙的索林于是欺骗了塞扎尔。作为结果，欧蔼娜顺利地接受了索林的血。然而，那到底是幸运还是不幸呢？

安赫尔与欧蔼娜见面时的笑容，或许是终于看到了解脱的曙光吧。

"索林……为什么会是僵尸?"塞茜丽娅迷迷糊糊地问。

"因为趁着索林不注意的时候,欧蔼娜偷偷**舔了**那柄柳叶刀。"

"欧蔼娜?为什么……"

"她爱上了你的哥哥。可是塞扎尔却不能同样地去爱她。这让她对索林感到嫉妒。"

你大概会对这句话感到相当困惑吧。不必介意,那不是你的问题。在这份手稿里,我从未提及索林的性别,我甚至没有用"她"这个字来指代过索林。所以要是你一直以为索林是个男人,那也一点儿都不奇怪。

请不要误会,我并非刻意想要隐瞒这件事。假如你有机会和索林相处一段日子,你就会惊奇地发现,虽然索林区分男人和女人并不存在障碍,但对于自己身为女性的事实,索林却完全没有半点自觉。

我无法从医学的角度去解释这个不可思议的现象,但斯布兰先生曾经提出了一种独到的见解。在索林看来,母亲之所以会被当成女巫烧死,无非只是因为她是女人。失去母亲给索林带来的除了悲痛以外,还有难以名状的恐惧——只要是女人,自己也会遭遇和母亲同样的命运。这份恐惧让索林锁住了自己的内心,拒绝认同女性的身份。斯布兰先生相信这将成为医学领域的一个新分支——不仅仅是身体,人的精神也会受伤,这种创伤只有最高明的医生才能治愈。

索林在渡林镇居住了许多年。对于那些古怪的行为，渡林镇的人们早已习以为常，大家也都不再把索林当作女性看待——事实上，也不会有谁愚蠢到主动去招惹这个性格恶劣的家伙。

然而，欧蔼娜并非来自渡林镇。

在欧蔼娜的眼里，索林就是一个几乎杀了她的**女孩**——她又没有恶意，为什么这个女孩想要害她？难道不是因为担心她会抢走塞扎尔吗？塞扎尔不得不避开和她的亲密接触，他说，因为她还不是人类。但索林偏偏就是。欧蔼娜嫉妒身为人类的索林，所以她想让索林也变得和自己一样。

塞扎尔曾经跟欧蔼娜讲过人类是怎么变成僵尸的。她决定学以致用。欧蔼娜看见我给了索林一柄柳叶刀，她知道索林会用这柄刀来割开自己的血管。因此她想，只要在刀刃上涂上自己的唾液（血液也行，不过太显眼了），索林在抽血时就会受到感染。

"欧蔼娜……成功了吗？"

"一开始并没有，我猜她应该这么做了好几次。"

索林虽然永远都在不遗余力地给人制造叛逆的印象，实际上却并不冒失。欧蔼娜的计划本来是注定要失败的——在割破自己的手臂之前，索林一定会按照我叮嘱的那样，先把柳叶刀清洗干净。那样的话，无论她在暗中做了什么手脚，也不会带来任何后果。

然而，就连欧蔼娜也不可能预料得到，索林会把这柄刀交给想要自杀的安赫尔——当一个人准备割开自己喉咙的时候，通常不会太在意刀子是否足够干净清洁。刀刃上的一点唾液混合着安赫尔的血喷出来,恰好又沾到了索林的伤口。

"好几次……"塞茜丽娅闭上眼睛,她的声音渐渐低了下去,"那可真累呀……"

"嗯,谁知道呢,也说不定她第一次就成功了……"

但塞茜丽娅已经安详地停止了呼吸。她失掉了太多血,除了尽量减少她的痛苦以外,我什么都做不到。

我的故事到这里就全部结束了。非常感谢你陪伴了我那么久。如果在你的时代,僵尸仍然存在于这个世界的话,希望我的尝试能为你们带来一点启发。

作为人类幸存者中的一员,我已经竭尽全力战斗过了。尽管未能成功,但我无愧于心。当我在另一个世界与莉莉、葆拉和卢卡重逢的时候,我将可以自豪地对他们讲述我所经历的一切(也许不包括塞茜丽娅的事),就像我刚刚跟你讲完的那样。

最后再补充几点后话。直到几个月过去后,我才再次打开山洞的门。从逻辑上说,人类(僵尸)个体之间的血液可接受性必定只能是单向的,因此塞扎尔和索林都不可能接受我的血。欧蔼娜理论上存在可以接受我的血的可能性,但塞扎尔不在了以后,我没有自信可以和她达成合作的关系。

我曾数度伪装成僵尸进入玫瑰山城。那并不难,只要把自己弄得灰头土脸,再稍稍注意遮掩就行了。我甚至觉得像尼克这样的家伙说不定都可以在那里住下来。僵尸无法直接认出人类，虽然偶尔会引起一些怀疑，好在都是有惊无险。在机会足够好的时候，我也弄晕过几个僵尸带回修道院，但他们最后都没有逃过被抛下悬崖的命运。

无论是在修道院还是其他地方，我都没有再见过任何一名人类。

大家都被埋葬在后院，安赫尔、塞扎尔、塞茜丽娅、索林、欧蔼娜，以及因为意外而过早地离开了塞茜丽娅的婴儿。我也给自己准备了一口棺材，但只能放在房间，希望在弥留之际还能来得及钻进去。克丽丝当年的梦应验了大半，现在没有人能埋葬我，但我想这总比塞茜丽娅好一些。至少陪伴我的还有这份手稿，以及正在阅读它的你。

好久不见

我在想什么呢？你当然还在，毕竟你只是翻开了手稿的下一页而已。但在我这边，我已经有许多年不曾碰过它了。

我是来告别的。他们来了，僵尸们。这些是第六代、第七代还是第八代僵尸？我不知道。我只知道他们已经闯进了修道院，现在似乎正在通过中庭。他们的目标只有一个。

现在还是黎明，我确信我将会在正午之前被杀死。

逃是没有意义的。事实上，现在的我就连走路都很困难。但你并没有必要为我难过，我已经活得太长了。

在动笔给你写下这段话之前，我已经做好了体面地迎接死亡的准备。我认真地清洁了脸和双手，又把头顶上稀疏的银发梳理得整整齐齐。然后我换上了多年以来不曾穿过的、由克丽丝缝制的那身衣服，就连斗篷的领子也一丝不苟地竖得笔挺。此刻，我在书桌前正襟危坐，静候僵尸们的到来。

我最后环视了一眼修道院的这个房间。说实话，对于这处栖身之所，我并没有丝毫的留恋。我在这里仅存的记忆，就只有那仿佛无尽的孤独。如果说还有什么遗憾的话，那就是我为自己准备的那口棺材现在还放在房间里，恐怕我是没有机会能用上它了。

如果你想知道的话，不，我不打算把手稿藏起来。已经完结的部分，连同尼克不辞而别时留下的信，还有当时我带去梭机村的艾米尔的信，现在一起整整齐齐地码放在我的手边。僵尸会不会在杀掉我之后把它拿走？很有可能。但我并不担心这个。反正僵尸也看不懂人类的文字。而且，说不定有伪装的人类生活在僵尸之中，这样我的遗言就能传达出去。无论如何，比起让它一直尘封在某个角落，甚至连同修道院一起付诸一炬，若是被僵尸们拿走了，反而更有可能被你看到吧。

喔，他们已经来到我的房间门前了。那么就这样吧——

等等，他们在那里停下来了。一共有三个僵尸，全部都拿着火把。为什么他们会停下来？

好吧，那我就继续写下去，反正从誊写室里拿来的羊皮纸还剩下不少。

现在他们进来了。走在最前面的是一个矮个子僵尸。他弯着腰，显得更矮了几分。他手里拿着什么？那是……十字架吗？

他看见我了。当然了，我的桌子上还亮着油灯。其实现在我已经没有看着桌上的羊皮纸了，因为我不能从僵尸身上移开目光。但我必须写得很快，所以请原谅我的字迹潦草。那个僵尸在离我十步左右的地方站住了。而另外的两个僵尸也走了进来，一个是女性，另一个比矮个子高一点儿。两个男性僵尸腰间都挎着长剑，女性僵尸则背着一把弓。

"这东西不管用啊。"矮个子僵尸说。我的僵尸语似乎还没有荒废。

"可是传说都是这么说的啊。"女性僵尸说。

"而且,这里的十字架都被毁坏了,"高个子僵尸说,"那就说明,人类应该是害怕十字架的。"

那是索林干的好事。不过正如你所知道的,人类从不害怕十字架。

"你觉得他像害怕的样子吗?"矮僵尸气哼哼地说。

"他在干什么?"女僵尸说,"他好像在写什么东西。"

"别管这个了,"高僵尸对矮僵尸说,"你把十字架再拿近一点儿试试。"

"我才不要,"矮僵尸说,"血会被吸掉然后扔到悬崖下面去的。"

"好可怕。"女僵尸说。她似乎在发抖。

等等,所以**他们**是在害怕**我**吗?不过仔细想一想的话,好像也不奇怪,毕竟我杀掉了那么多僵尸。

"听老僵尸们讲,"女僵尸又说,"人类最喜欢吸年轻女僵尸的血。他们会用长长的尖牙咬进僵尸的脖子……"

"我也听说过,"矮僵尸说,"据说还有老僵尸看过被人类吸完血以后的尸体,脖子后面有好大的洞。"

那个其实是树枝造成的伤口,目的是把人类的血液**注**入僵尸体内。有时候遇上反抗得比较激烈的僵尸,可能会不慎戳破血管,伤口就会比较惨不忍睹。

"不,你们仔细看看,"高僵尸说,"这个人类好像没有长着尖牙。"

"也许是因为他太老了，"女僵尸说，"你们觉得他有多少岁？"

"我猜他一定有四百岁了。"矮僵尸说。

四百岁吗？从近来身体的感觉判断，可能差不多吧。没办法，人类的纪年已经中止很久了。我记得僵尸出现的那年我是二百一十九岁——没错，葆拉是在我正好一百三十岁的时候出生的，她本该在第二年成年，莉莉还在筹备宴会来着。之后我们在安妮庄园生活了三十三年，这应该也没错。安妮庄园的所有马都在这期间自然死亡了，毕竟它们通常很难活过三十年。若不是马厩已经空了，那时候斯布兰先生也不会到那里去。

但在来到修道院以后，时间就比较模糊了。在遇上欧蔼娜之前，换血疗法的实验进行了多久？二十年还是三十年？欧蔼娜在修道院住了三年多，这我倒是记得很清楚，因为那差不多也是塞茜丽娅怀孕的时间——

这么说，在只剩下我孤身一人以后，已经又过去一百年了吗？已经那么久了吗？

一百年，这些僵尸甚至都活不到一百年。在寿命只有短短几十年的他们看来，四百岁一定很不可思议吧。

真可怜。如果他们还是人类的话，他们本来可以起码活上三四百年的。想想看，亚当活了九百三十岁，玛士撒拉活了九百六十九岁，诺亚活了九百五十岁。就连大洪水以后才出生的亚法撒也活了四百三十八岁。

"如果这个人类没有尖牙，"高僵尸说，"那他就不能吸血了吧。"

"不对吧？"矮僵尸怀疑地说，"按照人类的传说，他们不吸血不是就会死掉吗？"

"刚才我在楼下的一个房间看见了好几个奇怪的玻璃瓶，虽然已经变色了，但那里面装的可能就是血。"

看样子他们把我保存起来的准备用作研究的那几瓶僵尸血也找到了。

"你是说他是靠喝那些血来维持生命的吗？"

"对，"高僵尸点点头，"如果他不能直接从僵尸身上吸血，那就没什么好害怕的了吧。"

这时太阳升起来了。从窗户透进来的阳光照亮了整个房间，也照在了僵尸们灰暗的脸上。

"哇！"女僵尸发出惊叹，"你们看他的脸，人类真的好白啊。"

两个男性僵尸对此无动于衷。"这是怎么回事？"高僵尸说，"不是说人类一旦被太阳照到就会化成灰烬吗？"

"很显然，那些传说都是靠不住的。"矮僵尸说。

"会不会是因为现在太阳还不够大？"高僵尸迟疑地说，"我们该等一会儿吗？"

"你觉得这个人类会乖乖地坐在这里，等着自己变成一堆灰烬吗？"

"别吵了，你们看那边。"

女僵尸指向放在房间里的棺材。

"原来人类是睡在棺材里的啊。"

"不对,"矮僵尸说,"如果人类躺进棺材里,再盖上盖子,太阳就无法照到他们身上了……"

"那可不妙,"高僵尸变得紧张起来,"被他躲起来就糟糕了,动手吧。"

他说着熄灭了火把,同时把剑拔了出来。矮僵尸也照做了。

"等一下,"女僵尸说,"你们忘了吗?用剑是杀不死人类的。"

"咦,是这样的吗?"矮僵尸问。

"我听说,以前僵尸们在追捕一个抱着婴儿的女性人类的时候,一个僵尸明明已经用长剑刺穿了她的心脏,但那个人类连血都没流一滴,最终还是被她逃掉了。"

简直胡说八道,怎么会有被刺穿心脏还不死的人类——慢着,**抱着婴儿**?

连血都没流?

我记得塞茜丽娅说过,当安妮庄园被僵尸攻破的时候,克丽丝去帮助了巴坎涅一家。虽然巴坎涅先生和巴坎涅太太最终都没能幸免于难,但万一,克丽丝成功救出了小卢卡的话——

如果用剑刺向克丽丝的左胸,那她确实一滴血都不会流。因为她的心脏早已被挤到了右侧,而左侧的躯体,只不过是她用藤条和麂皮编织出来的伪装——

我的心脏仿佛就要跳出胸口。不用测量脉搏我也能感觉得到，现在两下心跳之间相隔恐怕还不足两秒。

"那我们要怎么办？"矮僵尸又问。

"人类害怕火，用火就可以烧死他们，"女僵尸说，"或者用这个。"

我没有去看她拿出来的是什么东西。原来如此。火，不知道索林能不能听见，这就是僵尸们烧死雅妲修女的理由。

多么讽刺啊。在安妮庄园，人类因为害怕僵尸复活而烧掉了所有尸体；在对面那座山峰上，僵尸则因为害怕无法杀死人类而烧死了雅妲修女。人类害怕僵尸，僵尸也害怕人类，而无论人类和僵尸都害怕火。

用剑攻击克丽丝，而不是试图咬她的，自然是属于第二代的僵尸。之后这群僵尸便盯上了我们，其实当时索林已经有所察觉，恐怕他们一路从千树森林跟着我们来到了修道院附近。第二代的僵尸已经学会了审时度势，克丽丝刀枪不入的假象使他们不敢轻易攻击这一群人类。后来，雅妲修女孤身一人离开修道院，却正好成了他们的猎物。

高僵尸把长剑收回剑鞘。从女僵尸手里接过那个东西。

"这是什么？"

"木头做的钉子，"女僵尸说，"只要把它敲进人类的心脏，就可以彻底消灭人类了。"

这又是哪儿来的传说？我很想破口大骂，但我的声带从很早以前就已经发不出任何声音了。

"来吧，趁着他变成蝙蝠从窗户飞出去之前。"

谁要变成蝙蝠啊？如果我真有本事变成什么东西，我早就变成一只鸟远远飞走了——

不过，她**为什么**会觉得我可以变成蝙蝠？

可惜，我好像没有继续思考的时间了。高僵尸一手拿着比手臂还粗的木钉，一手拿着一只硕大的锤子，正一步一步地朝我走来。但他忽然停住了脚步，低头看向自己的胸口，一截剑尖正从那里突了出来。

那剑尖倏地缩回，高僵尸应声而倒。矮僵尸从那高大的身影背后冒出来，手中还握着那柄血淋淋的长剑。

女僵尸发出一声撕心裂肺的尖叫。她拔腿便向门外逃去，矮僵尸立刻手执长剑追了上去，房间里顿时又只剩下我一个人。

我不知道发生了什么，他们还会回来的，我相信。但我很感激获得了一点额外的时间来弄清楚蝙蝠的事情。

说起来，当时在玫瑰山城外的山上，我并没有亲眼看见救了我的那只鸟。那也有可能是一只蝙蝠。头脑简单的僵尸看见一只蝙蝠飞出来，以为是我变的，所以才中止了搜索，并从此有了人类能变成蝙蝠的荒谬传说。峭壁上的那些岩洞，也完全有可能栖息着蝙蝠。

那是否意味着,那真的只是一次巧合,尼克其实从来没有到过那座山——

不,不对,蝙蝠的习性是**吸血**。

假如在千树森林救了安赫尔的是尼克,他就能够知道,是那些吸血的蚂蟥避免了安赫尔变成僵尸。那么,同样会吸血的蝙蝠应该也能起到相同的效果。那家伙的话,或许会设法去饲养一些蝙蝠,以防被僵尸咬伤时进行急救。后来当他发现我在玫瑰山城陷入绝境,便放出了一只蝙蝠。

就算只是异想天开也好,在生命即将燃尽之际,就让我这么相信下去吧。

那时尼克还活着,那时克丽丝也还活着,他们一定成功会合了。我不知道他们为什么不来找我,那不重要,我相信他们一定有充分的理由。只要他们还活着,那就足够了。只要他们还是人类,希望就依然存在。

啊,对了。你,你会不会是尼克和克丽丝的后代?

外面的走廊上,矮僵尸的呼喝声和女僵尸临死前的惨叫声交织在一起。他抓到她了。然后一切归于沉寂,只剩下一组渐行渐近的脚步声。

矮僵尸再次回到房间,把鲜血淋漓的长剑扔在一旁,走过去蹲在高僵尸的尸体旁边。他一边捡起木钉和锤子,一边仿佛自言自语地说:"抱歉,狩猎人类的伟大僵尸,只要有一个就足够了。"

然后他便站了起来……

亲爱的艾德华:

来信收悉。

欣闻你与莉安娜订婚之喜讯,恭喜!如今六月瀑布的轰鸣声大概已经响起,幼时与你捕捉萤火虫的夏夜仿佛就在昨日,不禁让人感慨时光飞逝。

令师阿库拉医生亦嘱我向你表示祝贺。他身体安好,只因事务繁忙无暇回信。你毋须挂念。王都的黑死病疫情日益严峻,每日皆增数十死者,前日又有一位主教去世。阿库拉医生于本周一列席御前会议,力陈修建地下水道之必要性,有望终获准许。此番疫情渡林镇未受明显波及,亦是地下水道当可阻止黑死病之明证。

唯地下水道仅覆盖城镇区域,未免令人担心隐居梭机村的盖夫顿小姐。所幸有你于渡林镇担任医生,料能妥善应对任何状况。

今年二月被处刑的其中一名女巫,其丈夫又于日前染病死亡。遗下一名未满二十岁的幼女。心地善良的维克托·斯布兰让她暂居于我们的宿舍,待瘟疫过去后再作打算。但除了说出自己的名字是索林以外,她始终不发一言。我与斯布兰亦无良策,只能祈祷她尽快振作起来。

书不尽言,就此搁笔。盼望瘟疫早日消散,更期待参加你们的婚礼。

再次恭喜你与莉安娜。

爱你的
艾米尔·布莱亚兹
六月五日